U0130954

劉邦的團隊臉譜

警察出身的第一位平民領袖

陳連禎 編著

目錄

李序

警察專科學校校長陳連禎先生的大作《劉邦的團隊臉譜──警察出身的第一位平民領袖》，是一本令人感動的著作。其中最為令人動容的是警校團隊的好學精神。在陳校長的領導之下，警校教師共讀和討論《史記》，彼此腦力激盪，本書即是陳校長閱讀《史記》三年來的心得以及警校教師回應的成果。孔子曾經說過：「十室之邑，必有忠信如丘者焉，不如丘之好學也。」（《論語．公冶長》）可見好學之人難遇，自古已然，所以陳校長和警校教師團隊三年來認真研讀《史記》的精神，著實令人感動和敬佩。

《史記》是一部百科全書式的歷史書，具有濃厚的實用價值，其中一端，早已為西漢成帝時大將軍王鳳所指出：「《太史公書》（當時稱《史記》為《太史公書》）有戰國從橫權譎之謀，漢興之初謀臣奇策，天官災異，地形阸塞。」（《漢書卷八十．東平王傳》）陳校長和警校教師善讀《史記》，善於從《史記》的人物故事中學以致用。最典型的例子是從蕭何身上看到公務人員的典範，並具體列出蕭何的為人、處世與建樹，值得後世公務人員注意與學習之處（見〈有蕭何才無後顧之憂〉）。陳校長還從「蕭規曹隨」簡化行政的故事中，指出此事給警察和新任主管的啟示（見

〈一仍舊貫「無為而治的曹參〉〉，其中每一句話，說的都是他幾十年來從事警務工作，以及結合讀史的智慧結晶。如果說《史記》是一座寶庫，那麼本書正是如何開啟寶庫的一個示範。「開卷有益」，本書確實當之無愧。本人有幸先睹，受益匪淺，是以樂為之序。

李偉泰
於國立臺灣大學中國文學系
二〇一三年十二月

自序

本書原是個人閱讀《史記》的心得筆記，並在警校主持每週升旗典禮時與同學們分享，希冀能引發師生學習經典的興趣。

後承蒙考試院何委員寄澎先生的熱心介紹，有幸參與國家文官學院警察人員部分的〈經典研析與文官素養〉課程，更激發深入研讀《史記》的動力。

持續閱讀《史記》三年，深感由卑微亭長（猶如今之警察）出身的劉邦，何以能在四年的征戰中脫穎而出，席捲天下，創造四百餘年的大漢基業？其成功必然有因。雖說劉邦能善用蕭何、張良、韓信三位人傑為其效力，然而，當時甘於為他效命的人才又何止此三人？茲選取其用力最深、關係最密切的，如呂雉等十八人，他們都是他起義征戰的危機行動中的貴人。

他們圍繞在劉邦身邊，有其心腹，如：呂后、蕭何、夏侯嬰、樊噲、周昌等非比尋常的親密戰友；有智謀高人一等的戰略軍師，專門為他化解重大危機的內衛人才，如：張良、陳平；又有能言善道、解決問題的中衛人才，如：酈生、陸賈、劉敬等。更有在外征戰力拚的外衛將才，如：韓信、曹參、灌嬰、黥布、彭越等眾多外勤力戰人才。這些不同類型的人才，組成有策略、有執行力的行動團隊，幫助劉邦逐鹿中原，也都想在天下大亂中，發揮所長，一顯身手，以創造形勢大好的未來。

劉邦的人才庫，有如活水，各有其人格特質，劉邦重用的方式容有不同，他們都主動的樂為他所用，形成行動團隊，有若《孫子》的「常山之蛇」，靈活、機動、協調、救援；又如「吳越之人」，遇有急難必然指揮如意，左右靈動，劍及履及，充分展現超級有效率的行動團隊精神，終於創造出第一個由平民建立的王朝——大漢王朝，更成就一個空前的太平盛世。

劉邦——劉亭長，他應是我國警察的祖師爺，他固然大度大器，有如天授，令人歆羨，然而，他也有一般人的好酒、好色、好逸惡勞的人性缺點。但是，他都能察納雅言，接受諍諫，廣納人才，用其所長。在且戰且走，且走且戰的征戰過程中，人才依舊絡繹於門，形成空前有力的行動團隊。那些年、那些事、那些典範，載在史冊，永遠照亮後世。

本書篇章想寫給警校生及派出所的基層警察同仁分享，雖然是筆記，其中的喟嘆，卻包含了諸多老師的睿智聲氣，如：李蓬齡、周敏華、陳宏毅、李淑華、劉惠璇、陳宜安、張錦麗、萬靄雲、張厚齊、李智平，以及張瓊玲老師等的參與，眾老師共讀討論，腦力激盪，感謝其中帶來的「悅讀」。更感謝何寄澎委員，長時多方鼓勵、推薦；還有李偉泰老師，反覆叮嚀閱讀文本的重要性。以上貴人都是督促我學習的動力。此外，要感謝吳思遠、鄭育哲協助整理文字，更感謝內人梅修的勤儉持家，沒有後顧之憂，本書方能順利問世。

最後感謝印刻張書銘先生的古道熱腸，和編輯諸君子的協助，都是促成本書的「團隊」。謝謝團隊的夥伴們，也冀望未來能培育更多經典閱讀的警察同好，成就更堅實的警察團隊。

繼往開來成一家之言的司馬遷

司馬遷十歲起讀萬卷書，二十歲起行萬里路，三十五歲公務行程出使西南夷，後來隨漢武帝登泰山封禪；他心目中隱然為立功而努力，不意在四十八歲太史令那年，因李陵事件發言不當，而受到重挫，轉向著書，終成一家之言。

我寫故我在

古代文人為官被貶，痛心疾首，無以自處，有往外取經，縱遊寄情山水，寫成田園詩篇，如柳宗元，可惜不若內求者而長壽。今之中外文學人士，即便律師如捷克卡夫卡，也是藉工作之便，寫出審判之內情真相，控訴司法黑幕，以療傷痛，其餘文人過江之鯽，可以不論。可知，寫作一如音樂藝術或森林步行或單車運動等，都可以作為個人療傷止痛的載具。

司馬遷身在公署，為李陵仗義執言，觸怒漢武帝，險些惹來殺身之禍；被宮刑後，感嘆人情冷暖、社會現實，幾無生存的勇氣，最後找到活下去的生命力，那就是撰述《史記》。司馬遷在驚惶失措後，沉澱混雜的情緒，寫史撰書，立下史書的典範，證明「我」的存在，我不只是現在的我，也是過去的我，更是他自我期許未來的我，那就是傳世不朽的「太史公」及其家族。

太史公撰《史記》，目的在「原始察終，見盛觀衰」，從人事變遷中，瞭解歷史的發展軌跡，找出歷朝各代的成長、興衰、更替、成敗、得失的道理，完成「究天人之際，通古今之變，成一家之言」的遠大目標；至於其用心處，在提醒後來者不要迷失自己，不必重蹈前人的覆轍，只是他付出的代價高得難以想像。

撰述動機及其價值

依〈太史公自序〉言，司馬遷撰述《史記》的動機至少有四端：一要繼承家族的光榮歷史，二要完成父親的遺命，三要上續孔子的《春秋》大業，四要抒發身心的鬱結。至於研究方法，包括整理過去的文獻資料，研讀官方檔案文書，及一次文化之旅的壯遊、二次公務之旅的出使考察，加上實地的田野調查與深度訪談，印證記言、記事等方式，綜合整理、撰述才完成《史記》。

清人趙翼《廿二史劄記》卷一說出司馬遷作《史記》的歷史地位：「古者左史記言，右史記事，言為《尚書》，事為《春秋》。其後沿為編年、記事二種。記事者以一篇記一事，而不能統貫一代之全；編年者又不能即一人而各見其本末。司馬遷參酌古今，發凡起例，創為全史。本紀以序帝王，世家以記侯國，十表以繫時事，八書以詳制度，列傳以志人物。然後一代君臣政事賢否得失，總匯於一編之中。自此例一定，歷代作史者，遂不能出其範圍，信史家之極則也。」《史記》的歷史定位，從二十五史中，學者最推崇前四史，四史中尤重《史記》而居首，《史記》成一家之言，其歷史定位之價值，豈是一般人所能論斷，此在北京師範大學出版楊燕起等人合編的《歷代名家評「史記」》，即可窺知一二。

繼承家族的光榮歷史

司馬遷的遠祖，在五帝時曾掌理天地事務，繼唐、虞二朝，至夏、商二代，其家族都司天地職掌。直到周代程國伯爵休甫的後代才去職，在周宣王時轉任武職，改名司馬氏。司馬遷的祖先確曾在周朝宮室擔任過史官工作。

司馬氏後來去周適晉，從此開枝散葉，散在衛國、趙國、秦國等地。遷居秦國的一族有一位司馬錯，曾與張儀辯論伐蜀問題；秦惠王支持司馬錯的見地，於是下令由他領兵伐蜀，攻下蜀地後，他從此駐在此地。

司馬錯之孫司馬靳追隨秦國武安君白起從軍，在秦趙長平一役，坑殺趙卒四十餘萬人。司馬靳之孫司馬昌做過秦朝的鐵官，司馬昌生子司馬無澤，無澤曾任漢朝長安的「市長」，即市場管理員。司馬無澤生子司馬喜，曾官至五大夫。司馬喜生子司馬談，司馬談於漢武帝為太史公。

司馬談的學問淵博。他在漢武帝建元、元封年間擔任太史公，曾向唐都學天文曆法，隨楊何學易理，向黃子學道家思想。此時，在陝西龍門生下司馬遷，「遷生龍門，耕牧河山之陽」，北望迤邐的龍門山，南向是蜿蜒的黃河，正是宜農宜家的好家鄉。司馬談重視教育，計畫培植司馬遷，司馬遷十歲時，隨父親到京師長安，開始研習「古文」，拜《尚書》、《公羊》經學大師孔安國、董仲舒為師。他師從大家，奠下求學的基礎。

展開人生壯遊

司馬遷到政治、文化中心的長安遊學十年，博通群籍，奠下很深的知識根基。在二十歲那年，他展開人生第一次壯遊，時在漢武帝元朔三年，〈太史公自序〉：

> 二十而南游江、淮，上會稽，探禹穴，闚九疑，浮於沅、湘；北涉汶、泗，講業齊、魯之都，觀孔子之遺風，鄉射鄒、嶧；戹困鄱、薛、彭城，過梁、楚以歸。

司馬遷完成計畫性的全國旅行之後，武帝任命他為「郎中」，成為隨侍天子左右的近臣。不久又展開第二次的壯遊，這次壯遊屬於公務之旅，他奉命出使巴、蜀以南，時在漢武帝元鼎六年。漢武帝元封元年，漢武帝東巡，司馬遷隨行左右，至泰山封禪，再沿海北上，至碣石，巡遼西，經西河、五原，北登單于台，後還祠黃帝。這是第三次的人生壯遊。

以上三次壯遊，司馬遷走遍大江南北，足跡遍及全漢的版圖；親訪各地的歷史見證人，求證當地的耆老等利害關係人，還有訪查當地的民風習俗、遺跡舊址，逐一印證史書記載的正確，再深思明辨，成一家之言。司馬遷讀萬卷書，行萬里路，又學又思，奠定了貫通文、史、哲於一爐的《史記》鉅作。

完成父親的遺命

司馬遷出使巴、蜀那年，漢武帝東巡，至泰山主持祭祀天地的封禪大典；太史公司馬談因故無法隨行，因而滯留洛陽，心中自是遺憾不已。未久，司馬遷出使巴、蜀公務之行返國，父子相見於洛陽。司馬談病體未癒，執起司馬遷的手，掉下眼淚說：

「余先周室之太史也。自上世嘗顯功名於虞、夏，典天官事。後世中衰，絕於予乎？汝復為太史，則續吾祖矣。今天子接千歲之統，封泰山，而余不得從行，是命也夫，命也夫？余死，汝必為太史；為太史，無忘吾所欲論著矣。且夫孝始於事親，中於事君，終於立身；揚名於後世，以顯父母，此孝之大者。夫天下稱誦周公，言其能論歌文、武之德，宣周、邵之風，達太王、王季之思慮，爰及公劉，以尊后稷也。幽、厲之後，王道缺，禮樂衰，孔子脩舊起廢，論《詩》、《書》，作《春秋》，則學者至今則之。自獲麟以來，四百有餘歲，而諸侯相兼，史記放絕。今漢興，海內一統，明主賢君忠臣死義之士，余為太史而弗論載，廢天下之史文，余甚懼焉，汝其念哉！」

太史公司馬談病危中，緊握兒子的手，如泣如訴訣別，一則告知祖先的光榮歷史；二則叮嚀要孝順接棒；三則要有使命感，心心念念不可稍忘史家的責任，以免造成憾恨。司馬遷聽完父親的庭訓，低頭流淚承諾：「小子不敏，請悉論先人所次舊聞，弗敢闕。」表示一定會將父親已經蒐整的資料，完成撰述。司馬談死後三年，司馬遷接任太史令，開始研讀「史記、石室、金匱之書」。從以上〈太史公自序〉中司馬談父子的對話內容，可知《史記》一書應有一小部分司馬談參與的軌跡。

當仁不讓　放手一搏

司馬遷父子的使命感與企圖心十分強烈，決心人生不留白，追求個人及家族的歷史定位已有定見。他自我期許要撰述史書，上續孔子的《春秋》大業。司馬遷算好周公之後五百年有孔子，孔子之後又有五百年，司馬遷當仁不讓。雖然《春秋》富批判精神，「貶天子，退諸侯，討大夫」，知道天子有不是，或犯罪不法，就要貶抑、批判，絕不手軟，沒有負擔，這就是著《春秋》的批判精神，連當代的國君也不放過，當權者態度如何，似非太史公所計慮。因此，〈太史公自序〉說：「先人有言，自周公卒五百歲而有孔子，孔子卒後至於今五百歲，有能紹明世，正《易傳》，繼《春秋》，本《詩》、《書》、《禮》、《樂》之際，意在斯乎！意在斯乎！小子何敢讓焉。」

那年司馬遷四十二歲，擔任太史令已過五年。他建議改革曆制，成立改革曆算專案小組，他是召集人，終於完成新制，這年漢武帝改名太初元年，因此也命名為「太初曆」，過去二千年通行的陰曆從此確定。司馬遷在此特殊意義的紀念日開始撰述《史記》。但是，那年參與研訂太初曆的好同事，也是著名的天文學家上大夫壺遂卻有不同的看法，他問太史公：「昔孔子何為而作《春秋》哉？」

據〈太史公自序〉解釋：「余聞董生曰：『周道衰廢，孔子為魯司寇，諸侯害之，大夫壅之。孔子知言之不用，道之不行也，是非二百四十二年之中，以為天下儀表，貶天子，退諸侯，討大夫，以達王事而已矣。』子曰：『我欲載之空言，不如見之於行事之深切著明也。』夫《春秋》，上明三王之道，下辨人事之紀，別嫌疑，明是非，定猶豫，善善惡惡，賢賢賤不肖，存亡國，繼絕世，補敝起廢，王道之大者也。《易》著天地陰陽四時五行，故長於變；《禮》經紀人倫，故長於行；《書》記先王之事，故長於政；《詩》記山川谿谷禽獸草木牝牡雌雄，故長於風；《樂》樂所以立，故長於和；《春秋》辯是非，故長於治人。是故《禮》以節人，《樂》以發和，《書》以道事，《詩》以達意，《易》以道化，《春秋》以道義。撥亂世反之正，莫近於《春秋》。《春秋》文成數萬，其指數千。萬物之散聚皆在《春秋》。《春秋》之中，弒君三十六，亡國五十二，諸侯奔走不得保其社稷者不可勝數。察其所以，皆失其本已。故《易》曰：『失之毫釐，差以千里。』故曰：『臣弒君，子弒父，非一旦一夕之故也，其漸久矣。』故有國者不可以不知《春秋》，前有讒而弗見，後有賊而不知。為人臣者不可以不知《春秋》，守經事而不知其宜，遭變事而不知其權。為人君父而不通於《春秋》之義者，必蒙首惡之名。為人臣子而不通於《春秋》之義者，必陷篡弒之誅，死罪之名；其實皆以為善，為之不知其義，被之空言而不敢辭。夫不通禮義之旨，至於君不君，臣不臣，父不父，子不子。夫君不君則犯，臣不臣則誅，父不父則無道，子不子則不孝。此四行者，天下之大過也。以天下之大過予之，則受而弗敢辭。故《春秋》者，禮義之大宗也。夫禮禁未然之前，法施已然之後；法之所為用者易見，而禮之所為禁者難知。」

壺遂對司馬遷以上的解釋不以為然，反而提醒他現在時空環境不同，政治風氣也不一樣，司馬遷為何還要作《春秋》，壺遂顯然已問到司馬遷執筆的居心。他問：孔子之時，上無明君，空有人才卻不得任用，孔子才作《春秋》，以論斷禮義的得失，為人主、人臣、人子應有的作為。如今司馬遷所處的時代，上有聖明的天子，下有自己又得到今上的任官授職，加以重用；而朝政上軌道，天下承平，國家上下萬事俱備，人人各得其所，那你還要學孔子論述《春秋》，究竟動機何在？壺遂是太史公的好友、直友、諒友，這番話是綿裡藏針，殊堪玩味！今夕何夕？盛世抑亂世？時代不同了，想法也要與時俱進，而太史公似也嗅出好友的弦外之音了。

太史公發覺情勢不對，口氣立刻改變，改口盛讚自漢武帝以來，獲符瑞、封禪大典、改正朔等不少國家大事，天子十分偉大，遠方各國也來叩關請求交流等輝煌政績，不一而足。只是我們似乎可以察覺到，司馬遷受到同事，一位冷靜而具有真知灼見的諍友提出嚴正質疑時，一擊立中要害，太史公心頭一定為之一震，大感不妙；因此一改先前義正詞嚴、堂堂正正之軍的語勢，語氣變得緩和，自認要接續孔子《春秋》大業，只是整理史料，並非創作批判當局。不僅如此，更讚美當朝漢武帝是「明天子」、「主上明聖」，功績非凡，如果不認真加以記載，反而有失職之嫌了。由此看來，太史公一反過去盛氣逼人，變得謙謹如部屬報告長官的樣子。因此司馬遷聞言，一時進退失據，唯唯諾諾，說是又說不是，差點失言；然而他改口了，立即回神捍衛說明。試看〈太史公自序〉載：

「唯唯，否否，不然！余聞之先人曰：『伏羲至純厚，作《易八卦》；堯、舜之盛，《尚書》載之，禮樂作焉。湯、武之隆，詩人歌之。《春秋》采善貶惡，推三代之德，褒周室，非獨刺譏而已也。』漢興以來，至明天子，獲符瑞，封禪，改正朔，易服色，受命於穆清，澤流罔極，海外殊俗，重譯款塞，請來獻見者，不可勝道。臣下百官，力誦聖德，猶不能宣盡其意。且士賢能而不用，有國者之恥；主上明聖而德不布聞，有司之過也。且余嘗掌其官，廢明聖盛德不載，滅功臣、世家、賢大夫之業不述，墮先人所言，罪莫大焉。余所謂述故事，整齊其世傳，非所謂作也，而君比之於《春秋》，謬矣！」

其實，好友就是好友，壺遂只是善意提醒司馬遷，才故意設問題讓司馬遷沉澱深思，不要一味自我感覺良好而勇往直前，特別要注意觀察外在的大環境及其政治氣氛，不宜理想性太高、太強，以免遭遇不測。壺遂「友直、友諒、友多聞」，正是司馬遷的良師益友。他瞭解司馬遷的身世背景，知道其史官性格流露出捨我其誰的使命感；尤其躬逢其會的五百年巧合，難免升起當仁不讓而景從欲試的雄心壯志。只是壺遂是局外人，司馬遷不作如是想，他有父親遺命的壓力，他對好友忠告善道，告知此一時彼一時也；似乎也隱微提示政治正確的敏感神經。司馬遷畢竟是司馬遷，他職責所在，念及既已承諾父命，也承接家族的歷史責任，心中或有些微的疑慮與不安，仍然決心放手一搏！

抒發身心的鬱結苦痛

天漢二年，李陵出征匈奴，司馬遷平靜地撰稿已七年，爆發「李陵事件」，他仗義執言，天漢三年獲罪慘遭宮刑，失去男人的尊嚴，其身之痛苦，其心之恥辱可想而知。他不斷感慨：此生殘廢了，〈太史公自序〉：「是余之罪也夫！是余之罪也夫！身毀不用矣。」他自己一問再問，這真是我的錯嗎？言下之意他真的有錯嗎？他身殘，心未殘，出獄後奉調升中書令，貴為皇帝身邊的祕書，既可出入宮中看第一手資料，也可隨侍武帝行走四方，其實有助於太史公全心致志，全力撰述《史記》。太史公逆增上緣，他身殘心痛，更激發創作的動力。

司馬遷痛苦之一，是自己殘廢了，形同宦官，而宦官自古以來備受歧視。〈報任安書〉：「禍莫憯於欲利，悲莫痛於傷心，行莫醜於辱先，而詬莫大於宮刑。刑餘之人，無所比數，非一世也，所從來遠矣。昔衛靈公與雍渠載，孔子適陳；商鞅因景監見，趙良寒心；同子參乘，袁絲變色，自古而恥之。」現在自己成了不男不女的宦官，身心怎不倍感痛苦？

司馬遷痛苦之二，是自謙無才，為官勤謹，為李陵說話，也是希望取悅長官，卻適得其反，遭遇橫禍。〈報任安書〉：「日夜竭其不肖之材力，務壹心營職，以求親媚於主上。而事乃有大謬不然者。」李陵力戰，消息傳來，漢公卿王侯都向武帝慶賀；才過幾天，李陵戰敗投降，武帝「為之食不甘味，聽朝不怡」、「大臣憂懼，不知所出」。司馬遷卻「不自料其卑賤，見主上慘悽怛悼，誠欲效其款款之愚，以為李陵素與士大夫絕甘分少，能得人之死力，雖古名將不能過也。身雖陷敗，彼觀其意，且欲得其當而報漢；事已無可奈何，其所摧敗，功亦足以暴於天下。僕懷欲陳之而未有路，適會召問，即以此指推言陵功，欲以廣主上之意，塞睚眥之辭。未能盡明，明主不深曉，以為僕沮貳師，而為李陵遊說，遂下於理。拳拳之忠，終不能自列。因為誣上，卒從吏議」。為好人講好話，為主人分憂，為同事仗義，但好心沒好報，司馬遷落得下獄，被交付調查、審判，自顧不暇，無法陳明，只好坐以待罪，怎不痛苦？

道不同而為李陵謀

司馬遷痛心之三，他一向敬佩李陵的家風及其國士之風，認為李陵是一位忠孝雙全、信廉勇義的好官員，若以一敗之偏而求全責備，並不公平。何況，他與李陵只是泛泛之交，既非酒肉朋友，更非志同道合的摯友，竟獲大罪。〈報任安書〉載：「夫僕與李陵，俱居門下，素非相善也，趨舍異路，未嘗銜盃酒、接殷勤之歡；然僕觀其為人自奇士。事親孝，與士信，臨財廉，取予義，分別有讓，恭儉下人，常思奮不顧身，以徇國家之急。其素所蓄積也，僕以為有國士之風。夫人臣出萬死不顧一生之計，赴公家之難，斯已奇矣。今舉事壹不當，而全軀保妻子之臣，隨而媒孽其短，僕誠私心痛之！」他親眼目睹滿朝文武大員或噤若寒蟬，或竟落井下石，怎不痛心！

李陵的英勇戰鬥，人格感召部屬，以寡擊眾，深入虎穴，矢盡道窮，匈奴王震動，匈奴兵恐懼，匈奴動員全國之兵力全力對付李陵區區五千薄弱之力，反觀漢朝坐視不見，毫無後援，更讓司馬遷痛心不已。〈報任安書〉又載：「且李陵提步卒不滿五千，深踐戎馬之地，足歷王庭，垂餌虎口，橫挑彊胡，仰億萬之師，與單于連戰十餘日，所殺過當。虜救死扶傷不給，旃裘之君長咸震怖，乃悉徵其左、右賢王，舉引弓之民，一國共攻而圍之。轉鬥千里，矢盡道窮，救兵不至，士卒死傷如積。然陵一呼勞軍，士無不起，躬自流涕，沫血飲泣，張空弮，冒白刃，北首爭死敵。」李陵以五千迎戰數十萬匈奴舉國精兵，眾寡懸殊而慘敗；而武帝的親信領三萬之眾北擊匈奴，卻以慘勝收場，讓武帝大失所望。此時刻司馬遷卻為李陵聲援，如今以結果論看司馬遷的發言，未免誤判形勢，錯用時機而種下禍果。他遇見好大喜功而偏愛外戚的武帝，怎能不痛心？

司馬遷痛心之五，是無事落難，見識到人情冷暖、世態炎涼與人性的醜陋；家窮無錢，朋友現實卻步，同事冷眼旁觀。〈報任安書〉載：「今僕不幸，蚤失二親，無兄弟之親，獨身孤立」、「家貧，財賂不足以自贖，交遊莫救視，左右親近不為壹言。身非木石，獨與法吏為伍，深幽囹圄之中，誰可告愬者！」又感嘆：「李陵既生降，頹其家聲；而僕又佴之蠶室，重為天下觀笑。悲夫！悲夫！事未易一二為俗人言也。」他親身體驗到政治的冷酷與社會的現實，怎不痛心？

司馬遷的痛苦之六，是遭遇監獄與酷吏不為人知的一面，讓他身心受困，毫無尊嚴可言。在獄中：「今交手足，受木索，暴肌膚，受榜箠，幽於圜牆之中，當此之時，見獄吏則頭搶地，視徒隸則心惕息。」此時他真正見識也體驗到獄卒的威風及酷吏的無情。司馬遷出獄後，他雖受武帝重用，並沒有緩解他身心的創傷。他說：「負下未易居，下流多謗議。僕以口語遇遭此禍，重為鄉黨戮笑，以污辱先人，亦何面目復上父母之丘墓乎？雖累百世，垢彌甚耳！是以腸一日而九回，居則忽忽若有所亡，出則不知其所往。每念斯恥，汗未嘗不發背霑衣也。」此時令人不禁想起出將入相的大將軍周勃在軍中威風凜凜，不幸被告下獄，後來出獄時不禁感嘆：「吾嘗將百萬軍，然安知獄吏之貴乎！」周勃終於見識到一名小小監獄小吏的厲害！司馬遷又何其不然！

司馬遷受的恥辱，身心的折磨、痛苦，不是死刑，而是最下的腐刑。〈報任安書〉：「夫人情莫不貪生惡死，念親戚，顧妻子，至激於義理者不然，乃有不得已也……所以隱忍苟活，函糞土之中而不辭者，恨私心有所不盡，鄙沒世而文采不表於後也。古者富貴而名磨滅，不可勝記，唯倜儻非常之人稱焉。」由於父親司馬談的遺命尚未完成，他已承諾又擔當史官，撰述《史記》成為個人公餘最大的任務，豈能輕易一死解脫，所以司馬遷在〈報任安書〉大氣地說出：「人固有一死，死有重於泰山，或輕於鴻毛，用之所趨異也。」他對生死去就了然於心，他突破凡人的生死觀，才有脫俗的《史記》鉅作出現。司馬遷困厄中一再以古聖先賢的發憤作為人生奮鬥的典範，舉列文王、仲尼、屈原、左丘明、孫臏、呂不韋、韓非等人，發憤有所一番作為，「此人皆意有所鬱結，不得通其道，故述往事，思來者。及如左丘明無目，孫子斷足，終不可用，退論書策，以舒其憤，思垂空文以自見。」這些人在苦難中不僅沒有懷憂喪志，或頹廢怠惰，反而自我激勵，設定目標，全力以赴，在工作中或創作中忘卻痛苦，不斷地自我昇華到更高的人生境界，因而有《周易》、《春秋》、《離騷》、《國語》、《孫臏兵法》、《呂覽》等鉅著藏之名山，流傳千古。司馬遷既已發現古人偉大的著作，都在痛苦與寂寞中，為找到生命的出路，也心存悲憫後人，只想「述往事，思來者」，才「垂空文以自見」，如此的上下連結、心意相通，司馬遷方悟出活下去的正當性與延續性的價值所在。

也是青雲之士　終成一家之言

司馬遷在〈太史公自序〉最後一段，再次強調《史記》寫作的由來、過程及內容要旨。他說，周朝衰敗，秦又廢除古文，焚滅《詩》、《書》；因而「明堂石室金匱玉版圖籍散亂」。等到漢朝興起，蕭何整理律令，韓信申明兵法，張蒼擬訂曆法、章程，叔孫通制訂禮儀，國家才上軌道，民間所藏的《詩》、《書》才陸續出現。後來又有曹參、賈誼、鼂錯、公孫弘等人受重用，此時漢朝建國已百年了，國家文書檔案都匯集在太史公一處。而司馬談父子兩代都供職於此，司馬談曾告訴司馬遷：「我們的祖先在唐堯虞舜時代就做過史官，又在周朝續任史官，可不能斷送在我們身上啊！」

司馬遷懍於責任重大，於是〈太史公自序〉記載：「罔羅天下放失舊聞，王跡所興，原始察終，見盛觀衰，論考之行事，略推三代，錄秦、漢，上記軒轅，下至於茲，著十二本紀，既科條之矣。並時異世，年差不明，作十表。禮樂損益，律曆改易，兵權山川鬼神，天人之際，承敝通變，作八書。二十八宿環北辰，三十輻共一轂，運行無窮，輔拂股肱之臣配焉，忠信行道，以奉主上，作三十世家。扶義俶儻，不令己失時，立功名於天下，作七十列傳。凡百三十篇，五十二萬六千五百字，為《太史公書》。」

司馬遷作列傳七十篇，名列第一篇是歌頌伯夷、叔齊兄弟的〈伯夷列傳〉，一定有其特殊的用意。太史公〈報任安書〉有：「所以隱忍苟活，函糞土之中而不辭者，恨私心有所不盡，鄙陋沒世而文采不表於後也。」〈太史公自序〉中又反覆陳述論證自己的理想與價值觀，此在〈伯夷列傳〉中隱約流露撰寫《史記》的用心：「『君子疾沒世而名不稱焉。』賈子曰：『貪夫徇財，烈士徇名，夸者死權，眾庶馮生。』……伯夷、叔齊雖賢，得夫子而名益彰。顏淵雖篤學，附驥尾而行益顯。巖穴之士，趣舍有時若此，類名堙滅而不稱，悲乎！閭巷之人欲砥行立名者，非附青雲之士，惡能施於後世哉？」太史公個人化悲憤為力量，全力撰著《史記》，不也是「疾沒世而名不稱焉」？他立功不成，立言《史記》，《史記》也是太史公的「青雲之士」！

司馬遷在〈報任安書〉再次強調：「僕竊不遜，近自託於無能之辭，網羅天下放失舊聞，略考其行事，綜其終始，稽其成敗興壞之理，上計軒轅，下至於茲，為十表，本紀十二，書八章，世家三十，列傳七十，凡百三十篇。亦欲以究天人之際，通古今之變，成一家之言。草創未就，會遭此禍，惜其不成，是以就極刑而無慍色。僕誠已著此書，藏之名山，傳之其人，通邑大都，則僕償前辱之責，雖被萬戮，豈有悔哉！」按〈本紀〉記載國家領導人的事蹟；〈世家〉記載諸侯王興亡盛衰的事蹟；〈表〉編排同代的同類大事；〈書〉記載各類典章制度；〈列傳〉記述各階層有影響力的人物事蹟。司馬遷撰《史記》的體例，其編次先後，按〈本紀〉、〈表〉、〈書〉、〈世家〉及〈列傳〉編排鋪陳，從此成為我國歷代編撰正史時共同遵循的典範。

《史記》完稿後，司馬遷異地備存二份，將正本藏於帝王書庫，副本藏在京師（實藏於家中），成一家之言後，可供後世聖人君子參考。太史公年輕時飽讀群書，青年壯遊各地，壯年雖枉受冤刑，仍堅持使命感與創作理念，持續撰述《史記》。天道酬勤，天道無親，司馬遷終於不辱父命，既繼承祖先的光榮家風，也傾吐身心的抑悶與解開難堪的鬱結，更上紹孔子作《春秋》的大業，無愧「立言」的不朽盛事！

司馬遷完成「一家之言」，不知所終，無人知道他的卒年與去處。想必太史公蒙冤受辱的傷痛，已隨《史記》的殺青而療癒，既已療癒，傷痛不再，又無積怨，於願足矣，至此司馬遷已昇華至更高的境界，就學張良而逝吧。

李蓬齡老師的回應

那一年，身為一位青澀的輔大中文系新生，猶記上中文系主任①第一堂課，他諄諄訓勉：「我們中文系啊，就是要『究天人之際，通古今之變』……」後來，只要是修王主任的課，「究天人之際，通古今之變」一語，總是不絕於耳。系主任語重心長的一句話，就當年懵懂的我而言只是「佳句名言」，我不曾思索過王主任所說的這句經典名言深刻的意涵。即今歷世稍深，重讀經典雋語，已不似當年矣！

頃拜讀連禎校長《劉邦的團隊臉譜——警察出身的第一位平民領袖》書中〈繼往開來成一家之言的司馬遷〉一文，又見「究天人之際，通古今之變」一語，不禁從書架上取下瀧川龜太郎的《史記會注考證》（這是我很喜愛的一本書），瀧川龜太郎會注各大家之說加以考證，有助我對《史記》內文的理解。先閱〈太史公自序第七十〉，再讀〈司馬遷報任安書〉，但見「亦欲以究天人之際，通古今之變，成一家之言」呈現眼前……

年輕時讀書是為應付考試，加諸閱歷不深，讀書真個是「不求甚解」，於文章精髓更無所體悟。而今品味諸文，再讀「亦欲究天人之際，通古今之變，成一家之言」，不禁掩卷長嘆：「斯人也，而有斯言矣。」只有「倜儻非常之人」，如太史公司馬遷倜儻卓越豪邁者，秉其淵源家學，深廣閱歷，才能在受腐刑後，經歷鄉里的恥笑，縱是「悲莫痛於傷心，行莫醜於辱先，而詬莫大於宮刑」，猶能「隱忍苟活」，並以古聖先賢在困頓中皆能發憤有所作為之例砥礪自己，他歷述文王拘羑里演《周易》、仲尼屈於陳蔡作《春秋》、屈原放逐著《離騷》、左丘失明而有《國語》、孫子臏腳而論《兵法》、〔呂〕不韋遷蜀才有《呂覽》傳世、韓非囚於秦而有〈說難〉、〈孤憤〉。

因此，當「詬莫大於宮刑」時，「腸一日而九回，居則忽忽若有所亡，出則不知其所往。每念斯恥，汗未嘗不發背霑衣也。」滿懷鬱結，依舊「述往事，思來者」，網羅天下放失舊聞，考之行事，稽其成敗之理，完成《史記》一百三十篇——「亦欲以究天人之際，通古今之變，成一家之言。」

然而，太史公「隱忍苟活，函（陷）糞土之中而不辭者」的處境，也是文天祥囚於元朝燕京地牢時，「牛驥同一皂，雞棲鳳凰食」的處境，當諸穢氣集身，旁人無法抵擋時，文天祥以一介文

①王主任，諱靜芝。

弱書生，囚禁其中二年，竟能無恙，他說是「善養吾浩然之氣」。而這「浩然之氣」，就是古哲先賢的典範，也是太史公所謂的「倜儻非常之人」，所以〈正氣歌〉中說：「在齊太史簡，在晉董狐筆。在秦張良椎，在漢蘇武節。為嚴將軍頭，為嵇侍中血。為張睢陽齒，為顏常山舌。或為遼東帽，清操厲冰雪。或為出師表，鬼神泣壯烈。或為渡江楫，慷慨吞胡羯。或為擊賊笏，逆豎頭破裂。」文天祥以十二位哲人的典範勉勵自己。

哲人雖日已遠，然而夙昔典型猶存，當在風簷展書讀時，古聖先賢的正道，足以激勵他們脆弱的身心，最終能「究天人之際，通古今之變，成一家之言」。而李白〈於五松山贈南陵常贊府〉一詩言：「為草當作蘭，為木當作松。蘭幽香風遠，松寒不改容。」他藉物喻情，贈詩勉友，當效法松蘭的品格，不改節操自守的初衷，何嘗不是太史公和文文正公，磅礡正氣長存，凜烈萬古的精神所在！

至於司馬遷在《史記．孔子世家》中贊云：「《詩》有云『高山仰止，景行行止』，雖不能至，然心嚮往之。余讀孔氏書，想見其為人……」我讀《史記》〈太史公自序〉，同樣「想見其為人」——對於無深交的李陵，只憑「觀其為人，自奇士。事親孝，與士信，臨財廉，取予義，分別有讓，恭儉下人，常思奮不顧身，以徇國家之急」，司馬遷就甘願冒大不韙，為李陵聲援而得罪武帝，致使身受宮刑的奇恥大辱。他的道義和勇氣精神，正是人倫綱常得以維繫的重要關鍵！此時個人生死又何足論道呢？所謂「是氣所磅礡，凜烈萬古存。當其貫日月，生死安足論。地維賴以立，天柱賴以尊。三綱實繫命，道義為之根」。太史公懂這個道理，文文山懂這個道理！畢竟，人固有一死，而死有重於泰山，或輕於鴻毛，端看你是否真能明白「道義之根」，而勇於捨身取義啊！

「高山仰止，景行行止」，我縱德薄識淺，對太史公「究天人之際，通古今之變，成一家之言」的壯闊胸襟，亦私心嚮往之！

警察出身的第一位平民領袖——劉邦

記言記事難為司馬遷

劉邦人格多重，度過遊手好閒、遊戲人間的青少年。試用亭長時，不改游俠本色，進而走出地方郡縣，走進中央咸陽，遇見秦始皇出巡車隊的壯觀威儀，而有「大丈夫當如此也」的感慨與無限的嚮往，那是一種何等的神往，也是遙想天子如此風采多姿又君臨天下的威勢，劉邦那年一定立下願景，有為者亦若是。

及至漢王劉邦時代，展現仁厚長者的新形象，進而海納百川，廣結善緣，知人善任，從諫如流，共同消滅暴秦，進而窒息西楚霸王項羽，完成統一大業，成就其亭長嚮往的無限風光。俟登上九五之尊，無暇享受酒色，又逐一翦除功臣，猶不忘消遣老父親等戲謔的一貫作風。

作為當代的史官司馬遷，要描述當朝的開國之君，又是中國的第一位平民皇帝，然而他的一生卻是貪好酒色，棄別妻女，不顧老父；犧牲婦女以保護自己；對朋友背信忘義；對敵人言而無信等不堪聞問的作風實在令人厭惡。可以想見太史公下筆之前一定十分為難，心中不可能沒有顧忌之處，而劉邦的心思又是如此複雜多變，其難度可知。

以班固對《史記》的評語：「不虛美，不隱惡」，太史公筆下的〈高祖本紀〉確實沒有為長者隱諱，也沒有為帝王美化誇張，他為當代「述往事」，啟後代「思來者」的用心，令人敬佩。

劉邦原來小名是劉季，兄弟排行第三，後來改名為劉邦。他天生頑皮淘氣，既不讀書，也不事生產，又喜歡四處遊蕩，結交朋友，心儀卿相之俠的魏公子信陵君，也愛任俠，崇尚游俠生涯。劉邦有位鄰居盧綰，與他同日生，自幼交好，成為跟班。後來在家鄉又認識殺狗勇士樊噲、勇敢過人以編織為業的周勃。由於工作關係，結交公職人員蕭何、曹參，越來越多，都成為劉邦的粉絲。

基層派出所主管

劉邦人生的第一份公職是亭長，亭是什麼性質的單位？據學者王毓銓研究〈漢代「亭」與「鄉」「里」不同性質不同行政系統說〉，指出：班固著《漢書・百官公卿表》敘述縣以下的地方行政組織：「大率十里一亭，亭有長。十亭一鄉，鄉有三老，有秩、嗇夫、游徼。」王毓銓懷疑當時班固列出漢朝境內「鄉六千六百二十二，亭二萬九千六百三十五」的真實性。

後漢學者應劭曾任泰山太守，十分注意漢朝行政組織，他說：「國家制度，大率十里一鄉」。「鄉」與「里」中間並無「亭」的設置。應劭又說：「十里一亭，亭為亭侯。五里一郵，郵間相去二里半。司姦盜。亭長持二尺板以劾賊，索繩以收執賊。」由此可見漢代地方政府有「司姦盜」的機構，即「亭」和「郵」；五里置一郵，十里置一亭，有大小的從屬關係。十里之間，必有二郵一亭，因此有的亭同時兼作郵，所以才有「郵亭」之稱。

學者王毓銓通盤分析後的結論是：「亭」只是個徼循機關，主「盜」防姦不主「民」，正因為「亭」是個防盜維持治安的機關，亭長是「承望都尉」，而不從屬於「鄉」，鄉游徼管不到亭長。亭下也不轄里，與掌教化、主賦役，窺伺居民行為的鄉官里正之類的性質也不同。因此，漢代的地方行政組織是鄉與里，亭並不是。至於「十里一鄉」的里是指居住的「里居」的里，是行政單位；「十里一亭」的里是代表長度或距離「步里」的里；亦即前者按戶口數多寡計算，後者按距離遠近設置。

由上分析，近人多將「亭」認為是與里一般的地方基層行政單位，顯然有誤。也有人將劉邦發跡前的「亭長」比同現今的警察局長、分局長或分駐所長或民政單位，其實也都誤會「亭」的性質了。依目前的警察勤務條例及其相關規定，從五都及縣市政府的組織架構言，治安機關依其規模大小，由上而下分為規劃監督機構的警察局、執行機構的分局及基本單位的派出所。警察局依直轄市區、鄉、鎮、市、區等基層行政組織，視治安狀況設若干分局。分局下設派出所，而行政區當地未設分局者，則設分駐所；派出所、分駐所再劃分警察勤務區。目前臺灣地區面積三萬六千平方公里，設有五個直轄市、二十二個縣市警察局，一百五十九個分局（直轄市六十七個、縣市九十二個）、一千五百一十六個分駐（派出）所、一萬九千三百九十三個警勤區，平均約每二平方公里有一警勤區，依規定城市地區的警勤區轄境約一至三平方公里、鄉郊約一至四平方公里，並以兩小時內徒步巡邏來回為劃設標準。

早年日本警察實驗理想的派出所面積為十二平方公里，以步巡為主，轄區以半徑兩公里，步行兩小時可以往返為原則，負責除暴安良、警姦察宄的治安責任。對照漢代十里設一亭為例，秦漢之十里，相當於今日五公里，一說是約兩公里，或許應指土地方圓十里之內為範圍，作為地方治安系統最末端的警察組織。因此，劉邦為亭長，約相當於今日之小型派出所的地方治安主管，「亭」一如日本的「交番」——迷你派出所，以步巡為主的社區警察或最基層的派出所主管。

小派出所主管——亭長劉邦，既不隸屬鄉鎮等民政單位，也不歸屬鄉鎮長統轄，他是地方上超然的治安機構，獨立於地方行政之外的上級派出單位。總之亭長一職的性質屬於地方政府的基層小吏，官階排序不高，基於治安地區責任制的精神，亭長上承縣長所屬的都尉之指揮，負責維護里內轄區的治安公序良俗。除轄內治安要負全責外，又職司護送來往過境的官員、賓客的人身安全，及官府公文書的傳遞安全等工作。由於亭長不是地方上下隸屬的關係，而是獨立行使警察職權，《史記》才有劉邦「廷中吏無所不狎侮」的有趣記載，當然與他天生個性「豁如」「大度」有密切相關。

劉邦初任公職既是亭長，已過而立之年，思想漸趨成熟，其維持地方治安的工作表現，《史記》並未記載。據學者嚴耕望研究指出，劉邦為秦泗水亭長，是亭長之最早見者，亭長的本職是緝捕盜賊，又是宵禁之執法者。又集解引應劭說明：「舊時亭有兩卒：其一為亭父，掌開閉掃除；一為求盜，掌捉捕盜賊。」由此可見，古代泗水亭屬於治安單純的三人派出所。

我國上古時期的派出所的任務符合現代警察組織，人員雖少，只有二名，職掌則十分明確，一為負責內勤業務，即內部管理，一則負責外勤行動，即追捕盜賊。〈高祖本紀〉載明：「高祖為亭長，乃以竹皮為冠，令求盜之薛治之，時時冠之，及貴常冠，所謂『劉氏冠』乃是也。」研判劉邦亭長任內治安良好，他派部屬到山東薛縣，訂製亭長專用的「劉氏帽」。

太史公對劉邦在亭長任職期間的治安績效如何，未所著墨，除好酒、好玩、縱放囚犯刑徒外，只此一樁與警察勤務有關。懷想三十餘歲的劉邦，有此閒情逸致，萌發奇想，設計前所未有的竹編警帽服制，又特別喜愛常戴在身，一定有其用意。此與十八世紀英國警察大力改革之際，當時局長律師梅恩爵士選訓警員，特別設計警察制服，警帽即為煙囪形的高帽子，正是現代西洋通用的大禮帽。如此高帽子，奇裝異服，既可提高見警率，嚇阻不法之徒的犯罪企圖，達到防範犯罪的預防效果；又可將警帽當墊腳用，作登高、爬牆或眺望觀察之用。中外警察始祖從制服一方可見端倪有趣。難怪劉邦去職亭長，帶頭起義成功而富貴後，仍然念念不忘亭長的風光，依然時時戴著他自己發明的「劉氏冠」，既通風，又高聳，且實用有型的警帽！

好色及酒　不事生產

高祖為人隆準而龍顏，美鬚髯，左股有七十二黑子。仁而愛人，喜施，意豁如也，常有大度，不事家人生產作業。及壯，試為吏，為泗水亭長，廷中吏無所不狎侮。好酒及色，常從王媼、武負貰酒，醉臥，武負、王媼見其上常有龍，怪之。高祖每酤留飲，酒讎數倍。及見怪，歲竟，此兩家常折券棄責。

——《史記・高祖本紀》

上引〈高祖本紀〉記載，劉邦的為人及特質有：一、他是一名俊男，「隆準而龍顏，美鬚髯」。二、他大方施捨，豪爽大器，「仁而愛人，喜施，意豁如也」。三、遊手好閒，不願做家事或不想找工作，「不事家人生產作業」。四、為官試用期間遊戲人間，戲弄同事，沒大沒小，「及壯，試為吏，為泗水亭長，廷中吏無所不狎侮」。五、劉邦最大的嗜好：「好酒及色。」他經常到二家酒店喝酒，飲酒買醉，醉後就地睡覺。

劉邦身無分文，常常欠債，但可能他是地方的亭長，一介治安單位的小主管，或許交遊廣闊，黑白兩道的酒肉損友，呼朋引伴，群聚那二家特定的酒店，所以只要劉邦一到，群黨紛來陪伴暢飲，交陪交際，容易對話，因而生意興隆，帶來錢潮；雖然賒帳，但年終都一筆勾銷。太史公也許隱喻劉邦為小吏時，俸給偏低，不無白吃白喝之嫌，但他是開國之君，所以寫下：「常從王媼、武負貰酒，醉臥，武負、王媼見其上常有龍，怪之。高祖每酤留飲，酒讎數倍。及見怪，歲竟，此兩家常折券棄責。」可見劉邦年輕時為官亭長的無賴形象，不無放蕩享受！

愛看相命貴不可言

劉邦擔任亭長時，有次請假回家，到田裡找家人。當日呂雉帶著兩個孩子在田間除草，正好有位路過的老人討水喝，呂雉大方多給他一些吃的東西。老人端詳呂雉的相貌後說：「妳是天下的貴人。」呂雉請他一併看看兩位孩子的命相，他看了看說：「妳的尊貴是來自於這個男孩。」他接著相魯元公主，也說是貴人之相，說完就走開了。

劉邦正好從旁邊的房子走過來，呂雉一五一十告訴劉邦，那老人為母子相命都是大貴之相。劉邦問老人在哪裡，呂雉說：「剛走不遠。」劉邦立即追上前去，請教那老人，老人說：「先前的太太孩子原來都像你一般，你的命相貴不可言。」劉邦聽了，大為感謝，說：「真如你說的，將來我不會忘了你對我的恩德。」

後來秦始皇常聽說「東南有天子氣」，於是到東方巡行，希望能鎮壓住。劉邦自己為此疑懼不安，就跑到芒、碭兩縣交界有山勢、沼澤為屏障的巖石間四處躲藏。當呂雉和眾人去尋找時，總能找到他。劉邦覺得很奇怪，就問呂雉怎麼找得到他？呂雉說：「你待的地方，上面常有五色雲氣籠罩，所以跟著找總能找到。」劉邦樂在心中，沛縣裡的青年有人聽到這種傳聞後，多半想前去投靠劉邦。

順從情勢蕭曹共同反秦

當高祖劉邦「以亭長為縣送徒酈山，徒多道亡」，徒又稱刑徒，是人犯，途中逃亡的人犯越來越多，亭長劉邦自忖還沒到酈山，這些苦牢人犯都逃光了，自己失職，也難逃一死，遂在豐西山澤中暫時休息時，請刑徒放鬆喝酒，也解開械具，自由放風，趁夜將剩餘人力都縱放走了，自己也帶了十幾個願追隨他的人走小路逃走。途中發生酒醉殺了白帝蛇的一段傳奇，又有天子相的貴氣傳聞，使得沛縣子弟都想來投靠追隨他。

陳勝起義後，群起響應，各地郡縣大亂。此時沛縣的縣令心生恐慌，也想響應陳勝。縣令本已聽取蕭何、曹參的意見，同意迎入劉邦，後又反悔，關上城門據守不動，反要誅殺蕭何與曹參，以防範劉邦進城後反客為主，蕭、曹兩人非常恐懼，遂爬出城池投奔劉邦。

後來劉邦實施心戰喊話奏效，沛縣的父老就率領年輕子弟殺了縣令，開門迎接擁戴劉邦，希望擁護他接任縣令。劉邦一再推辭，希望大家選擇更適當的人選。他說：「天下方擾，諸侯並起，今置將不善，壹敗塗地。吾非敢自愛，恐能薄，不能完父兄子弟。此大事，願更相推擇可者。」意思是說，天下大亂，各地諸侯揭竿起義，爭相反秦。現在如果我們不選出對的領導人，很可能未來一敗塗地。我劉邦並不是潔身自愛，想獨善其身，而是擔心自己能力不足，無法領導大家完成反秦的任務，還請大家推舉最適合的人選。

由於蕭何、曹參等人都是舞文弄墨的刀筆吏，更是縣府的一級主管，他們非常自愛，擔心萬一帶頭造反不成，可能會株連全家，所以再三謙辭讓給劉邦，雙方互讓了幾次，最後劉邦終於接受。眾人擁立劉邦為「沛公」，也就是沛縣的縣長，蕭何則負責幫他監督大小事務。

塑造長者形象　行銷正義之師

秦二世三年，楚懷王見項梁兵敗，遷都彭城。趙國被秦軍圍困，數次求援，楚懷王派宋義為上將軍，項羽為次將，范增為末將，向北救趙國。另外派沛公劉邦向西掠地入關，並與諸將相約，先入關中者稱王。當時秦兵仍強大，常乘勝追擊得逞，因此大家畏懼強秦不敢奢望打入關中。只有項羽一人痛恨秦軍殺死項梁，基於義憤，願與沛公劉邦一道入關。

楚懷王的老將軍都說：「項羽為人僄悍猾賊（勇猛兇殘）。項羽嘗攻襄城，襄城無遺類（全殺光），皆阬之，諸所過無不殘滅。且楚數進取（多次西征），前陳王、項梁皆敗。不如更遣長者扶義而西（仗義西進），告諭秦父兄。秦父兄苦其主久矣，今誠得長者往，毋侵暴（不施暴力），宜可下。今項羽僄悍，今不可遣。獨沛公素寬大長者，可遣。」於是楚懷王派劉邦率軍西進咸陽，沿路收編陳勝、項梁的散兵。北上救趙的楚軍也出擊王離，大破秦軍。

劉邦西向路上，在昌邑遇見彭越，因而一起攻打秦軍，昌邑戰事不利，只好放棄昌邑，西抵高陽。在高陽時，酈食其求見，勸諫攻擊陳留縣，奪取秦朝的大糧倉。於是劉邦封酈食其為廣野君、酈商為將軍；接著攻下白馬縣、曲遇、潁陽，占領韓國轘轅關。

此時，趙將司馬卬正要渡黃河，也要西入函谷關，沛公為阻止其前進，便北攻平陰，封鎖黃河渡口。接著大敗南陽郡守，郡守退守宛城。

劉邦想繞過宛城西進，張良勸阻：「沛公雖欲急入關，秦兵尚眾，距險（占據險要）。今不下宛，宛從後擊，彊秦在前，此危道也。」於是劉邦在夜裡率兵折回，變更軍旗，到天亮時漢軍已嚴密三圈圍住宛城；郡守一看大勢已去，就想拔劍自殺了斷。

採納陳恢建議約降

宛城被圍困，郡守分寸大亂，門客陳恢說：「不急於一死！讓我出去找劉邦談判再說。」於是翻牆出城，求見劉邦，說：「臣聽聞足下與懷王有約，先入咸陽者稱王。如今足下圍城而留守宛城，宛城是南陽大郡之都，可以號令連城數十防守，人民眾多，積蓄不少，上下官吏人民都認為投降必死，故皆眾志成城，全力登城防守。如今足下全天全力攻城，士死傷者必多；如果放棄不攻宛城引兵離去，前往西行，宛城必隨您背後一起進攻入關。足下前則失咸陽之約，後又有彊宛之患。為足下計，莫若約降交換條件，封其續為郡守，因而等請他歸降後居此為你防守宛城，足下可以帶他的軍隊一起西進，南陽郡其他各地城池，知有此例，都聞聲爭開門而待，足下一路通行無阻。」劉邦同意後，封南陽郡守為殷侯，賞陳恢一千戶封邑。從此劉邦西進，各地無不聞風而下。劉邦到達丹水，襄侯王陵歸降。

當初，項羽與宋義北上救趙，及項羽殺死宋義，取代大將軍宋義後，諸將如黥布等均歸屬項羽。等項羽大破秦將王離，降服章邯後，各地諸侯也歸附項羽。當趙高殺死秦二世，想約劉邦在關中分地為王，劉邦懷疑其中有詐，乃採張良之計，派酈生、陸賈前去遊說、利誘秦將，再趁其鬆懈，偷襲武關，大敗秦軍。在藍田又敗秦軍，乘勝追擊，徹底瓦解秦軍。其中原因是劉邦運用策略，多插旗幟，巧施計謀，尤其劉邦要求行軍所到之處不准擾民，不得燒殺擄掠；因此，秦人大喜，軍心日益鬆懈，才能一破再破秦軍勢力。

漢元年十月，沛公劉邦遂率先各地諸侯進入關中，駐在咸陽城東南的霸上。秦三世子嬰投降。劉邦許多將領提議殺死秦王，劉邦說：「始懷王遣我，固以能寬容；且人已服降，又殺之，不祥。」於是派人看管子嬰，自己帶兵西入咸陽。

約法三章　不受民眾招待

劉邦進入咸陽宮殿，一時心迷目眩，不想離開，要住進去享受一番。經過張良、樊噲苦苦勸阻，劉邦才回心轉意，乃封存秦宮珍寶、財物、府庫，將人馬帶回霸上駐地。

劉邦召集關中各縣父老、豪傑，說：「父老苦秦苛法久矣，誹謗者族，偶語者棄市。吾與諸侯約，先入關者王之，吾當王關中。與父老約，法三章耳：殺人者死，傷人及盜抵罪。餘悉除去秦法。諸吏人皆案堵如故（各級官吏各地人民一切照常）。凡吾所以來，為父老除害，非有所侵暴，無恐。且吾所以還軍霸上，待諸侯至而定約束耳（再共同約定規章）。」隨後派人配合各地秦朝官吏到各縣、各鄉、邑巡視、宣導、告誡，說明劉邦的用意。秦人聽了，都十分高興，大家爭先恐後帶著牛羊酒食勞軍；劉邦推辭不受，說：「我們倉庫糧食不少，並不缺乏，請大家不要破費。」於是秦人益加喜歡劉邦的為人，唯恐劉邦不當關中王。

劉邦以仁厚長者形象，受到老將軍推崇，收服彭越戰將，聽取酈食其的遠見，接受張良建議，也接納陳恢的分析，一路順利從地方殺到中央，見到秦宮富麗珍貴、美女無數，好酒及色的劉邦一定目眩神搖，心動不已，但他終能察納諫言，克己復禮，定於不亂，再秋毫無犯地還諸秦人。接著文宣、行銷，形塑正義之師、英明之主，轉變之快，目不暇給，令人擊節讚嘆！

得知洩密者　立殺曹無傷

劉邦領先各諸侯軍而入咸陽，秋毫無犯，安定民心，秦人大喜。劉邦駐軍霸上，有人建議他說，關中地區非常富有，而且地勢險要。現在聽聞秦將章邯已降項羽，項羽封他為雍王，稱王關中；如果他來此，您就沒了。請您立刻派兵把守函谷關，不讓任何諸侯軍進入，再徵調關中地區人馬，充實兵力，才能防拒他人入侵。劉邦聽了採納他們的建議。

十一月中旬，項羽果然率兵西進，發現函谷關大門緊閉，又聽說劉邦已入關中，一時大怒；他派黥布等人攻進函谷關，十二月就進入咸陽城東的戲水邊上。這時劉邦的左司馬曹無傷聽說項王大怒，欲攻沛公，立刻派人通知項羽說，沛公想當關中王，任命子嬰為宰相，占有所有的秦宮珍寶。曹無傷這種通敵行為就是要求官求賞，亞父范增也力勸項王攻打劉邦，項王同意，於是犒賞士兵，準備第二天開打。這時項王有四十萬人，號稱百萬；劉邦有十萬，號稱二十萬人，劉邦實力大不如項羽。

此時，正好項伯想救恩人張良，便夜間去見張良，張良轉告劉邦，劉邦立刻寫信給項羽，誠懇說明入關經過情形及自己的用心，才改變項羽開戰之心。隨後劉邦帶百餘隨從騎兵，親到鴻門，向項羽致歉。項羽對劉邦說：「這些都是你的左司馬曹無傷說的，不然我怎會懷疑你呢？」鴻門宴中，劉邦得力於項伯、張良、樊噲的協助，才能安然脫身，逃回霸上，立刻殺死曹無傷。

聽張良建議燒燬棧道

鴻門宴後項羽一時稱霸天下，西入咸陽，燒殺秦朝宮室，所到之處，無不殘破；秦人見了大失所望，心中畏恐，表面則不敢不服。項羽派人報告楚懷王，已攻入咸陽，應為關中王，懷王只說，照原先約定辦事。項羽從此怨恨懷王，怨當年懷王不肯讓他與劉邦一起西進入關，反而要他北上救趙，才造成比劉邦晚入關中。

項羽說，懷王有今天，是我們項梁擁立的，他並無任何戰功，怎能主持各諸侯先入關者為王的約定呢？如今天下底定，是各位將軍與我項籍的功勞！於是項羽表面尊稱楚懷王為「義帝」，其實陽奉陰違。

漢元年，項羽自立為西楚霸王，占據梁、楚二地，轄九郡，建都彭城。項羽違背約定，改立沛公劉邦為漢王，轄巴、蜀、漢中三郡，建都南鄭。將關中一分為三，封給三名秦降將：章邯為雍王，都廢丘；司馬欣為塞王，都櫟陽；董翳為翟王，都高奴。楚將瑕丘申陽為河南王，都洛陽。趙將司馬卬為殷王，都朝歌。趙王歇改封為代王。趙相張耳為常山王，都襄國。當陽君黥布為九江王，都六。楚懷王柱國共敖為臨江王，都江陵。番君吳芮為衡山王，都邾。燕將臧荼為燕王，都薊。故燕王韓廣改封遼東王。封成安君陳餘河閒三縣，封梅鋗十萬戶。

三個月後，各地諸侯軍隊在戲水項羽的駐地解散，回到自己的封國。漢王劉邦前往漢中，項羽只准他帶走三萬兵力，此外項羽及其他諸侯部下願從劉邦一起入漢中的，還有數萬人。路上劉邦依張良之見，每過山中棧道後，下令燒毀，以防備其他諸侯與盜匪的偷襲，也明示項羽，讓他知道劉邦沒有東出與他爭奪天下之意。

聽韓信建議向東殺出爭天下

不過從咸陽一路行軍到南鄭，官兵紛紛逃去，其他未逃走的士卒說話或唱歌也都帶有想家的濃濃鄉愁。這時韓信說服劉邦：「項羽分封有功的將領，而您被封在南鄭，根本是一種流放。您的官兵都是東方人，他們日夜想回家，應該趁他們還有一戰的銳氣打回去，一定會成功。否則再等下去，天下已安定，人人安居樂業不想動了，那時就無可用之兵。不如現在下定決心東向殺出去，一爭天下！」

漢元年八月，漢王採納韓信之計，殺回關中，襲擊雍王章邯，章邯兵敗，逃回都城廢丘。漢王派人圍攻廢丘，又派軍西出北上，平定隴西、北地、上郡。再派薛歐、王吸二人南出武關，與南陽的王陵會師，再東向沛郡，迎接父親太公與妻子呂后。

漢二年，劉邦揮師東向，塞王司馬欣、翟王董翳及河南王申陽都投降，派韓信擊敗頑抗的韓王鄭昌。劉邦在已占領的關西地區，設置隴西等五郡；在關外地區設河南郡。劉邦封韓國太尉韓信為韓王，重賞來降的將領，修復秦朝河南地區的防禦工事，打開皇家獵場，讓百姓進去耕種。在廢丘俘虜雍王章邯之弟章平後，劉邦不殺反而大赦。劉邦出關到陝縣，慰問當地父老；回到關內，被陳餘打敗的張耳來投奔，劉邦給足面子熱烈迎接。

為義帝哭喪爭取民心

二月，劉邦另建漢朝社稷壇。三月從臨晉關入魏國，魏王豹投降；劉邦攻下河內，俘虜殷王司馬卬，設河內郡。其後南從平陰津渡黃河，到洛陽。此時，新城縣三老董公攔住劉邦向他陳情，說義帝已被害死。漢王聽到義帝不幸的消息，立刻袒胸露臂而大哭起來；他又為義帝設奠，哭弔三天，以激怒天下諸侯。

劉邦並發派使者，遍告各諸侯：「天下共立義帝，北面事之。今項羽放殺義帝於江南，大逆無道。寡人親為發喪，諸侯皆縞素。悉發關內兵，收三河士（河東、河南、河內三郡的有志之士），南浮江、漢以下，願從諸侯王擊楚之殺義帝者。」如此絕妙好文的訃告，周知天下，無異表示劉邦以正義之師的主人，願追隨大家討伐大逆無道的項羽，再一次證明劉邦擅長主動形塑自己仁愛慈悲的大愛形象，又一次贏得人心，相對也重挫項羽的氣焰。

當時項羽北攻齊國，齊王田榮戰敗，逃至平原縣，被縣民殺害，於是齊國降楚。但由於楚軍焚燒齊國城郭，到處擾民擄掠，因而逼使齊國上下反叛項羽。那時田榮之弟田橫立田榮之子田廣為齊王，高舉反楚的旗幟。項羽雖聞劉邦東向殺來，仍決定先滅齊後，再對付劉邦。劉邦因而趁機結合各路諸侯攻下彭城。項羽不甘彭城失守，率軍攻向彭城，在彭城靈壁以東的睢水大敗劉邦軍，漢軍傷亡慘重，睢水為之不流。項羽更在沛縣活捉劉邦的父母妻兒，困在軍中當人質。這時諸侯一見楚強漢敗，紛紛離開劉邦，轉而投靠項羽。塞王司馬欣也投奔逃到項羽處。

陳平、紀信救出劉邦

劉邦兵敗彭城，一再逃亡。幸有呂后兄周呂侯呂澤駐兵下邑縣，劉邦前往接收士卒，改駐滎陽縣。後來劉邦西過梁地，到達虞縣，指派謁者隨何遊說九江王黥布，劉邦說：「只要你說動黥布舉兵叛楚，項王一定留下軍隊全力對付黥布，只要黥布絆住項羽數月時間，我就能趁機奪取天下。」

隨何銜命前往遊說九江王黥布，黥布果然背叛項羽，項羽派出龍且出擊討伐。黥布不支敗給龍且，只好隨同隨何歸附劉邦。此時劉邦不斷招兵買馬，關中及各地兵力漸漸聚向滎陽，於是劉邦兵威大振，在京、索二縣之間大敗楚軍。

漢三年，魏王豹請假回家探親病情，一過黃河，竟投靠項羽。劉邦派酈食其前去勸阻不成，劉邦乃派韓信征伐大破魏兵、俘虜魏豹。接著派張耳、韓信攻趙國，殺死趙將陳餘、趙王歇，第二年，劉邦封張耳為趙王。

此時劉邦駐在滎陽，特別修築甬道，直到黃河邊上，以取敖倉，得軍糧，這樣楚漢在滎陽對峙一年多。後來項羽斷絕供糧的甬道，劉邦陷入被圍，只好求和，希望割滎陽以西之地；項羽拒絕。劉邦困絕，乃採用陳平之計，離間項王上下，使項王懷疑范增，范增一氣之下，請辭返家，竟病死途中，項羽失其最得力左右手的謀臣。

此時劉邦仍被困在滎陽，已經斷糧多日，劉邦又採陳平奇計，趁黑夜推出二千名婦女穿上鎧甲衝出東門，立刻被楚軍圍攻。這時將軍紀信假扮劉邦出降，楚軍高興之餘大呼萬歲，群聚東門觀看。劉邦機不可失，帶數十名隨從自西門逃逸，劉邦另派御史大夫周苛、魏豹和樅公三人留守滎陽。周苛與樅公商量說：「反國之王，難與守城。」於是二人將反叛的魏豹殺死。

袁生、鄭忠獻策　夏侯嬰助奪韓信軍力

劉邦幸得陳平奇計，加上紀信英勇犧牲，終於脫困逃出滎陽城，回到關中，又開始招兵買馬，想要東出征戰。

一位袁生出面建議劉邦：「漢與楚王項羽對峙滎陽數年，漢王經常被動受制。這次願君王南出武關，項羽必引兵南下，您就在武關加強防禦，深溝高壘防守，如今我們在滎陽、成皋的軍隊得以休養。同時派韓信等安定河北趙地，再連燕齊之地，您再去滎陽並未晚也。如此，則楚王所備者

多，實力分散；漢王得以休息，再作戰，必可打敗楚軍。」劉邦採納袁生聲南擊北而使項羽備多力分的策略，就和黥布出兵到宛城、葉縣一帶，一路招兵買馬，充實軍力。

項王聽說劉邦到宛城，果然引兵南下，劉邦堅壁清野不戰。這時彭越渡睢水，與項聲、薛公戰於下邳，大破楚軍。項羽只好東下討伐彭越；劉邦則揮師北上成皋。俟項羽擊敗彭越後，知劉邦回成皋，乃引兵西下破滎陽，殺周苛、樅公，俘虜韓王信，並包圍成皋。

劉邦輕車簡從，在夏侯嬰陪同下，快走逃出成皋，北渡黃河，進入脩武留宿。第二天一大早，劉邦與夏侯嬰喬裝劉邦的使者，闖入韓信、張耳的軍營，奪取他們的軍隊，又振作起來。劉邦領兵到黃河邊，準備再戰項羽。

此時一位郎中鄭忠勸阻劉邦行動，請劉邦深溝高壘，堅守不戰。劉邦採納，並派盧綰、劉賈率二萬步兵和數百騎兵，渡過黃河，會合彭越軍隊，大破楚軍於燕縣城西。

死忠恩人夏侯嬰

汝陰侯夏侯嬰是沛縣人，與劉邦同鄉，在沛縣馬房負責管理馬車、趕車事項。他常送使者或賓客回去，路過泗水亭時，就會找亭長劉邦聊天，每次都談到忘記時間，有時聊到天色很晚才離開。

後來夏侯嬰補上沛縣的縣吏，與劉邦的關係更加密切。兩人感情很好，打成一片。有次兒戲，可能動刀耍棒，練習武技，一時玩得過火，劉邦失手誤傷夏侯嬰。夏侯嬰不以為意，旁人卻看不過去劉邦的目中無人或是對劉邦心生不滿，就去法院告發劉邦打傷縣吏。

當時劉邦當亭長，有官職在身，被人匿名告一狀，如果成案，將會加重處罰；劉邦十分擔心，夏侯嬰主動出面緩頰，幫劉邦說話，他出庭時竟作偽證，堅決否認劉邦傷害到他。後來又被舉發，翻案再審，夏侯嬰再作偽證，又犯包庇罪，被關一年多，坐牢期間也被刑求鞭打上百下，最後總算為劉邦脫罪，沒有貼上前科的標籤。可見劉邦人緣之好，夏侯嬰對他何等忠心。

有次夏侯嬰跟隨劉邦逃亡時，中途遇到劉邦失散的兒子劉盈及女兒魯元，夏侯嬰趕緊將他們抱上車來。項羽追兵在後，劉邦一心急於逃命，擔心車速不快；劉邦心急之下，不顧親情，竟把自己子女踢出車外，想減輕載重，好快一點逃跑。

夏侯嬰見狀，於心不忍，又把他們救抱上車，同時讓車速慢下來，直至他們抱緊夏侯嬰後，再策馬飛奔。劉邦為此十分生氣，一路上有多次欲殺夏侯嬰，最後幸好都無恙脫險。

韓信襲齊破楚　誓死效忠劉邦

韓信奉命向東伐齊，到平原縣，尚未渡黃河。他聽到劉邦已派酈食其去遊說齊王田廣，田廣心動遂投降而叛楚，要聯合漢軍，共擊項羽。但韓信採取蒯通之計，襲擊齊國，齊王田廣覺得受騙，一氣之下，烹死酈食其，東逃至高密。項羽聞韓信將帶河北兵攻楚，於是派龍且襲擊韓信。韓信出戰，騎將灌嬰配合，大破楚軍，殺死龍且。

齊王田廣逃至高密，投奔彭越；此時彭越活動地區在梁地，在楚軍的後方游擊出沒，到處騷擾楚兵，並且斷絕其糧食，分散項王的注意與力量，對漢王功不可沒。

韓信攻下齊國，派人告訴劉邦說：「齊偽詐多變，反覆之國也，南邊楚，不為假王以鎮之，其勢不定。願為假王便。」韓信認為齊國人一向詭詐反覆，而且齊、楚兩國鄰接，如果攻下齊國的守將權力不重，實在難以鎮壓，因此請求漢王劉邦任命他為假齊王，才能穩住齊國的局勢。此時劉邦被項羽圍在滎陽，他強忍怒氣，接受留侯張良的建議：「不如因而立之，使自為守。」於是指令張良帶齊王的印綬，親去立韓信為齊王。

項羽這方聞大將龍且被殺，實力重挫大不如前，十分惶恐，乃派盱眙人武涉前往遊說齊王韓信三分天下，韓信不為所動，仍忠於劉邦。韓信委拒的說法，據〈淮陰侯列傳〉記載：「臣事項王，官不過郎中，位不過執戟，言不聽，畫不用，故背楚而歸漢。漢王授我上將軍印，予我數萬眾，解衣衣我，推食食我，言聽計用，故吾得以至於此。夫人深親信我，我背之不祥，雖死不易。幸為信謝項王。」從這句話看來，窮苦出身的韓信對劉邦不只有衣食情結，實更感謝知遇之恩。

劉邦智怒項羽　身中箭傷反起身巡視

漢四年，韓信實力強大，兵威甚盛，仍忠於劉邦，不忍背叛，項羽無計可施。

楚、漢雙方於滎陽對峙，久久相持不下。當時，男人苦於打仗，老弱也累於運糧，人人疲憊不堪。有一天，項羽隔著廣武澗與劉邦對話，放話要與劉邦單獨決一生死。

劉邦不肯，反而逐一譴責項羽的罪狀，說：「始與項羽俱受命懷王，曰先入定關中者王之，項羽負約，王我於蜀漢，罪一。項羽矯殺卿子冠軍而自尊，罪二。項羽已救趙，當還報，而擅劫諸侯兵入關，罪三。懷王約入秦無暴掠，項羽燒秦宮室，掘始皇帝冢，私收其財物，罪四。又彊殺秦降王子嬰，罪五。詐阬秦子弟新安二十萬，王其將，罪六。項羽皆王諸將善地，而徙逐故主，令臣下爭叛逆，罪七。項羽出逐義帝彭城，自都之，奪韓王地，並王梁楚，多自予，罪八。項羽使人陰弒義帝江南，罪九。夫為人臣而弒其主，殺已降，為政不平，主約不信，天下所不容，大逆無道，罪十也。吾以義兵從諸侯誅殘賊，使刑餘罪人擊殺項羽，何苦乃與公挑戰！」

項王聽後大怒，要求兩人對決，漢王就是不肯。項羽於是埋伏了弓箭手射中漢王，漢王胸部受箭傷，他怕影響軍心，竟故意低頭摸腳，大罵：「虜中吾指（這奴才射到我的腳趾）！」漢王受傷不輕，回營立刻臥倒病床。張良卻請漢王無論如何也要勉強起身，到軍中走走慰勞軍人的辛苦，以安定士卒的軍心，絕不能讓楚軍趁機再進攻漢軍。漢王於是出去勞軍，但箭傷實在很深，慰勞一下已痛得難忍，趕快回到成皋養傷。

劉邦背信　滅亡項羽

由於彭越一直在項羽後方往來，困擾楚兵，又斷其糧食；項羽不得不多次東去打擊彭越等人，疲於奔命。後來齊王韓信也進擊楚軍，項羽多方作戰，甚感不安，遂與劉邦訂條約，約定平分天下，劃鴻溝以西歸劉邦，鴻溝以東屬項羽。項羽也放回漢王劉邦的父母妻子人質。軍中皆呼萬歲，雙方軍隊都撤退回去。

項羽撤兵而東歸，劉邦也要引兵而西去，但是張良、陳平認為不宜撤兵，應乘虛追擊，劉邦遂背約追擊項羽，直追陽夏之南。本來劉邦與齊王韓信、建成侯彭越約期會師後合擊楚軍。不料，劉邦行軍至固陵，卻不見韓信、彭越等人。項羽見機迎頭痛擊，漢王劉邦又躲入城堡，深溝高壘，堅持防守，不肯出戰。

後來，劉邦採取張良的分地計策，韓信、彭越才領兵來支援。現在，劉賈已率軍進入楚地，包圍壽春。漢王前在固陵敗逃後，乃派使者遊說項羽的大司馬周殷帶兵迎接黥布，隨同劉賈、齊地、梁地的諸侯一起會師垓下。

漢五年，劉邦約集諸侯各路兵馬，共擊楚軍，與項羽決勝垓下。韓信領兵三十萬正面迎戰，孔將軍居左翼，費將軍居右翼，劉邦在韓信之後，周勃、柴將軍又在劉邦之後。項羽這方有十萬兵力。韓信率先出擊，佯裝不敵，失利而撤退。孔將軍、費將軍兩翼軍隊再出擊，形勢不利楚軍；此時韓信大敗楚軍於垓下。項羽的士卒夜聞漢軍到處唱出楚地歌謠，誤以為漢軍已盡得楚地，於是項羽敗逃，楚軍潰散大敗。劉邦派出騎將灌嬰一路追殺項羽，斬首八萬人，終告平定楚地。此時只有魯地曲阜一地仍頑抗，堅守不降。劉邦帶大軍北抵曲阜，讓曲阜父老一見項羽的人頭，他們才心甘情願投降。因為懷王曾封項羽為魯公，所以劉邦就以魯公的禮儀把項羽葬在穀城。

謙虛稱帝　大收人心

韓信領軍大敗項羽後，劉邦回到定陶，突然藉機橫闖韓信軍營，逕自奪取韓信的兵權。韓信立下滅楚大功，竟無故被奪兵權。這年漢五年正月，各諸侯與將相敦請劉邦即帝位，劉邦說：「我聽說賢能之士才能稱帝，空言大話的人無法守住帝位，我不敢稱帝。」

群臣都說：「大王出身細微，誅滅暴逆，平定四海，凡立下大功者都分地而封為王侯。大王如果不就帝位，我們都會疑慮不安。臣等至死堅持大王一定要做皇帝才行。」劉邦一而再、再而三謙讓；最後不得已才接受，說：「諸君必以為便，便國家。」他認為既然群臣以為就帝位才有利於國家發展，就這麼辦吧。

劉邦為帝後說：「義帝無後，齊王韓信習楚風俗，徙為楚王，都下邳。封建成侯彭越為梁王，都定陶。封韓王信為韓王，都陽翟。改封衡山王吳芮為長沙王，都臨湘。長沙王吳芮前為番君，曾任番縣縣令，番君之將梅鋗為劉邦作戰有功，又隨劉邦進入武關，所以劉邦特別感謝番君。至於淮南王黥布、燕王臧荼及趙王張敖均保持原封號。」

天下大致底定，劉邦定都洛陽，各地都向劉邦稱臣；唯有臨江王共驩仍忠於項羽，不肯投降。劉邦指派盧綰、劉賈圍攻，後共驩雖投降，仍被劉邦處死於洛陽。

這年五月，兵皆罷歸家。劉邦下令諸侯子留居關中者免除徭役十二年，東歸者免除徭役六年，此外並由政府供養他們一年。

成功關鍵在善用人才

劉邦登上帝位，在洛陽南宮大宴群臣。

劉邦說：「列侯諸將無敢隱朕，皆言其情。吾所以有天下者何？項氏之所以失天下者何？」

高起、王陵說：「陛下慢而侮人，項羽仁而愛人。然陛下使人攻城略地，所降下者因以予之，與天下同利也。項羽妒賢嫉能，有功者害之（嫉恨），賢者疑之，戰勝而不予人功，得地而不予人利，此所以失天下也。」

劉邦不以為是，他說：「公知其一，未知其二。夫運籌策帷帳之中，決勝於千里之外，吾不如子房。鎮國家，撫百姓，給餽饟，不絕糧道，吾不如蕭何。連百萬之軍，戰必勝，攻必取，吾不如韓信。此三者，皆人傑也，吾能用之，此吾所以取天下也。項羽有一范增而不能用，此其所以為我擒也。」

劉邦本想長久建都洛陽，後來遇見齊國人劉敬，劉敬勸說劉邦定都關中，劉邦一時未定，直到張良也力勸劉邦選都關中，才拍板定案，立即從善如流，當日入都關中。六月，劉邦大赦天下。

從一名無賴少年，稍學有術的亭長，直攻帝位，成為第一位平民皇帝，劉邦不免自負，自負之處在他有知人之明，更有知人善任的「修養」與「能力」，當然他更有自知之明才是成功的關鍵所在。

善導劉邦尊其父為太上皇　太公家令獲重賞

漢六年，高祖劉邦雖貴為帝王之尊，每五天拜見父親一次，如同家人父子請安問好。太公管家覺得不妥，勸導太公，說：「天無二日，土無二王。今高祖雖子，人主也；太公雖父，人臣也。奈何令人主拜人臣！如此則威重不行。」

有天，劉邦依然拜見太公，太公擁抱掃帚出現在大門口。面向劉邦倒退走路，引導劉邦進門，極為恭敬。劉邦一見，大吃一驚，立刻跳下車，扶住父親問個究竟。太公說：「帝，人主也，奈何以我亂天下法。」劉邦聽了心生歡喜，乃尊稱太公為太上皇。這一切都是太公管家出的主意，教太公如何對話，所以劉邦心中非常肯定管家的善言，讓劉邦十分安慰，於是賞金五百斤。

傾聽之後　轉怒為喜

漢八年，漢朝第一位丞相蕭何在長安營建未央宮，建立東闕、北闕、前殿、武庫、太倉。劉邦自前線回長安京城，看見宮闕非常壯麗，心中不以為然，大為震怒，責問蕭何未免過度奢華：「天下匈匈苦戰數歲，成敗未可知，是何治宮室過度也？」

蕭何不疾不徐說：「天下方未定，故可因遂就宮室。且夫天子以四海為家，非壯麗無以重威，且無令後世有以加也。」漢承秦制，秦代將作少府中有匠師，秦朝律令圖書檔案中也有不少建築資料，因此丞相蕭何才有十分把握，掌握既壯麗又有威權的樣子，他認為正因為天下還未完全平定，才要建造宮室，而天子四海為家，宮室要建得壯麗才能呈現天子的威儀；而且為了長遠未來著想，後世子孫不必再增飾修建，就能一勞永逸了。劉邦聽了蕭何思慮這麼周到的解釋，心情就轉怒為喜了。

漢九年，未央宮終於落成，劉邦大會群臣落成竣工，席設未央宮的前殿。劉邦手捧玉卮起身為太上皇老人家祝壽，說：「始大人常以臣無賴，不能治產業，不如（大哥劉）仲力。今某之（成就與產）業所就孰與仲多？」劉邦貴為皇帝，在群臣兒孫眾人前戲謔又不失風趣的一席話，引起群臣歡樂大笑，人人高呼萬歲。

劉邦年逾耳順之年，猶記年少的不快記憶，是真心祝壽，或作他想，不得而知，不過，想來合理懷疑劉邦一向恩怨分明的個性在此表露無遺，連父親也不放過！

回鄉沛縣　悲歡交集

漢十二年，劉邦從前線平叛征戰歸來，經過沛縣，留住下來，並在沛宮設宴，把過去熟識的父老子弟請來歡敘暢飲好酒。他挑選沛縣兒童一百二十人，教他們唱歌。酒酣耳熱之餘，劉邦親自擊筑，作詩唱歌：「大風起兮雲飛揚，威加海內兮歸故鄉，安得猛士兮守四方！」他一面唱，也教兒童一起唱和學習。劉邦興致大好，又起身跳舞，越跳越激動，感慨萬千，不知不覺流下不少男兒淚。

劉邦舞罷，告訴沛縣父兄：「游子悲故鄉。吾雖都關中，萬歲後吾魂魄猶樂思沛。且朕自沛公以誅暴逆，遂有天下，其以沛為朕湯沐邑，復其民，世世無有所與。」劉邦開懷之餘，想到百年身死之後，靈魂還是會想念故鄉沛地。現在決定要以沛地作為劉邦的湯浴之邑，也就是說沛地故鄉是一塊潔淨之地，把它列為湯沐邑，以備回到故鄉時可作休息、住宿之用。進而從此免除沛縣人民的一切徭役負擔，世世代代不必再繳納租稅。於是人人歡樂，天天笑鬧，暢談陳年往事。

劉邦與沛縣父兄婆婆媽媽等故人歡談飲酒十餘日，要回京城。大家一再請劉邦多住幾天。劉邦說：「我帶來不少人馬，父兄負擔太重，難再供給了。」於是準備離開。

劉邦覺得沛縣鄉親實在太熱情，忍不住留下，大張營帳，痛飲三日；沛縣父兄都叩頭說：「沛縣有幸免除一切徭役負擔，只是豐縣沒有這些福利，請陛下可憐他們。」劉邦說：「豐縣是我出生長大的地方，我絕不可能忘記的，但因他們曾跟雍齒背叛我而投靠魏國，讓我很痛心！」沛縣父兄仍一再求情請命，劉邦才讓豐縣比照沛縣免除一切徭役負擔。

考評人才絲毫不爽

漢十二年，劉邦擊敗黥布時，不幸為流矢射中胸部，傷勢不輕。在回京路上，車行顛簸，病情日益加重。呂后愛夫心切，找來良醫診治，名醫入見劉邦，觀察一番後，劉邦問他病勢如何？醫師說可以治好。劉邦謾罵，說：「吾以布衣提三尺劍取天下，此非天命乎？命乃在天，雖扁鵲何益！」不肯讓人治療，於是取黃金五十斤打發走人。

醫者離去後，呂后問劉邦：「陛下百歲後，蕭相國即死（如果去世），令誰代之？」劉邦說：「曹參可。」呂后問繼任人選，劉邦說：「王陵可。然陵少戇，陳平可以助之。陳平智有餘，然難以獨任。周勃重厚少文，然安劉氏者必勃也，可令為太尉。」呂后想再問下去，劉邦說：「此後的事非妳所知了。」

劉邦考核幹部一針見血，王陵憨厚耿直，陳平足智多謀，周勃厚道但不讀書又不善言語；歷史未來發展，全不出劉邦所料。不久劉邦死於長樂宮，得年六十二歲。

太史公說：夏朝的政風偏於忠厚，其流弊是人民粗野了，因此，到了殷朝則倡導祭天地祖先。祭天敬祖的流弊是迷信鬼神，所以周朝就提倡文化，講究禮節。講究禮儀的流弊是虛偽相輕，為補偏救弊，莫若恢復為人要忠厚。夏、商、周三代三王的治理之道循環不已，終而復始。周末秦初期間的流弊就是虛偽相輕到了極點；而秦朝仍不思改正流弊，反而變本加厲重用酷刑，豈非荒謬？所以漢家興起，去除以往弊害，使人休養生息，算是獲得天道的自然規則。

思來者

二〇二二年二月二十日，內政部長李鴻源先生蒞臨本校教師座談會，致詞時表示：Positive thinking, Out-of-box thinking, and Dialogue（正向思考、跳脫框架思維和對話）是二、三十年來在教學或職場上慢慢摸索所領悟的道理，如果能做到這三點，相信工作可以勝任愉快，任何人都能變得很受歡迎。茲就部長三句金言以《史記‧高祖本紀》印證我國第一位平民皇帝——劉邦的成功因素：

一、保持正向思考

部長說，正向思考是人生積極態度，不管是從教學或在職場方面，在所有處理人際關係上，正向思考是非常重要的。保持正向思考可以幫助我們，以一個非常健康、積極的心態面對未來問題，很少問題可以難倒我們。

劉邦官運不順，但都有貴人出手幫忙，如蕭何、曹參、夏侯嬰。遇見危急時，內有張良、陳平，外有項伯出手相助，渡過難關。他屢敗屢戰，危機四伏時，都能保持正向思考，甚至代位思考，所以得道多助，連韓信都願為他效忠拚命。

二、跳脫框架思維

部長說，我們常不自覺地陷入框架思考，雖然我們需要discipline，遵循一套標準作業程序來面對狀況，其中大概百分之九十五都可以處理得非常好，但另外的百分之五如果沒有勇氣踏出去，是沒辦法解決問題的。所以看到問題時，首先看它的表面，再去想自己能解決多少，有哪些地方需要其他的人、其他專長來解決的，問題便可迎刃而解，也就不會有挫折了。

劉邦屢出驚人之舉，不按牌理出牌，卻都能化險為夷，反敗為勝。如敵營項羽部下韓信、陳平投奔，立刻拔擢重用；鴻溝議和，不惜背約殺項羽；父親被俘，項羽欲殺之，劉邦卻不以為意，反要分一杯肉羹；既已跟項羽稱兄弟，初見其叔項伯立刻稱兄又要通婚，這些都是跳脫傳統框架思維的良性反應。

三、學習如何對話

部長說，如何對話、如何確認大家聽得懂你在講什麼，對話就非常重要。對話的重點是要先傾聽，瞭解對方的需求，異中求同，找出共通點，可以跟對方溝通的地方，思考哪些該妥協或要堅持的，甚至能替對方找出解決方法。人世間沒有是非題，而是個選擇題，且有很多的替代方案，要在裡面找出平衡點，是需要智慧的。

劉邦順水推舟封韓信為王，轉危為安；入咸陽約法三章，又婉拒招待的說法大收民心；他對項伯的人情對話、為義帝哭喪，爭取人心；他先聽酈生的建言而刻印，後聽張良的說法立刻銷印，做最佳政策決定而團結人心。劉邦每次的對話，堪稱經典。劉邦不學有術，但他願意傾聽他人的意見，深知對方的需求，掌握當前的情勢需要，因而往往一語中的，達到目的，堪稱對話高手。

如果就讀書考試成績而言，劉邦無疑是後段班的學生，但由於有好老師、好教練在旁輔導，這位資質特別而成績不佳的學生，日後在職場上卻發光發熱，成就非凡。

劉邦除有國師張良提出治國方策外，還有陳平等國策顧問，專為劉邦出主意想辦法，都能一舉解決危機問題。國師、顧問伴隨在劉邦左右，外有招降納叛的三大將軍韓信、黥布、彭越，及死忠的灌嬰、樊噲、周勃等猛將，以及始終如一忠誠友愛的夏侯嬰、周昌、盧綰，堅守崗位，源源不斷供應人力、物力的蕭何。這些人才匯聚，志同道合，眾志成城，都圍靠劉邦團隊左右，為他賣命突圍成功。其理安在？張良口中「沛公殆天授」的劉邦固有其charismatic的人格特質，其實不脫部長三十年摸索出的心得。

劉邦不喜歡讀書，也討厭儒生只會議論，不過他會重用讀書人，只要對方能提出策略，有見識，有具體方法，有助於解決當前的困難，化解時局的危機，最後有助於國計民生，他都會收斂不遜的傲慢態度，熱烈虛心討教。尤其難得的是，他在部屬前，肯承認技不如人，實力懸殊的弱勢，而坦然面對現實，謙遜地請求解決之道，這是一般人難以企及之處。尤有甚者，他用人不拘一格，海納百川，終成眾志成城，完成年輕時心中的願景，心滿意足地走完一生，是亭長所始料未及。

周敏華老師的回應

劉邦是史上難得一見的傑出領袖。雖平民出身，但因曾任泗水亭長，警界生涯的多年歷練，使他對基層有著超越常人的豐厚理解和敏銳認識。最奇特的是，與他一同抗秦、抗楚的手下，無一才能比他差，許多奇才，甚至還是從頭號敵營——項羽帳下投奔而來。無論天時、地利、人和皆占盡優勢的項羽，不僅最後無法與劉邦抗衡，人才也幾乎全湧入其帳下。歷史何以會出現如此轉變？劉邦的用人之道，是其中極為重要的關鍵。閱讀校長對劉邦細緻的解讀後，使我對劉邦如何善用人才萌發了探索的興趣。以下嘗試羅列六則劉邦的用人之道，以揭開平民劉邦何以能出奇制勝？又如何由一泗水亭長，一躍而成了大漢帝王的重要歷史關鍵。

一、知人善任

知人善任，講的是領導藝術。知人善任首貴知人，然後才能善任。而知人最難的，莫過於知己，其次才是知彼。早在先秦，聰慧的老子即已深悟此理，提出「知人者智，自知者明」。能夠自知之明，是世上最難能可貴，也是最不易達成的人生智慧。然知己之餘，還必須有接納自我本然的胸懷，如此才會有寬容的氣度，既欣賞他人的長處，也能包容他人之短。能夠看清優劣本是一體兩面，便能在不同情境，善用不同特質。如此超越的智慧，對身邊不乏擁戴的領導者，常常是最難察覺，也最不易做到的。

最明顯的例子，便是劉邦的頭號對手項羽，除了不知己，也更不知人，再好的人才在他帳下，唯一的上策，皆只能掛冠求去。但劉邦不僅體悟其中要領，還能確實運用在實際人生，而遊刃有餘地駕馭著知人善任的超高藝術。領導人最重要的本領，是要能成功調動部下的積極性。因此，下屬究竟擁有什麼才能？具備什麼樣的性格？有何長處、短處？該放在哪個位置？無不考驗著領導人的智慧，和其靈活運用的彈性。領導人並不需要事必躬親，更不必十項全能，但他絕對要充分地知己知人，並掌握住一批人才，將人才放在最適宜之位，使他們的才華和潛能，能被最大程度地激發和運用。劉邦深諳此理，故用韓信帶兵，張良出謀，蕭何保後……劉邦因為能安排得有條不紊，便可無須擔憂自我的任何弱點，反倒能出奇制勝，終將成了眾星拱月的最主要核心。

二、不拘一格

劉邦有個極大優點，便是不拘一格的使用人才，因此在劉邦的隊伍中，什麼樣的人都有。張良是貴族，陳平是游士，蕭何是縣吏，樊噲是狗屠，灌嬰是布販，婁敬是車夫，彭越是強盜，周勃是吹鼓手，韓信原是待業青年。如此成員，不僅顛覆了精英團隊的概念，在刀光劍影的爭奪競賽裡，簡直令人不敢想像，更不可能輕易嘗試。劉邦卻空前地將他們組織起來，各就其位，適任適用，毫不在乎旁人如何看待這支雜牌軍。畢竟在常人眼裡，僅能看見這支雜牌軍的表象，而劉邦對他們的本領，卻是瞭若指掌。

每每讀到劉邦幾度陷入險境，早令人為他捏把冷汗，但意外的是，領著這支雜牌軍的劉邦，卻從未釋放出恐懼，反倒在常人最不易看到契機的節骨眼上，竟以迅雷不及掩耳的速度順利脫身。如此的自信與智慧，與他識人用人的見解，及豐厚的閱歷不無關係。劉邦所做到的，是將所有人才的潛力完全激發出來，使人人都能發揮出最意想不到的實力。如此的用人技術，史上也是極其難能罕見。

三、不計前嫌

劉邦隊伍裡，有許多人原在項羽帳下，因不被項羽重用，才投奔劉邦。劉邦態度最為值得學習的，是他完全敞開大門，不計前嫌，一視同仁地表示歡迎。如韓信原為項羽出過許多策略，但都因項羽太過剛愎自用，根本瞧不起任何人，自然不會將韓信放在眼裡。韓信掂量自己大概無發揮餘地，於是毅然決定另投他途，直到被蕭何推薦，從此追隨劉邦。相較之下，陳平的仕途彎路較多，起先他原在魏王手下，得不到重用而投奔項王。到項羽帳下雖曾受重視，但項羽缺乏遠見和氣度，見被陳平平定的殷王叛楚，不評估原因，只想找出一勞永逸的制勝之道，反倒對陳平動起殺機。陳平嚇得趕緊退回受封錢財及印信，帶把劍便飛奔向漢王。劉邦見陳平來投，「大悅之」，授予陳平在項羽帳下的原職，無需試用，便立即任命他為都尉。無論是韓信還是陳平，劉邦所展現的，都是不計前嫌的大度姿態。如此大度，一來是源自劉邦不拘一格的自由心性，最精確的說，是基於劉邦識實務的性格。一流的領導者，永遠求賢若渴，更何況在奪取天下的玩命之際！賢才自動的來協助自己，豈能愚蠢的拒之門外？這是所有成功的領導人一定具備的鮮明特點。

四、坦誠相待

高額的酬庸，對人才固然具有相當的吸引力，但若要令人才真誠的拋頭顱灑熱血，領導人所給予最誠摯的尊重和信任，才是其中最不能輕忽的關鍵。在尊重和信任上，與人才相處的最佳之道，便是開誠布公，實話實說。務實的劉邦便深具這項優點，張良、韓信、陳平……無論和劉邦談論任何問題，劉邦絕對會如實答覆，毫不掩飾自己的弱點。因為他比誰都明白，生死攸關，永遠比面子更為重要，更何況，面對與自己同搭一條船，為自己前程拚命的夥伴，又有何必要費勁的編造假話？張良在鴻門宴前得到消息，項羽第二天要率大軍剿滅劉邦，於是便問劉邦，大王打得過項羽嗎？劉邦回答「固不如也」（打不過）。劉邦因為誠實回答，才更激發張良非助他不可的潛力。之後韓信投靠到劉邦軍中，劉邦拜他為大將，他也問劉邦，大王掂量自己的能力、魅力和實力，能比得過項羽嗎？劉邦雖沉默許久，但最後還是坦誠相告「固不如也」。這些人所以願向劉邦奉獻良策，就是因劉邦總是如實以對。因此，每遇到困頓之際，劉邦一旦提出「為之奈何」，這群超級人才肯定會立即搬出上策，使劉邦皆能通過每一次的險阻。顯然，真正的人才絕不會傲慢無知的輕視長官領導，也除非領導人迂腐得恰如項羽，否則人才定會在最危急的時候，為知遇之恩而竭盡奉獻最大心力。

五、用人不疑

一位領導人最忌諱的，便是看任何人都感到可疑，今天猜忌這個，明天猜忌那個，到頭來當然只能成為孤家寡人。劉邦有一項特別的魄力，一旦決定用誰，至少在表面上，肯定會毫不懷疑的放手任其發揮。最典型的例子就是陳平，陳平從項羽軍中來投，便立刻得到劉邦的信任及重用，如此雖引來追隨劉邦許久的老臣不滿，甚至還在劉邦面前說盡陳平壞話，但劉邦仍堅持對陳平委以重任。後來，劉邦和項羽處在最膠著狀態，誰也吃不掉誰時，為了讓陳平能成功實施反間計，劉邦竟撥款黃金四萬斤，不問出入的任陳平使用。可以想見劉邦在最關鍵時刻，總能做出最超乎常人的決策魄力，對待人才，也一定能展現出絕對的信任和支持。

從另一個角度來看，劉邦的用人之術，其實也正是典型的帝王之術。表面上，他似乎用人不疑，但骨子裡卻極度猜忌，只是他猜忌得不動聲色，手腕高人一等而已。猜忌是人類生存的本能，它本身並非全無是處，但關鍵是用在什麼時機，如何不顯山露水，才是考驗領導人的最高智慧。

六、論功行賞

運用人才，首要的是真誠信任和尊重，同時也必須給予適度的行賞。獎勵是對人才所做出的最實際肯定。畢竟口頭稱讚，只能興起一時之功，絕非是留住人才的上策。且貢獻與獎勵，必須相得益彰，才能發揮最大功效。能夠賞罰分明，才會令人心悅誠服。劉邦奪得天下後，根據不同的功績，對功臣給予論功行賞。不僅封賞如蕭何、張良、韓信、彭越等顯著功臣，還聽從張良計策，封賞他最是痛恨的雍齒。如此做法，就是要讓其他尚未受封的功臣見到，連他最厭惡的雍齒都能受封，自己即使慢點封賞，或曾經犯下一些失誤，也不必驚恐沒有功勞可賞。縱然封賞稍遲，也能耐心等待。劉邦建國後，利用了軍功爵制，使封賞之事能做到盡量公平，原本想造反的手下，便因此全打消了起兵的念頭。可見論功行賞，對守成事業至關重大。打天下固然艱難無比，但安穩的守住江山，絕對比打天下更不知要難上多少倍。劉邦能聰穎的依計善用合宜封賞，才能不辜負不易打下的江山，這點特質，更是所有領導人所不可忽視的。

劉邦的成功，其中用人之術的影響至為重要。他知人善任的表現，完全可以視為領導藝術的典範，由於他對人性的深刻認識，故能空前地將一群雜牌軍組織起來，各就其位，適才適所，成功擊倒最強勁的對手——項羽。因為能夠信任人才，能充分調動人才的積極性，在暗中穩密的加以防範和控制，便能把天下人才，全皆網羅帳下，形成最強大的陣容。雖說劉邦本只是個潑皮無賴，又沒有特殊才能，但他多年的警界生涯歷練，使他早已練就了一雙火眼金睛，閱人歷事無數的他，早懂得如何駕馭人才，使原先無論在各方條件皆已大大勝己的項羽，不得不淪為他手下敗將。劉邦的成功無非說明了，領導人的魅力、氣魄及用人藝術，實在遠遠超過他是否擁有特殊才能。以上六點，皆是劉邦用盡一生，所示範出的領導藝術和智慧。直到今日，仍然值得我們繼承和發揮，這不僅是對領導人有益，若能好好善用，人才也方能有被發掘和施展的機會。這是個一舉兩得的極佳典範，更是警界最可直接借鏡的實用智慧。

有呂雉才能安內攘外

我國歷代太后臨朝不乏其人，而太后臨朝稱制，則是呂雉的創舉。呂后臨朝稱制，在形式上與權力上無異皇帝。呂后並沒有改朝換代，更沒有篡位奪權，其實她捍衛又維繫漢朝政權正常運作的貢獻，功不可沒。尤其她看清時勢，出身民間，做過耕種的農婦，相夫教子，深知人民疾苦，採取與民為善的無為政策，輕徭薄賦，一時治安良好，奠下文景之治的優良根基，更值得大書。

美中不足的是，由於丈夫劉邦移情別戀，加上後來丈夫去世的徬徨無助，在沒有安全感的驅策壓力下，才痛下殺手，殘忍酷待情敵，而蒙上不祥與殘忍婦人的惡性標籤。呂后難言痛苦的遭遇與理性自利交織下的作為，後人可以理解，卻遭世人的唾棄與謾罵，全然忘了她貴為人主，在外交主張與內政作為都以國家利益與人民福祉為首要考量，進而奠下國泰民安的基礎，也為文景之治鋪下安邦的坦途。

從劉邦說起

漢高祖劉邦長得鼻梁高聳，天庭飽滿，美髫鬚，左腿有七十二顆黑痣。為人仁慈而好施捨，行為豁達，素有大志，所以不想從事家中既有的傳統生產作業，因此長大後試用為地方的小官，分發到沛縣當泗水亭長；他官雖小，卻經常輕慢縣衙裡的官吏。

呂公慧眼相中劉邦為女婿

單父縣呂公與沛縣縣令的交情很好，他為了躲避仇家，遷居沛縣。縣裡一些官員、豪紳聽說縣令家裡來了貴客，都前往道賀。那時蕭何在縣衙擔任主吏，負責人事考核；宴客那天，他主管接待、收禮，對賀客說：「進不滿千錢，坐之堂下。」劉邦只是一名亭長小吏，卻在自己的名片大方寫上「賀錢萬」，實際上劉邦身上並無一文錢。

劉邦一入縣令大門，呂公見到劉邦相貌堂堂，大吃一驚，立刻起身走到門前迎接。呂公喜歡為人看相，見到劉邦相貌不凡，特別敬重，立刻引他上坐。蕭何說：「劉邦常說大話，極少有達成的事。」呂公不以為意，劉邦發揮說笑取鬧的本能，也藉機戲弄在座貴客後，很自在的坐到上座。

酒酣耳熱時，呂公以眼示意劉邦留下來。呂公對劉邦說：「我從年輕時就喜歡研究面相，到現在我已經看過許多人的面相，不曾見過有你這樣面相的人，希望你能看重自己。我有女兒，希望能許配給你為妻。」酒宴散了之後，呂公夫人怒責呂公說：「你常說這個女兒不同於一般人，而想將她嫁給尊貴之人。沛縣縣令和你交情好，曾向你提親要娶女兒，你都不肯，為什麼這次你就輕率的把女兒嫁給劉邦？」呂公說：「這不是妳們女人家所懂得的。」終究把女兒嫁給了劉邦。呂公的女兒呂雉就是後來的呂后，生下一子一女，即孝惠帝與魯元公主。

呂雉善於幫夫行銷

劉邦擔任亭長時，有次請假回家，到田裡找家人。當日呂雉帶著兩個孩子在田間除草，正好有位路過的老人討水喝，呂雉大方多給他一些吃的東西。老人端詳呂雉的相貌後說：「妳是天下的貴人。」呂雉請他一併看看兩位孩子的命相，他看了看說：「妳的尊貴是來自於這個男孩。」他接著相魯元公主，也說是貴人之相，說完就走開了。這時劉邦正好從旁邊的房子走過來，呂雉一五一十地告訴劉邦，那老人為母子相命都是大貴之相。劉邦問老人在哪裡，呂雉說：「剛走不遠。」劉邦立即追上前去，請教那老人，老人說：「先前那太太的孩子原來都像你一般，你的命相貴不可言。」劉邦聽了，大為感謝，說：「真如你說的，將來我不會忘了你對我的恩德。」

後來秦始皇常聽說「東南有天子氣」，於是到東方巡行，希望能鎮壓住。劉邦自己為此疑懼不安，就跑到芒、碭兩縣交界，有山勢、沼澤為屏障的巖石間四處躲藏，當呂雉和眾人去尋找時，總能找到他。劉邦覺得很奇怪，就問呂雉怎麼找得到他？呂雉說：「你待的地方，上面常有五色雲氣籠罩，所以跟著找總能找到。」劉邦樂在心中，沛縣裡的青年有人聽到這種傳聞後，多半想前去投靠劉邦。

丈夫外遇不斷　視而不見

沛公劉邦攻破咸陽，駐軍在霸上，沛公的左司馬曹無傷聽說項王大怒要攻打沛公，就暗地派人通報項羽說：「沛公欲王關中，使子嬰為相，珍寶盡有之。」曹無傷想藉機向項羽求封賞。項羽大怒，說：「明天讓軍隊吃飽，出擊攻破沛公軍隊！」亞父范增也力勸項羽擊沛公，說：「沛公居山東時，貪於財貨，好美姬。」那年劉邦攻入西楚國都彭城，即忙於接收美女財貨，等到項羽殺回來，劉邦才想起要找失聯已久的妻女。那時劉邦家人早已四處逃難，東躲西藏，在逃亡中走失了；後來劉父太公與呂雉在小路上被項羽手下俘虜，成了人質，直到鴻溝議和，呂雉才被送回來。

劉邦與呂雉婚前，在外已有一位曹姓的「外婦」，即外遇之婦，生下了一子，名為劉肥，後來被劉邦封為齊王，即齊悼惠王；劉邦又下令：「凡是說齊語的城邑，都劃歸齊王統轄。」俾使齊王劉肥的都城能擴大，轄有七十餘城。可見齊王受寵的程度。後來呂雉被俘兩年多期間，劉邦在外又遇到能歌善舞的大美女戚夫人，也生下一子，名劉如意。此時劉邦、呂雉兩人聚少離多，感情生變了。

周昌死忠　力挺呂后

周昌早年跟隨劉邦，一起在沛縣起義，他一向正直敢言，連蕭何、曹參見他也要退讓三分。有一次周昌在劉邦飲宴時進入奏事，撞見劉邦擁抱戚夫人，周昌轉頭就走。劉邦追上去，抓住周昌，騎在他的背上，問他：「我是什麼樣的君主？」周昌說：「陛下是桀、紂一樣的君王！」劉邦聽了居然哈哈大笑。

劉邦要廢呂后所生的太子劉盈，想改立戚夫人所生的兒子劉如意為太子，大臣都持反對的態度，但是劉邦不為所動。直到張良被建成侯所逼，強行要他出個主意以打消劉邦廢太子的念頭，他才不得已運用謀略作為，請出商山四皓而終止劉邦的廢立風波。

當時周昌也反對廢立太子，而且是強烈地向劉邦抗議。劉邦問周昌反對的理由何在。周昌一向說話口吃，又在盛怒之下，說話更是結結巴巴，他說：「臣口不能言，然臣期期知其不可。陛下雖欲廢太子，臣期期不奉詔。」周昌不畏皇帝威權，堅持絕不聽命行事廢太子。劉邦貴為皇帝，對他也無可如何，只是欣然微笑。當時呂后在東廂偷聽到君臣這一幕對話，會後見到周昌，竟感動得跪謝，說：「若沒有你的協助，太子幾乎被廢了！」

叔孫通仗義　張良獻策支持呂后

叔孫通在秦二世做一名待詔的博士，隨時聽候皇帝的差遣。陳勝起義反秦後，他逃亡改跟隨項梁。項梁敗死後，他又投奔楚懷王，侍候項羽。等到劉邦攻入彭城，他又投靠劉邦。劉邦很討厭他穿儒服，他立刻就變裝，改穿短衣，像楚人的服飾，劉邦才感覺滿意。

叔孫通帶著百餘學生追隨劉邦。漢高祖五年，劉邦一統天下後，在上朝或宴會時，群臣飲酒爭功，醉或妄呼，喝醉酒時就在廷上隨便呼喊叫鬧，或拔劍擊柱，毫不節制行為，劉邦已貴為皇帝，對此亂象深為厭惡。叔孫通瞭解劉邦討厭臣子的心理，就為劉邦制訂朝儀，立下臣子進退應對的規矩，從此大臣等行禮如儀，劉邦才如釋重負，享受帝王的威儀，於是說：「吾乃今日知為皇帝之貴也。」然後拜叔孫通為太常，賞賜黃金五百斤。

漢高祖九年，劉邦任命叔孫通為太子劉盈的太傅，擔任太子的指導老師。漢十二年，劉邦要換掉太子劉盈，改立趙王如意。叔孫通期期以為不可。

叔孫通全力勸阻劉邦廢立太子，他說：「昔者晉獻公以驪姬之故，廢太子，立奚齊，晉國亂者數十年，為天下笑。秦以不蚤（早）定扶蘇，令趙高得以詐立胡亥，自使滅祀，此陛下所親見。今太子仁孝，天下皆聞之；呂后與陛下攻苦食啖（謂食淡味而操苦業，即同甘共苦），其可背哉？陛下必欲廢適而立少，臣願先伏誅，以頸血污地。」叔孫通先舉歷史的教訓，再稱讚太子的仁孝，接著認定劉邦與呂后夫婦一路同甘共苦努力奮鬥，怎能背叛呢？如果要廢太子，我就死在你面前。一番話說得正義凜然！

劉邦說：「算了，我只是開玩笑的。」

叔孫通說：「立太子是國家的根本，根本一動，整個國家就隨之動搖，怎可拿天下安危開玩笑呢？」

劉邦才說：「我聽你的話就是了。」

由於惠帝為人善良寬厚，劉邦認為他沒有王者之風，常想要廢掉他太子的地位，改立戚姬所生的劉如意為太子，因為劉如意比較像劉邦自己，所以喜愛如意。由於戚姬時常跟在劉邦身邊，很受寵愛，就隨劉邦到函谷關以東的地區活動，她常日夜啼泣，要求劉邦改立如意為太子。那時呂后已經年老，常留守關中，難得一見劉邦，夫妻感情越來越疏離。不過，劉邦雖然一再揚言要改立太子，也差點成真，都幸好有朝中大臣支持呂后，反對另立太子；尤其呂后強力請教留侯張良獻策，請出商山四皓，才真正化解太子繼位的危機。

呂后個性剛毅，多有定見，堅持原則。她輔佐劉邦打下漢朝的江山，為鞏固漢家的天下，她也大力協助劉邦誅殺建國有功的將相大臣。

協助丈夫誘殺叛將

漢高祖四年，韓信攻下齊國各地，要求劉邦立他為齊王，劉邦同意後，派他攻打項羽。項羽方失去龍且將軍，就派武涉遊說韓信獨立稱王，與項羽、劉邦三分天下，韓信婉拒。武涉剛走，齊國辯士蒯通也加入遊說行列，仔細分析情勢，請韓信保持中立鼎足而三，他還是心懷感恩劉邦，不忍背叛。

後來張良獻策，韓信與劉邦會師垓下，項羽自刎身亡，劉邦立即奪取韓信的兵權。漢高祖五年改封韓信為楚王，都下邳。漢高祖六年，有人告發韓信造反，劉邦藉巡視雲夢大澤之名，輕易逮捕韓信，並帶回洛陽，貶為淮陰侯。

漢高祖十年，陳豨被任命為趙國丞相前，向韓信辭行。那年，陳豨造反，劉邦親征，韓信稱病不去。當時，韓信家裡一個門客因犯罪被韓信關起來，要殺他。這門客之弟竟先發制人，寫信向呂后告發韓信要造反。呂后找蕭何研究，讓蕭何去找韓信，騙他說陳豨被俘斬首，劉邦已平亂回來，文武百官都去入朝敬賀。蕭何一再勸韓信，即使有病，也要入宮一下。韓信勉強前行，一進長樂宮，呂后便命令武士逮捕綑綁，押入鍾室斬首，並殺韓信三族。

側問丞相人選　想到下一代

呂后有二位兄長，都曾為將軍，幫助劉邦南北征戰。大哥是周呂侯呂周，早年戰死，劉邦分封他的兒子呂台為酈侯，呂產為交侯；至於次兄呂釋之被封為建成侯。

淮南王黥布反叛，劉邦親征時，不幸被流矢所傷，傷勢不輕，一路奔波，病情更重。呂后請來良醫診治，醫生看診後，劉邦問病情，醫生說：「病可治。」劉邦聽了動怒，說：「吾以布衣提三尺劍取天下，此非天命乎？命乃在天，雖扁鵲何益！」於是不肯再治，賜黃金五十斤，命他出去。

過了一陣子，呂后問劉邦：「陛下百歲後，蕭相國即死，令誰代之？」

劉邦說：「曹參可。」

呂后問：「曹參以後呢？」

劉邦說：「王陵可。然陵少戇，陳平可以助之。陳平智有餘，然難以獨任。周勃重厚少文，然安劉氏者必勃也，可令為太尉。」

呂后追問以後的人選。

劉邦說：「此後亦非而（妳）所知也。」

劉邦死後，丞相的接班人選，呂后多照著丈夫提出的曹參、王陵、陳平、周勃等人任命，都是一時之選，可見呂后的睿智與尊重劉邦的遺囑。其實，此一女流之輩，無愧為一代的政治家。

呂后欲殺功臣　酈商化解危機

劉邦病逝在長樂宮，四日不發喪。呂后與審食其商量：「諸將與皇帝都是平民百姓出身，現在他們卻是臣子，因此內心常不痛快，如今又要侍奉年輕的帝王，如果不把那些老將都殺了，天下會不安定的。」這些話被旁人聽到，轉報將軍酈商，酈商不以為然，立刻找上審食其，說：「吾聞帝已崩四日，不發喪，欲誅諸將。誠如此，天下危矣。陳平、灌嬰將十萬守滎陽，樊噲、周勃將二十萬定燕、代，此聞帝崩，諸將皆誅，必連兵還鄉（向）以攻關中。大臣內叛，諸侯外反，亡可翹足而待也。」審食其認同當前情勢危急，立即進宮報告呂后，分析利害關係，於是呂后醒悟，才為劉邦發喪，大赦天下。

漢高祖劉邦死後，太子劉盈繼位，是為漢惠帝。當時劉邦有八子：長子劉肥封齊悼惠王，戚姬的兒子劉如意封趙隱王，薄夫人的兒子劉恆封代王，其餘還有梁王劉恢、淮陽王劉友、淮南王劉長、燕王劉建。劉邦同父異母的弟弟劉交為楚王、二哥劉仲之子劉濞為吳王，非劉姓而封王的功臣只有一人，即番陽縣令吳芮之子吳臣為長沙王。呂后則被尊為皇太后。

朱建化解呂后緋聞危機

楚國人朱建曾任淮南王黥布的丞相，後來犯罪去職，不久又回到黥布的身邊做事。朱建口才便給善辯，為人廉正剛直，住在長安。他交遊有度，一向堅守原則，絕不輕易附和討好，所謂「行不苟合，義不取容」，因而受到時人的敬重。

那時辟陽侯審食其形跡不檢，與呂后過從甚密，深受呂后的寵幸。那時審食其一直慕名想認識朱建，朱建卻不肯相見。等到朱建母親往生了，由於辯士陸賈時常與朱建交遊，就去探望朱建。朱建家境不好，沒有餘錢辦喪事，正想借錢購買棺器等。陸賈見有機可乘，一面要朱建不妨先去辦喪事，一面趕著去求見審食其。陸賈見到審食其，脫口祝賀說：「朱建母親死了。」審食其說：「朱建母親往生了，為什麼來向我道賀？」陸賈說：「日前君侯想認識朱建，朱建出於大義，不肯與你來往，是他母親還健在的因素。如今他母親走了，您可以誠心誠意贈送厚禮為他治喪，未來他一定會為您效命的。」審食其一聽，深表認同，立刻奉送百金作為奠儀，消息傳出後，長安的列侯、顯貴都跟進，朱建共收得五百金。

後來辟陽侯審食其與呂后越走越近，關係益發曖昧。宮中有人向漢惠帝告狀審食其的形跡不檢，惠帝大怒，逮捕審食其下獄，準備誅殺審食其以斬斷母親的緋聞流言。此時呂后的處境十分為難，既不敢強悍干預行政，又不好逕行插手司法審判，以出手相救。由於大臣都痛恨審食其的專橫穢行，人人都想藉此機會除掉審食其。

此時審食其陷入存亡危急之際，遂向朱建求救。朱建婉拒，說：「案情緊急，官司嚴重，我不敢前去見辟陽侯。」事後，他卻去求見漢惠帝的寵幸閎籍孺，開導他說：「君所以得幸帝，天下莫不聞。今辟陽侯幸太后而下吏，道路皆言，君讒欲殺之。今日辟陽侯誅，旦日太后含怒，亦誅君。何不肉袒為辟陽侯言於帝？帝聽君出辟陽侯，太后大歡。兩主共幸君，君貴富益倍矣。」朱建認為閎籍孺受到漢惠帝的寵幸，天下人盡皆知。現在辟陽侯審食其也受到呂后的寵幸，卻受人陷害被關，路上傳言都說是你讒言想殺他。現在辟陽侯被殺，改天太后含怒，必然也殺你洩憤。為此建議閎籍孺不如快向惠帝求情開釋辟陽侯，而惠帝一向寵信你，只要釋放辟陽侯，呂后就開心，呂后與惠帝母子都高興，你就富貴加倍了。閎籍孺聽了，十分惶恐，於是聽從朱建的建議向惠帝說情，辟陽侯審食其才幸免於難。

當初審食其向朱建求援時，朱建卻避不見面，審食其很不諒解，認為朱建忘恩負義，很是生氣。等到自己能成功出獄免於一死，發現都是朱建的功勞，才大吃一驚。後來呂后死了，劉氏家族與大臣聯合誅殺諸呂，其中辟陽侯與諸呂家族十分交好，卻未被連累誅殺，也是陸賈與朱建的功勞。

嫉恨戚姬奪愛　毒殺趙王如意

呂后取得執政的正當性與優勢後，第一件要執行的大事，莫過於除去她心頭最怨恨的戚夫人及其子趙王如意。首先，她立即下令逮捕能歌善舞的戚夫人，打入專押女犯的永巷裡囚禁起來。第二步，她下令召回趙王如意進宮。呂太后的使者一連出去三批，要求趙王入京。由於劉邦早已預見自己死後，戚夫人母子一定會受到呂后秋後算帳，因此，他生前特別指派朝中大臣及呂后都敬重的忠直大臣建平侯周昌，擔任年幼的趙王如意的丞相，隨時在旁指導，保護他的人身安全。

建平侯周昌告訴呂后的使者，說：「當年漢高祖派我來，任務就是要我輔佐趙王；如今趙王年幼無知。我聽說太后怨恨戚夫人，要召請趙王回京，加以殺害。我擔心趙王遭遇不測，所以臣不敢請趙王進京。何況現在趙王確實也有病在身，實在不能奉詔入京。」呂后知道趙王不能成行入京，一定是周昌在其中下指導棋。呂后大怒之餘，改假傳聖旨，下詔調回周昌進京述職。周昌無計可施，只好奉命離開趙國，回到長安。呂后再派人去召回趙王如意，趙王只好跟著回京。

由於惠帝一向宅心仁厚，又事先受到周昌的提醒，他知道呂后發怒，趙王如意回來一定沒有好下場，所以，在如意回京的途中，特意前往霸上親自迎接趙王，兩人一起入宮。入宮後，惠帝起居飲食與趙王形影不離，所以呂后一直找不到機會下手殺害。惠帝元年十二月的一天，惠帝一早起身出宮打獵，趙王如意年紀輕，貪睡不能早起隨行。呂后一聽說趙王一人獨處，立刻派人拿毒酒騙趙王喝下。等到惠帝打獵回來，趙王已死；惠帝悲痛萬分，卻也無可奈何。呂后接著調淮陽王劉友接替趙王一職。

痛恨奪愛　辱折戚姬

呂后痛恨戚夫人，毒死戚夫人之子趙王如意後，稱心快意，乘勝追擊戚夫人。戚夫人早已被捕下獄永巷，毫無招架之力，呂后遂斷掉她的手腳，挖掉雙眼，又把雙耳弄成聾子，再灌飲喑啞的藥水讓她說不出話來，更把她扔到廁所中，稱她是「人豬」。

過了幾天，呂后叫惠帝一起去看「人豬」。惠帝一見豬狀動物不知所以，問呂后，方知是戚夫人。惠帝惻隱之心大動，悲慟異常，生了一場大病。

惠帝派人告訴呂后，說：「此非人所為。臣為太后子，終不能治天下。」從此惠帝每天飲酒作樂，沉醉女色，不再聽政，身體越來越虛弱。

劉肥家宴失禮　呂后轉怒為喜

漢惠帝二年，楚元王劉交、齊悼惠王劉肥都晉京朝見。十月，惠帝與劉肥一起在呂后的面前舉行家宴飲酒。惠帝認為齊王劉肥是自己的兄長，就請他坐上座，如同一般百姓人家不拘禮儀。

呂后一見劉肥先上座，大不以然，認為劉肥怎可以不顧君臣之禮而上座，非常生氣，就派人取來兩杯毒酒，放在劉肥的面前，命令齊王起來舉杯先乾，向呂后祝福敬酒。齊王一起身，身為弟弟的惠帝遂跟著站起來，要取其中一杯酒向呂后祝壽。呂后見狀，一時驚恐，立刻起身，奪取惠帝手上的酒杯，把酒潑灑一地。

齊王劉肥看到眼前這一幕，感到十分怪異，因而不敢再喝，假裝醉酒而去。

齊王一夜家宴，受到驚嚇；後來一問究竟，才知道兩杯都是毒酒，立即陷入極度的惶恐不安，擔心遭遇不測；想到無法離開長安，齊王更是憂心忡忡。這時齊王內史向齊王獻策，說：「太后獨有孝惠與魯元公主。今王有七十餘城，而公主乃食數城。王誠以一郡上太后，為公主湯沐邑，太后必喜，王必無憂。」於是齊王立刻向呂后獻上城陽郡，並尊稱魯元公主為齊國的太后。不出齊國內史的判斷，呂后果然心喜，隨即在齊王京城的官邸設宴，暢快樂飲，而後放走劉肥返回齊國。

呂后大哭無淚　陳平大夢方醒

惠帝在位七年病逝，年僅二十四歲。舉喪那天，呂后大哭，卻見不到她流下眼淚。

留侯張良的兒子張辟彊，那時在皇帝身旁當侍中，才十五歲，他對丞相說：「太后只有惠帝一個兒子，現在兒子死了，太后哭得並不像很傷心，你知道其中的道理嗎？」

丞相陳平說：「什麼原因？」

張辟彊說：「惠帝沒有成年的子嗣，太后對你們又很不放心。你如果帶頭請求太后讓呂台、呂產、呂祿為將軍，統領南北軍，以及讓呂家的人入宮，在宮內掌握大權，如此一來，太后才會心安，你們這些功臣才能免於禍害。」

丞相陳平果然照著張辟彊的建議去安排。這時，呂后果然心安，方為惠帝之死哭得十分傷心，而呂氏家族掌握國家的權勢就是從這裡開始的。辦完喪事，呂后大赦天下，立太子接帝位，去拜謁高祖廟。從少帝元年起，所有國家的號令，一切由呂后作主。

欲封諸呂為王　王陵直言去職

太后掌握皇權後，就想封諸呂兄弟為王。她問右丞相王陵的意見。王陵說：「高帝刑白馬盟曰：『非劉氏而王，天下共擊之。』今王呂氏，非約也。」呂后聽了不高興。

呂后又問左丞相陳平、絳侯周勃的看法。周勃等人都說：「高帝定天下，王子弟；今太后稱制，王昆弟諸呂，無所不可。」太后聽了，十分滿意，才宣布退朝。

退朝後，王陵責備陳平、周勃說：「始與高帝歃血盟，諸君不在耶？今高帝崩，太后女主，欲王呂氏，諸君縱欲阿意背約（你們任意的迎合阿諛太后，違背誓約），何面目見高帝地下？」陳平、周勃回答：「於今面折廷爭，臣不如君；夫全社稷，定劉氏之後，君亦不如臣（在太后面前據理力爭，我們不如您；但是為了保全國家和劉氏的子孫，您可是不如我們）。」王陵聽了也無話可說。

不久，呂后廢掉王陵的右丞相職務，拜他為少帝的太傅，明升暗降，奪走了王陵的首席丞相大權，而王陵就稱病返鄉。呂后接著讓陳平接任右丞相，讓辟陽侯審食其接陳平遺缺的左丞相審食其深受呂后的信任，卻不履行左丞相的職務，倒像個郎中令一樣，守在呂后的身邊，負責管理宮中一切事務工作。由於審食其受到呂后的寵信，所以他掌控著宰相的實權，所有公卿大臣有事都只找審食其商討。這時，呂后追封酈侯呂台之父呂澤為悼武王，由此可見呂后正為未來封諸呂鋪路。

先封劉氏　再封呂氏為王

四月，呂后為了要封自己人為王，就先封高祖劉邦的功臣之一郎中令馮無擇，因他在滎陽戰役中曾保護呂澤殺出重圍，因此封他為博城侯。後來魯元公主死了，呂后賜諡為魯元太后，而封魯元太后的兒子張偃為魯王。魯王張偃的父親就是宣平侯張敖，張敖是趙王張耳的兒子，娶魯元公主為妻。另外，還封齊悼惠王劉肥的兒子劉章為朱虛侯，把呂祿的女兒嫁給劉章為妻。封齊國丞相齊壽為平定侯；封九卿之一皇家總管的少府陽成延為梧侯；封呂后之兄建成侯呂釋之之子呂種為沛侯；封呂后姐之子呂平為扶柳侯；封劉邦騎將張越人之子張買為南宮侯。

呂后為封呂氏家族為王，就先封惠帝後宮一般嬪妃的孩子劉彊為淮陽王、劉不疑為常山王、劉山為襄城侯、劉朝為軹侯、劉武為壺關侯。呂后封完劉家兄弟為侯後，再放出口風，暗示大臣提出呂家兄弟也可以封王。大臣順勢配合演出，請建議呂后也應該封酈侯呂台為呂王，太后欣然批准。建成康侯呂釋之死後，他的兒子繼位，後來犯罪了，侯爵就被廢掉，改封他的弟弟呂祿為胡陵侯，延續康侯呂釋之的香火。少帝二年，常山王劉不疑去世，其弟襄城侯劉山繼位，改名為劉義。十一月呂王呂台去世，賜謚為肅王，太子呂嘉代立為呂王。少帝三年這一年平安無事。少帝四年，呂后封妹妹呂嬃為臨光侯、呂他為俞侯、呂更始為贅其侯、呂忿為呂城侯，其他諸侯、丞相等五人也被封侯。

劉章故意殺人　呂后未加問罪

西漢初年，劉章入朝進宮負責宿衛安全工作，此時太后呂雉封他為朱虛侯，並把侄子呂祿的女兒許配給他。劉章是齊哀王劉襄的兒子，也是齊悼惠王劉肥的孫子，而劉肥就是劉邦外遇對象曹氏愛的結晶。高祖六年，劉邦立劉肥為齊王，封地七十三城，凡能說齊國話的百姓，全都歸屬齊王，可見曹氏母子在劉邦心目中的地位。

那一年朱虛侯二十歲，仍在宮廷侍衛安全。劉章年輕氣盛，孔武有力，不滿呂氏家族專權，而劉氏失權失勢，時常言語憤恨不平，毫不掩飾心中的喜怒。

有一天，他入宮陪侍呂雉一場家常酒宴。宴席中，呂雉下令劉章為「酒吏」，負責監督筵席上的飲酒規矩。劉章主動提出要求：「我是將軍的後代，請准許我依軍法監督酒宴活動。」呂雉滿口答應。到了酒酣耳熱時，劉章起身敬酒，又歌又舞助興，然後陳請說：「請求允許太后唱一首耕田歌。」

呂后一向把劉章當小孩看待，實際上劉章也是呂后的孫輩，因而笑說：「你父親生於平民之家，知道耕種之事；而你生下來就是王子，怎麼知道農事呢？」劉章說：「我知道！」呂后就說：「那你就唱吧！」劉章開唱：「耕種農事，土地要深耕，種子要密植，留置的苗秧要稀疏，雜草野苗都要連根剷除。」呂后聽到劉章話中有話，一時沉默下來。

酒席仍在進行中。這時，劉章忽見呂氏家族有一人喝醉了，想往外溜走，逃避再喝。劉章立刻追出去，拔劍斬首，回報呂后，說：「有人不想喝酒而溜逃，我已按軍法殺了他！」呂后及左右大臣一時震驚，都說不出話來；由於呂后已准許他依軍法行監酒，所以未加問罪，直到結束。

劉章言語之奇，出手之重，剛烈的呂后竟未動怒加以治罪殺人。劉章逃過一劫或許是他年輕，涉世未深？或他娶呂后的侄女為妻有關，或許他的道德勇氣過人！不過，他未大吃大喝，心頭冷靜，伺機斬殺違法違紀而立威，確是毋庸置疑。就此大無畏的勇猛一舉，從此呂家忌憚他，劉家敬重他，而漢朝大臣們也對劉章另眼相看了。

小皇帝揚言惹禍　呂后加以軟禁

宣平侯張敖的女兒張嫣嫁給漢惠帝，成為皇后，並未生子，她為求得一子，假裝懷孕有身，然後找到後宮佳麗所生的一位男孩，收下偽稱是惠帝的孩子；最後殺死這孩子的生母，才立他為太子。等到惠帝死後，這位太子被擁立為皇帝。這小皇帝稍長，不知從哪裡聽到自己的生母已被殺死，自己並非皇后親生的兒子，心中憤恨不平，竟揚言說出：「母后怎能殺我的母親，說我是她的兒子？我年紀還小，等我長大後一定要為母報仇！」呂后聽見太子的抱怨，感到十分憂心，擔心太子長大後會出亂子，就把他幽禁在永巷。

呂后對外宣稱，皇帝生病了，而且病情很嚴重，使得左右大臣都見不到皇帝的面。呂后說：「凡有天下治為萬民命者，蓋之如天，容之如地，上有歡心以安百姓，百姓欣然以事其上，歡欣交通而天下治（凡擁有天下統治之權的人，當為百姓著想，當如天地能覆蓋包容萬物。帝王要誠然歡喜的安定百姓生計，百姓也當心悅誠服的事奉帝王，君民彼此之間都能歡欣溝通，天下就能治平）。今皇帝病久不已，乃失惑昏亂，不能繼嗣奉宗廟祭祀，不可屬天下，其代之。」呂后明言皇帝不行，要換人做。所有群臣聽了呂后的意旨，沒人敢反對，都叩頭說：「皇太后為天下齊民計，所以安宗廟社稷甚深，群臣頓首奉詔。」

呂后於是廢掉小皇帝，並暗中加以殺害。五月丙辰，立常山王劉義為帝，改名為劉弘。呂后所以不稱元年，是因為她已經掌握天下的權柄。接著呂后封軹侯劉朝為常山王，設立太尉官，絳侯周勃為太尉。五年八月，淮陽王劉彊死後，以其弟壺關侯劉武接替淮陽王。六年十月，太后認為呂王呂嘉，平時行為誇張，為人驕傲放肆，於是廢掉王位，改以肅王呂台之弟呂產為呂王。同年夏天，大赦天下，封齊悼惠王劉肥之子劉興居為東牟侯。

劉友外遇　呂后加以留置

七年正月，呂后召請趙王劉友入京。劉友雖然娶呂氏女為王后，但不愛呂女，反而愛慕其他的女人；呂氏女因而妒火中燒，氣得離開趙國前往長安，向呂后告劉友一狀說：「呂氏安得王！太后百歲後，吾必擊之。」太后聽到劉友說要在呂后死後，消滅呂家的讒言，勃然大怒，因而立即召趙王進京述職。趙王抵達長安京城，立刻被留置在官邸，呂后根本不想見他，反而指派警衛看守住他，讓他失去自由，無法動彈，並且不給食物，準備餓死趙王。趙王的群臣有的看不過去，就私下偷偷送去一些食物，這些好人都被呂后逮捕論罪。

趙王被困乏食，餓得不成人形，忍不住吟唱詩歌：

諸呂用事兮劉氏危，
迫脅王侯兮彊授我妃。
我妃既妒兮誣我以惡，
讒女亂國兮上曾不寤。
我無忠臣兮何故棄國？
自決中野兮蒼天舉直，
于嗟不可悔兮寧早自財（裁）。
為王而餓死兮誰者憐之！
呂氏絕理兮託天報仇。

正月十八日，趙王被關活活餓死，僅以平民的身分辦理喪禮，葬在長安一般百姓的墓地。正月三十日，大白天竟發生日蝕，當天一片黑暗，呂后心生厭惡，心情不好，對左右說：「這是因我而起的。」趙王劉友死後，二月間，呂后下令調梁王劉恢為趙王。呂王呂產改派為梁王。梁王不肯赴任到趙地，呂后就留他在長安，做皇帝的太傅。後來立惠帝之子平昌侯劉太為呂王，梁國改名為呂國、呂國改名為濟川國。呂后的妹妹呂嬃有一女兒，嫁給營陵侯劉澤為妻，劉澤擔任大將軍一職。由於呂后大肆封呂氏家族為王，唯恐未來她死後，劉澤大將軍可能迫害呂氏，就封劉澤為琅邪王，就是要安撫劉澤的心意。

劉恢不愛呂家　劉恆留守代地

梁王劉恢後來還是前往趙地去當趙王，但是心裡一直悶悶不樂。呂后知情後，就安排呂產的女兒嫁給劉恢為后。王后及其他跟班到趙國的人員都是親附呂后的死黨，他們到了趙國，專制擅權，暗中盯住趙王的一舉一動，趙王毫無自由可言。他們只要發現趙王一有親愛的女子，王后就狠心的指使人將她毒死。趙王過著生不如死的日子，遂作了詩歌四章，交由樂工歌唱。趙王越聽越悲傷，六月即自殺身亡。呂后聽聞此事，認為趙王只因為女人的關係竟棄宗廟禮儀而不顧，一死了之，很不以為然，就廢了他的後代繼承王位的權利。

宣平侯張敖死後，其子張偃繼任為魯王。這年秋天，太后派使者告訴代王劉恆，要任命他去趙地做趙王，代王劉恆婉謝不去赴任，寧願留在代地守住邊防。

趙王如意鬼魂作怪　呂后一病不起

三月中，呂后外出祭祀，祈求健康平安；事後返回長安，路過軹道，忽然見到一隻像黑狗的怪物，跑來撞到呂后的腋下，又忽然的消失了。呂后心裡不安，找人來占卜，卜者說，那怪物是前趙王劉如意在作怪。從此，呂后腋下傷痛不癒，臥病不起。

七月中，呂后的病情轉趨沉重，知其來日無多，為防患未然，就下令趙王呂祿為上將軍，統率駐防未央宮的北軍；呂王呂產統領駐防長樂宮的南軍。呂后又特別叮嚀呂產、呂祿說：「高帝已定天下，與大臣約曰：『非劉氏王者，天下共擊之。』今呂氏王，大臣弗平。我即崩，帝年少，大臣恐為變。必據兵衛宮，慎勿送喪，毋為人所制。」

八月一日，呂后去世了。她下遺詔賞賜諸侯王各黃金千斤，各將、相、列侯、郎官、吏役人員也按官階高低賜給黃金，同時發布大赦天下。此外，任命呂王呂產為相國，呂祿的女兒為小皇帝的皇后。

太史公說：漢惠帝、呂后之時，平民百姓才脫離兵荒馬亂的戰爭之苦，君臣上下都想休息無為，不要再大張旗鼓了。所以漢惠帝「垂拱而治」，呂后女主稱制代行天子之權，她足不出戶，天下太平無事。國家很少動用刑罰，不法歹徒也是少見；人民多專心耕種生產，生生不息，衣食富足。

思來者——宜家宜室　一言難盡

歷年人人痛罵呂后為人善妒、生性兇殘，又殘暴毀容劉邦最愛的戚姬；不顧劉邦重病在身，要他御駕親征，不肯讓兒子劉盈出戰平叛？對於漢初開國功臣韓信、彭越等大將，絲毫不假辭色，借刀殺人，毫不留情等等，都令人聞之不寒而慄。

呂后果真是一位無情無義的女主，是一位兇殘暴虐的惡魔化身嗎？為什麼人性變得如此不堪？為何原本良善的個性也會質變到難以卒睹的地步？

呂后在少女時代，奉愛看命相的父命，嫁給職位卑微的小吏（泗水亭長）劉邦，她沒有異議，還是如此馴良溫婉地嫁過去。出閣後，又與子女在田裡耕種，刻苦耐勞，對待路過老人如家人般尊敬，豈非孝順又馴良？她後來怎麼會生性大變泯滅人性？

劉邦自小滿口謊言，騙人無數，調戲嬉笑，遊戲人間。他尤其性好酒色財貨，多年在外，外婦不斷；疏於聞問妻子呂雉，加上她被項羽俘虜兩年餘，劉邦似也不急於設法援助搶回，反而在定陶邂逅年輕貌美的戚姬，從此把糟糠之妻置於腦後，不思家人團聚，甚至連老父太公被俘、被恐嚇也無動於衷，淡然面對。劉邦自從遇見戚姬後喜新厭舊，從此與元配呂雉益加疏遠，夫妻感情越來越淡！何以致之？

劉邦要廢呂后所生的太子，讓戚姬所生的如意取而代之，呂后是可忍孰不可忍？呂后以殘酷手段殺害戚夫人，又毒死趙王如意以斬草除根，俱見其狠毒的一面，究竟是誰讓她如此兇殘？

呂后面對對手，其出手之重，鋒銳難擋；其下手之狠，天下無敵！殺情敵、殺劉邦之子、殺漢朝諸功臣，封呂氏為王、分配的任務，預判未來的發展，都一語中的，俱見精準到位，吾人實不宜輕率蓋棺定論呂后得失。她是不是開我國歷朝陰狠三大女王之首？存在不一定合理，但一定有原因，如果呂雉能現身給個說法，她一定有很多理由。

在〈外戚世家〉中，太史公評論：「漢興，呂娥姁為高祖正后，男為太子。及晚節色衰愛弛，而戚夫人有寵，其子如意幾代太子者數矣。及高祖崩，呂后夷戚氏，誅趙王，而高祖後宮唯獨無寵疏遠者得無恙。」太史公的用字筆法，真是耐人尋味，其中的隱性意涵值得我們深思。然而，司馬遷似意猶未盡，說完劉邦死後，凡受到他寵愛的後宮嬪妃都無法幸免於難外，太史公在敘述竇太后的史實，補筆一段，再舉例印證呂雉的恩怨分明：「高祖崩，諸御幸姬戚夫人之屬，呂太后怒，皆幽（禁）之，不得出宮。」後宮「御幸」姬的漏網之魚，有一位是薄姬，她「希見高祖」，由於薄姬「以希見故，得出，從子之外，為代王太后」。代王太后之子就是代王劉恆，後來被立為漢文帝，薄太后乃改號為皇太后。受寵幸或被疏遠，戚夫人與竇太后幸或不幸？真是造化弄人！

漢高祖劉邦稱帝初年，歧視商人，故意貶低他們的社會地位，還重重加以課稅。呂后執政時，還以商人公道，合理徵稅，國庫反而減輕負擔。據〈平準書〉載：「天下已平，高祖乃令賈人不得衣絲乘車，重租稅以困辱之。孝惠、高后時，為天下初定，復弛商賈之律（廢弛高祖時壓迫商人的規定），然市井之子孫亦不得仕宦為吏。量吏祿，度官用，以賦於民。而山川園池市井租稅之入，自天子以至於封君湯沐邑，皆各為私奉養焉，不領於（不屬於）天下之經費。漕轉山東粟，以給中都官（京都之中各官府官俸的需要），歲不過數十萬石。」由此可見呂后在位期間，不僅沒有尊卑階級觀念，對於百廢待舉的帝國，在振興經濟與財政收支都有獨到之處。

呂后於內政經濟政策其實大有貢獻，不容忽視。太史公在〈酷吏列傳〉說：「漢興，破觚而為圜，斲雕而為朴，網漏於吞舟之魚，而吏治烝烝，不至於姦，黎民艾安。」《漢書》作者班固對此論斷，完全照抄在〈循吏列傳〉，又具體描述：「漢興之初，反秦之敝，與民休息，凡事簡易，禁網疏闊，而相國蕭、曹以寬厚清靜為天下帥，民作畫一之歌。」並強調呂后的政績：「孝惠垂拱，高后女主，不出房闥（音踏，宮中小門），而天下晏然，民務稼穡，衣食滋殖。」蕭何、曹參都是崇尚黃老思想，力倡無為而治，期許上逸而下民從化，因而移風易俗；前不若秦末之治安手段之剛猛、法令之苛刻，後不似武帝對外好大喜功，對內嚴刑峻法，而酷吏當道，大肆誅殺，以殘酷治理為能事，官民聞之色變，人人不寒而慄的威嚇統治理念。

一般人評斷呂后都聚焦其殘忍對付情敵，殊不知戚夫人有其大不敬之處，自不待言。如僅以一、二家事家暴刑事案件論斷呂后一生，不無流於見樹不見林之弊。秦代政風崇尚酷虐，用人不當，政爭不斷，雖統一天下，卻終於迅捷自亡。結束暴秦的劉邦，也不暇休養生息，猶受傷帶病忙於討伐叛亂，急於誅殺功臣，以安劉家天下，想當時大小功臣諒必人人自危。至漢惠帝立，呂后主政，就治安政策言，崇尚寬簡，與民休息，方有良好吏治，平順治安，人人安居樂業，進而「衣食滋殖」，奠下安定休養、足食的基礎，加以文景兩帝沿襲黃老之風，累積國富民安，才有武帝的文治武功，整體而言，呂后內政、經濟政策正確應有功勞。

呂后於外交政策，亦多所隱忍，把持克制，顯示她有獨到的主見，而保障漢初人民生命、財產的安全，不致生靈塗炭。秦末漢初，超過八年，「丁壯苦軍旅，老弱疲轉漕」，人口銳減，經濟疲困，人生苦不堪言。〈陳丞相世家〉記載，劉邦脫困平城，還過曲逆，登城遠望見屋室甚大，說：「壯哉縣！吾行天下，獨見洛陽與是耳。」他哪裡知道民生疾苦，轉問左右御史曲逆縣有多少戶口？答案是：「始秦時三萬餘戶，閒者兵數起，多亡匿。今見五千戶。」可見多年戰亂，民生凋敝，民力窘結，經濟崩潰，何有國力可言。

劉邦死後，匈奴一代霸主冒頓尚且大言不慚寫信給呂后：「孤僨之君，生於沮澤之中，長於平野牛馬之域，數至邊境，願遊中國。陛下獨立，孤僨獨居。兩主不樂，無以自娛，願以所有，易其所無。」如此露骨的性騷擾，無禮至此，呂后接信當場大怒，召請朝廷群臣討論對策。據〈季布欒布列傳〉載，上將軍樊噲體會上意，竟說：「臣願得十萬眾，橫行匈奴中。」其他群臣諸將也都逢迎呂后的心意，一致附和樊噲一起喊打。唯有季布一人挺身而出，斬釘截鐵直言：「樊噲可斬也！夫高帝將兵四十餘萬眾，困於平城，今噲奈何以十萬眾橫行匈奴中？面欺！且秦以事於胡，陳勝等起。於今創痍未瘳，噲又面諛，欲搖動天下。」群臣聽了這段義正辭嚴的真話，人人驚恐萬分。季布是項羽的人，逃亡後被撤銷通緝。聽完如此明白的分析後，呂后能不因感情用事，或被匈奴激怒，竟可冷靜沉澱思考，以國家安危、人民利益為重，從此不再提攻擊匈奴事。

大丈夫不可一日無權，無權即是弱勢，容易淪為被欺負的對象，劉邦如此，呂雉也不例外。呂雉下半生是一位女中丈夫，在沒有安全感的大環境下，為求自保，她要擁有權力、鞏固權力，心中方才踏實，這是可以理解的。張錦麗老師表示，權力也會使人喪失本性。在皇室家族或宮廷中，權力往往不是為人謀福利的工具，而是自保或確保生存權的重要基礎，權力可以使渺小的人變得無限大，因此追逐權力不僅可以安全的生存下來，也成為讓人產生「無限可能」的魔法，一旦獲取，很難拋棄，甚至上癮後，如服春藥，再也無法自拔，終究失去人的本心與清明。我們從《史記》七十列傳之首的〈伯夷列傳〉可以看到太史公引述一段賈誼的話，對世人最深沉最中肯的提醒：「貪夫徇財，烈士徇名，夸者死權，眾庶馮生。」都是孔子一句話：「君子疾沒世而名不稱焉。」呂后是，太史公司馬遷心中何嘗不是？

張錦麗老師的回應

張錦麗老師認為，情緒是人類行為的最大動能，愛恨情仇等情緒，均能使人產生無比的力量。情緒（情感的表現）或情感招致傷害，而這種傷害還伴隨自尊與價值的貶損與毀壞，人將產生極端喪失人性的行為，殺人或虐待人就可能是其中的選項。例如婚姻中的女性招致虐待等家庭暴力，此女性很容易絕地大反攻，導致殺夫，鄧如雯一案即是典型的例子。

不論國內外研究，殺夫案均與性虐待有高度的關聯性，因為性虐待絕非只有身體的傷害，往往還伴隨尊嚴與價值的崩盤。又例如已婚女性招致丈夫背叛，某些傳統的女性還會在媒體前公然說「相信丈夫」，這其實是要挽回其失落的尊嚴與價值。

因為對女性而言，社會建構的結果，「關係」就是她的價值，傳統觀念強調在家從父、出嫁從夫、夫死從子，女性沒有獨立的價值，女性的價值必須依附別人，若依附的人倒了，這位女性生存的價值與尊嚴也將招致毀敗。對呂后而言，其因為劉邦而招致俘虜，做人質的兩年，身心的屈辱應是極其嚴重的，而劉邦居然不思極力營救，還在此時背叛她的情感，與戚夫人產生戀情，這種情感受重傷還被補一槍的感受，實在難與外人道，在感情與自尊都已被踩得粉碎的同時，自保之道，往往是「情感隔離」，不要有情感，就不會痛不欲生，因此要期望日後呂后對待戚夫人，甚至對她有威脅的人，會有正常人的表現，那真是難如登天，也難怪現實中她的兇殘，無人可比。

從犯罪心理學的角度來看，女性殺人與男性殺人的動機大不同。男性多是因憤怒而殺人，女性多是因恐懼而殺人，這樣的分野多少也與社會建構的男女刻板印象有關。鄧如雯，一名小女子，一個不敢殺蟑螂、被老鼠嚇得四處逃竄的弱女子，並非在瘋狂狀態下出重手，而是有計畫、有步驟、有理性地按部就班殺人，絕非一般突發性殺人命案。具體的說，她是在婚前被丈夫性侵，婚後被家暴、被恐嚇，連她的姐妹也被伸出魔爪行亂，鄧女在多日的極端恐懼下而殺人。

呂雉在父往生、夫去世、子幼小，而老將功臣對新政權虎視眈眈的不友善氣氛中，她沒有靠山，雖然張良一再幫忙劉邦度過危機，也協助呂雉遏阻廢立太子陰謀，張良雖尚健在，卻已不管世事了。呂雉早已有危機意識，她的不安是擔心戚夫人的不死心或如意的死灰復燃，為消除心中的疑慮與不安，或直接或間接指示，當然是採取斬草除根的作法。

李淑華中隊長的回應

李淑華中隊長表示：看呂后這一生，從年輕跟著劉邦吃苦打天下，經歷被俘擄之恐懼，而且劉邦多次外遇對她不忠，一輩子活在失權失勢的恐懼之中，即使殺了很多人來保全自己的地位，也還是時刻感到不安。當初看相的老人雖然說得很準，但貴人之相不一定是絕對的好事，若當初沒有聽信父親之言嫁給劉邦，而是留在家鄉和一位普通的鄉紳度過下半輩子，即使還是會遭遇到戰爭和動亂，但是或許日子會過得比較平凡簡單，毋須因為宮廷內鬥而逼得自己的性格扭曲，也不必擔心丈夫有後宮佳麗而對她不忠，更不用為了鞏固權力而殺害這麼多生命，變成後人議論紛紛的心狠手辣女暴君，甚至於連死都死得不安心，這是算命師和呂后的父親所未料想到的吧！

萬靄雲老師的回應

最近臺灣興起一股宮廷劇的風潮，校長掌握到了社會的脈動，有鑑於太史公在〈呂后本紀〉中說：「高后女主稱制，政不出房戶，天下晏然。」選擇以呂后作為論述的主角，運用其在人事上的歷練，和對人性的理解，再加上對犯罪心理學的學養，講解其讀歷史的心得。

本篇文章重點在論述為何一位女流之輩的呂后，可以做到眾多男性做不到的事。雖然呂后做了很多傷天害理的事，行為上也有一些不檢點的地方，但她對漢代，乃至對人民的貢獻，絕對大到可以讓我們不必去計較，隱約有著道德相對論的歷史修正主義。頗有當年孔子對管仲的評語：「微管仲，吾其被髮左衽矣」的味道。成就大事業者，有時候不應拘泥小節。劉邦貪財好色，卻還是萬民景從；項羽氣吞山河，終究兵敗烏江自刎。校長在論述歷史人物的功過與成敗，有太史公的影子，筆鋒帶著感情，語重心長。

這篇文章在史料經過流利的白話文重新敘述後，字面上的意義相當容易理解，閱讀最困難的地方，是校長提出了很多屬於歷史哲學的辯論，據我的理解，其中之一就是歷史的偶然與必然。校長研究過犯罪心理學，傾向於認為人的行為都有邏輯，事出必有因，也因此為呂后的作為提出合理的解釋。因果關係似乎是命定的。這是歷史必然論。呂后一生遭逢許多危機，最後都化險為夷，臨朝稱制，成就一番功業。人在歷史的洪流中，不可能力挽狂瀾，逆勢對抗。應該認清時勢，順勢而為，呂后的聰明，在於她知道哪些事可以做，哪些事不可逆。

另外，校長也點出了西方哲學史上一個爭論不休的辯證論。黑格爾說："What is reasonable is real; that which is real is reasonable." 合理一定存在，存在也一定合理。只是合理與存在，多數無法用科學證明；而科學不能證明，也不能說就不存在。歷史最大的難處是不能實驗，無法倒帶，因此每個人都有自己的「想當然耳」。

至於結語中對於權力的本質與作用的論述，真是一針見血。大丈夫不能一日無權，而權力卻又像是春藥，用多了不但會上癮還會傷身。可惜世人多不明白，競逐權力的結果，往往是身敗名裂，所謂水可載舟，也可覆舟。許多人錯將權力當暴力，韓非子〈五蠹〉中說，「儒以文亂法，俠以武犯禁」，這兩種人都該殺，原因是他們掌握了可以致人於死的「權力」，差別只在於用刀槍殺人或用言語文字殺人。權力有很多種，警察行使公權力也是一種，警察人員對權力更應戒慎恐懼。

歷史不能重來，我不知道呂后會不會後悔嫁給劉邦。就像王昌齡的〈閨怨〉：「閨中少婦不知愁，春日凝妝上翠樓。忽見陌頭楊柳色，悔教夫婿覓封侯。」其實，我們都像過河卒子，不管扮演什麼角色，都只能盡心盡力，勇往直前，直到蓋棺之日。若能如「《孟子·盡心》所說：「仰不愧於天，俯不怍於人」，功過就留給後人去評述吧。這篇文章對我們的啟示是一種胸懷，叫作「無愧」。不管是歷史的必然，或命運的偶然，幸與不幸，如人飲水。

陳宜安老師的回應

西漢初期黃老思想搭配清靜無為的治國方針，歷經呂后與文、景二帝，至漢武帝國力達到頂峰，其中呂后的臨朝掌政至為關鍵。

呂后（呂雉），是中國歷史上有記載的第一位皇后、皇太后和太皇太后。呂后成為秦始皇統一中國，實行皇帝制度之後，第一個臨朝稱制的女性，在中國皇權繼承上首創「垂簾聽政制」，她亦開漢代外戚專權的先河。呂后被司馬遷列入記錄皇帝政事的本紀，後來班固作《漢書》仍然沿用。

呂后當政期間，創自劉邦的休養生息的黃老政治得以推行。呂后實際掌握大權，重用人才，相繼重用蕭何、曹參、王陵、陳平、周勃等開國功臣。而這些大臣們都以無為而治，從民之欲，從不勞民。司馬遷給予呂后施政極大的肯定，在《史記·呂后本紀》中對她的評價是「政不出房戶，天下晏然；刑罰罕用，罪人是希；民務稼穡，衣食滋殖」。

本文提及呂后一生，謂呂后個性剛毅，多有定見，堅持原則。她輔佐劉邦打下漢朝的江山，為鞏固漢家天下，她也大力協助劉邦誅殺建國有功的將相大臣，於此顯現呂后的不凡作為。劉邦死後，呂后權傾朝野，極力迫害劉氏子孫，毒殺趙王如意，砍斷戚夫人手足，挖眼燒耳，並置之廁中，名曰「人彘」，我們形象中的呂后是兇殘暴虐的女主。

文末陳校長提出幾個發人深省的問題。其中令筆者印象深刻的是呂后後來生性大變泯滅人性，讓她如此兇殘的原因為何？

面對變心的丈夫和被動搖的正房地位，呂后不再如從前那般善良隱忍，她人性中的「狠」被無限挖掘與放大，特別是她用「人彘」的酷刑對待情敵戚夫人，其手段之殘忍更令世人咋舌。為了維護自己的政治地位，呂后還不惜殺害漢朝的開國功臣韓信。

呂后經歷了人生的不測，婚姻的變故，她選擇了不同的生活態度：要堅強，拒絕被傷害。她之所以讓自己的孩子劉盈親眼看到「人彘」，也是為了培養劉盈堅強的性格。最終劉盈無法承受如此殘酷的現實，一病不起，而呂后也因此落得害死自己孩子的罵名。以人性的觀點看，呂后的狠毒，傷到別人，但也是在傷害自己。如此矛盾的呂后，經歷著人生的大悲大喜，掙扎在愛恨邊緣的性格扭曲。

有蕭何才無後顧之憂

前言

若從《史記‧蕭相國世家》看漢初三傑之一的蕭何，他應該可以列為行政管理的典範人物。本文以《史記‧蕭相國世家》為主，輔以相關本紀、世家、列傳，讓蕭何的形象更為鮮明完整。

蕭何對國家、對政府的貢獻主要包括：

一、收藏前朝律令、圖書檔案，並能善用，發揮綜效。

二、大公無私，不念舊惡，舉薦人才。

三、鎮守關中，努力生產，安定民心。

四、做好後勤管理，源源不斷提供人力與物資。

五、建築廳舍簡約而不失壯麗。

六、採取清靜無為的政策，使社會安定，經濟得以發展。

在《史記》人物當中，蕭何是由基層努力奮發，最後做到中央行政首長。他的一生若以《易經‧乾卦》為喻，分別為「潛龍勿用」、「見龍在田」、「終日乾乾」、「或躍在淵」、「飛龍在天」，最終卻能「亢龍『無』悔」。

然而，再三思索、沉澱，覺得蕭何的工作態度，固如《易經‧乾卦》象曰：「天行健，君子以自強不息。」他一生勞苦不歇，克勤克儉，永不止息，將自己獻給國家；他一心所懸念的是邦國子民的安危。但是，觀其個性與胸懷，更神似於《易經‧坤卦》的精神，他終身奉行〈坤卦〉「厚德載物」的精義，一生信守此四字，方能度過精彩而危機四伏的一生。

壹、蕭何八德

〈高祖本紀〉記載劉邦與項羽征戰五年，國家統一之後，準備論功行賞，劉邦詢問所有功臣，為什麼他能成功的一統天下？劉邦聽了眾功臣的見解不十分滿意，他的獨到見解是：「公知其一，未知其二。夫運籌策帷帳之中，決勝於千里之外，吾不如子房。鎮國家，撫百姓，給餽饟，不絕糧道，吾不如蕭何。連百萬之軍，戰必勝，攻必取，吾不如韓信。此三者，皆人傑也，吾能用之，此吾所以取天下也。項羽有一范增而不能用，此其所以為我擒也。」

由此可知，蕭何的才華和歷史定位，完全表現在行政管理上面。具體的說，是表現在建立行政制度、建立法制規章、坐鎮後方、安撫百姓、體恤人民，並源源不斷供應前方糧食所需，讓在前線作戰的劉邦安心，使劉邦進可攻、退可守，最終完成統一大業，蕭何傑出的行政管理功不可沒。故嘗試探討蕭何的一生，以八德擷取值得我們借鏡的典範。

一、「文無害」的蕭何——厚德，有高度的同理心

蕭何是江蘇省沛縣豐邑人，他在沛縣的縣政府裡擔任文書工作，在縣長底下擔任「功曹」，是一位負責賞罰的人事主管，他通曉法令、嫻熟條文。蕭何本性淳厚，但內在精明，不會因為自己身為一名深入研究法規的人事主管就待人刻薄，也不會深文周納，辦案畸重畸輕，羅織罪名，若如〈酷吏列傳〉：張湯「與趙禹共定諸律令，務在深文，拘守職之吏」。那公務人員就苦不堪言了。

太史公稱讚蕭何年輕時從公「文無害」是有深意的，「無害」二字，有多種解釋，一說是「無比利害」，即無人比得上他的能幹；二說是「無人能傷害他」；三說是「為人廉正，無害於行」，方可為吏當官；四說「不舞文弄法」，能使生者不怒，死者不恨。歸納各家說法，用在蕭何身上，他的形象應是為人寬厚，與人為善；辦事精明，熟習文書律法；行文遣詞用字，周密精要，毫無瑕疵。蕭何也不像一些精明的人事主管，從浩瀚條文中去刁難同事；或從中得到好處，或刻意擺譜高高在上，要人逢迎請託；所以他不會仗勢欺人，恃法害人。正如周亞夫不肯重用趙禹，批評他說：「極知〔趙〕禹無害，然文深不可以居大府。」為官「無害」可以立於不敗，是酷吏的護身符；但是「文深」之人，就可以設法把有罪辦成無罪、把無罪辦成有罪，可大可小。蕭何在待人處事與執行公務上，一直是心存寬厚地管理公務，既「無害」於事，也非「文深」的酷吏。

蕭何始終如一，年輕為官，就懂得自己的優缺得失，識破人間的名塵利網；卻處處受人尊重，

受長官肯定，受同儕敬仰，更受民間友人及時雨的滋潤，化解一生種種的潛勢風險，方能善始善終，在驚濤駭浪的政海，全身而退。究其關鍵在他深具厚德——能站在國家的高度設想未來的國家大事，貼近人民的身邊思考市井民生問題，這種罕見的同理心造就他典範的一生。

二、「護高祖」的蕭何——潛龍勿用，及時助人

《史記・高祖本紀》記載：「高祖奉玉卮，起為太上皇壽曰：始大人常以臣無賴，不能治產業，不如仲力……」

依周壽昌《漢書注校補》：「無賴，若無所恃以資生，如今遊手白徒也。」則劉邦自稱當年父親說他是一名「無賴」，就是不事生產，就像現在的遊手好閒的年輕人，鎮日無所事事。如依晉灼所說：「或曰，江淮之間謂小兒多詐狡猾為亡賴」，則劉邦又是一位具備相當的聰明才智卻未有機會發展的不得志青年，這樣的人都會是政府的頭痛人物。

蕭何和劉邦都是沛豐人，當高祖還是個平民百姓時，蕭何已經是「沛主吏掾」，也就是沛縣令的掾屬，是輔佐主管的部屬，即今日所謂的幕僚人員。《史記・蕭相國世家》謂：「高祖為布衣時，何數以吏事護高祖。」又《漢書・蕭何曹參傳》記載：「高祖為布衣時，數以吏事護高祖，高祖為亭長，常佑之。」足見劉邦居家無賴，浪跡市井時，有蕭何保護。劉邦擔任亭長一職，蕭何依然護佑他，當年仍是平民百姓的年輕高祖，可能不乏青年問題，蕭何總是不斷的為他解難。後來劉邦有機會當了泗水亭長，蕭何又「常佑之」，亦即蕭何仍常幫劉邦的忙。可能為泗水亭長的劉邦，

向來對於縣府的官員也不是很合作，所以經常出紕漏，違反縣府的規定，但是蕭何都盡量地維護他、保護他。

而古人以十里為亭，十亭為鄉，一亭轄有十村，亭長一職的地位比鄉長低，比村長高，相當今日的警察派出所長。亭長既是地方的執法人員，當了泗水亭長的劉邦，從此成為可以合法佩帶武器的官員，其主要職責在維護社會治安。由於蕭何的識人，輔助當了警察的劉邦，使「無賴」的劉邦能勝任亭長一職，在進入科層體制時，成為一名合法身分的官員，毫無疑問，劉邦生命中的第一位貴人是蕭何。

秦漢時代的亭長是地方的治安人員。依規定亭長有兩名得力的幹部，一是「亭父」，負責來往過客、賓客的接待，及亭舍內部的管理業務。另一名是「求盜」，負責緝捕盜賊等勤務。值得注意的是，當劉邦在亭長任內，他派「求盜」至薛縣，訂作一頂竹編的帽子。劉邦經常戴上這種獨特的「竹皮冠」，後來不斷升遷富貴後，還是時常戴這種帽子，後人都稱為「劉氏冠」。劉邦是否具有警察專業素養，不得而知，不過他重視容貌威儀，形塑自己的專屬形象品牌，是行銷高手，殆無疑義。

《易經．文言》：「初九曰『潛龍勿用』，何謂也？子曰：龍德而隱者也。」當劉邦猶微時，其雄才大略未施展，未為人所知，有若潛藏的蛟龍，獨獨蕭何不斷給予幫助；相對的，在沛縣當小小的刀筆吏的蕭何，何曾有人知道他未來是能「鎮國家，撫百姓」的棟梁之材？然而，在兩人互動中，已使劉邦早早見識到蕭何的長才，最終能使蕭何為相，成就一番大事業，留名青史。他們都是「龍德而隱者也」，是以「潛龍勿用」時的蕭何，他及時助人的精神是我等最佳借鏡。

三、「知高祖」的蕭何——見龍在田，輔弼無爭

單父縣人呂公，是沛縣令的貴客。一日，呂公在家宴客。劉邦和縣府中上階級的官員與地方豪傑都赴宴。由於場面大，賓客多，縣令請蕭何負責接待，過濾客人。蕭何宣布賀客以一千錢為門檻，賀禮逾千錢的坐堂上，賀禮不滿千錢的坐堂下（依〈貨殖列傳〉記載當時的物價指數，牛每頭約一千餘錢、豬每頭八百錢）。亭長劉邦向來好捉弄府縣中的官吏，他誇口說送「賀錢萬」，其實一錢都沒拿，就蒙混進場。蕭何不願說破，劉邦也心不虛，臉不紅，大步進門，呂公聽了劉邦的賀禮大吃一驚，立刻起身到門口迎接，一見到劉邦的儀表更加敬重，立刻將劉邦迎到上座。

當時的蕭何是主辦單位，也是總接待，曾毫不隱瞞地對呂公說：「劉邦就是喜歡說大話，很少成就事情。」劉邦依然不在乎的戲弄諸位賓客一番後，一點也不謙讓的坐到上座。

我們從這裡可以看出，蕭何有識人之明，當時的劉邦可說是他的部屬，也是他的朋友，但他並未因此以私害公，仍清楚的向呂公稟報劉邦說大話、不實在的性格。然而會相人的呂公毫不在乎，甚至在宴席結束後把女兒呂雉許配給他。

由於蕭何對劉邦的個性十分瞭解，他理直氣和，對人得理卻能饒人一步，既未當面繼續揭穿他人虛偽的一面，也讓大家都能下台，劉邦和呂后的姻緣他何嘗不是間接促成者？劉邦此後有呂公為後盾，肯定在身分地位上提升不少，潛龍已逐漸顯現了！

所以身為一名主管就應有蕭何這樣「載物」的高度修養：有高度的包容力，讓人可以活下去，

生生不息的成長。

當高祖以亭長身分移送沛縣人力到酈山服勞役時，途中逃亡人數眾多，高祖自度還沒到酈山這些人力都逃光了，遂在豐西山澤中休息時，趁夜將剩餘人力都放了，自己也帶了十幾個願追隨他的人走小路逃走。途中因酒醉殺了白帝蛇的傳奇，又有天子相的貴氣傳聞，使得沛縣子弟都想來投靠追隨他。

陳勝起義以後，各地郡縣大亂，群起響應。此時沛縣的縣令恐慌，也想一起響應陳勝。本來縣令聽取蕭何、曹參的見解，同意迎入劉邦一起造反，後來縣令自己卻又反悔。沛縣縣令擔心發生變化，關上城門據守不動，想誅殺蕭何與曹參，防範劉邦進城後反客為主，蕭、曹兩人非常恐懼，就爬出城池投奔劉邦。

後來劉邦實施心戰喊話奏效，沛縣的父老就率領年輕子弟一起殺了縣令，開門迎接劉邦，群起擁戴劉邦，希望擁護他為繼任的縣令。劉邦一再推辭，希望能夠再選擇更適當的人選。他說：「天下方擾，諸侯並起，今置將不善，壹敗塗地。吾非敢自愛，恐能薄不能完父兄子弟。此大事，願更相推擇可者。」意思是說，天下大亂，各地諸侯揭竿起義，爭相反秦。現在如果我們不選出對的領導人，很可能未來一敗塗地。我劉邦並不是潔身自愛，想獨善其身，而是我擔心自己能力不足，無法領導大家完成反秦的任務，還請大家推舉最適合的人選。

由於蕭何、曹參等人都是舞文弄墨的刀筆吏，是縣府的一級主管，他們非常自愛，擔心萬一帶頭造反不成，可能會株連全家，所以再三謙辭讓給劉邦，雙方互讓了幾次，最後劉邦終於接受。眾人立劉邦為「沛公」，也就是沛縣的縣長，而蕭何負責幫他監督庶事。

蕭何畢竟是一位讀書人，又有行政經驗，看懂當前的形勢混亂又險惡，非有雄才大略、敢作敢為的大氣魄者，是難以勝任的。蕭何自知不是帶頭造反的料子，而劉邦是；他挺身而出推舉劉邦出任縣令，果然取得大家的共識。時移勢易，昨天的部屬搖身一變，成為今天的長官，蕭何心安理得，有最大的包容力，他包容劉邦的「好酒及色」、「賀錢萬」，他更欣賞劉邦「大丈夫當如此也」的胸襟與氣魄！蕭何謙讓無爭，舉薦劉邦，並做他的輔弼之臣，使得潛龍終於在田，劉邦才有快意的未來！

《易經・文言》謂：「九二曰『見龍在田，利見大人』，何謂也？子曰：『龍德而正中者也。庸言之信，庸行之謹，閑邪存其誠，善世而不伐，德博而化。』易曰：『見龍在田，利見大人』，君德也。」蕭何言行敬謹，知己守分，薦舉劉邦為其輔弼，潛龍已然現身，終要發揮其輔弼之大功，垂名於後世。

四、「稱職」的蕭何——終日乾乾，全力以赴

公務員的考核、監察十分重要，才不會腐化。為防範公職人員貪贓枉法、為非作歹，於是有負責督考、獎懲的長官。在秦、漢時代，中央有丞相、御史大夫等；在地方有監御史、刺史等職。秦統一天下後，分全國為三十六郡，每郡置監御史一人，監御史又稱監察御史、監察史，其職責是「掌監郡」，也就是負責監察一郡的各級官員。監御史直屬於中央的御史大夫，易言之，即代表中央政府來監督地方郡、縣官吏，權力很大，相當於現在的駐區督察。

蕭何在秦時為縣吏，常有機會與監御史打交道，也一起辦案。監御史從兩人共事期間觀察，蕭何辦事牢靠、稱職。由於蕭何工作表現優異，他從地方的沛縣升遷泗水郡，更由於在郡府的年年考績都名列第一，監御史推薦他到中央政府任職，請朝廷重用。可惜，蕭何已有所屬，並不領情，一再推辭，監御史的美意才作罷。

生於亂世要低調。常言天下大亂，形勢大好，人人都想趁機出頭，蕭何自忖不是首長的料子；他高調行事，卻低調做人。在秦失其鹿，人人逐鹿的混亂年代，他不在意升遷，他注意的是可以終身追隨的領袖人物，足以安身立命。他再三推卻升遷機會，決定跟著劉邦走向未來。由此證明蕭何不眷戀升職，尤其是一時的升遷，他重視的是一生的未來發展。而蕭何與上級長官合作辦案，辦事得力，深受賞識，足見其才幹已露頭角，但是他再三婉謝升遷，正見蕭何胸有成竹，心有方略；他觀察入微，志在大局。

劉邦在沛縣起義，攻下沛縣後，蕭何與地方父老共同推舉劉邦為縣令，秦代楚國人稱縣令為「公」，因此，劉邦就被擁立為「沛公」。劉邦當了沛縣的縣長，開始組訓人力，蕭何心甘情願充當他的左右手，以「縣丞」的職務來協助劉邦督導管理一切縣府的事務。

後來劉邦攻入咸陽城後，所有的將領都爭先恐後闖進咸陽的府庫，搶奪金銀財物，互相瓜分；只有蕭何一人搶先進入秦朝的丞相府與御史大夫府，把兩府裡面的律令圖書完整地收藏起來。後來漢王劉邦之所以能完整知道天下的地形地物、要塞堡壘、戶口多少、各地的富庶情形，以及民間的一切疾苦事項，都是得力於蕭何能夠完全掌握保存秦朝的各種圖籍資料奏功。由此可證蕭何頭腦清楚、辦事精明的一面，重視國家檔案文書，收藏法令規章、圖籍目錄，才能建立起完整的施政知識庫。

項羽三分關中之地，以秦之降將章邯為雍王，以司馬欣為塞王，以董翳為翟王，均分關中，稱為三秦之地。漢王劉邦東向平定三秦後，蕭何繼續留在巴、蜀、漢中之地，鎮守後方根據地，安撫百姓，努力生產，全力提供前線的後勤軍糧。《易經・文言》說：「九三曰：君子終日乾乾，夕惕若，厲無咎。」說的就是蕭何這樣的人吧！

五、「睿智」的蕭何——有謀有略，謀定後動

㈠真知直言，發蹤指示之功人

當項羽入關，進入咸陽城時，他展開了報復行動，殺死投降的子嬰、縱火燒燬宮室、搶劫珠寶女人，都是以暴易暴的不法行為，與劉邦接受蕭何建議「約法三章」完全背道而馳。

項羽軍隊實力，如日中天，勢不可擋。他破壞秦都後，分封各諸侯，並自立為西楚霸王，建都彭城；劉邦被封漢王，封地在巴、蜀、漢中，都城南鄭（陝西漢中）。項羽為防範劉邦有奪取天下的野心，就三分關中，冊封秦朝三位降將章邯為雍王、司馬欣為塞王、董翳為翟王，他們的封地分別在咸陽以西、以東及上郡（均在陝西境內），藉以發揮遏阻劉邦東進的作用，此舉令劉邦十分不滿，據《漢書》記載：「漢王怒，欲謀攻項羽。」當時周勃、灌嬰、樊噲諸將都勸阻劉邦。蕭何則起身諫阻說：「雖王漢中之惡，不猶愈於死乎？」漢王問：「何為乃死也？」蕭何說：「今眾弗如，百戰百敗，不死何為？」

由上足見，蕭何見識遠大，看清當前形勢，認為劉邦要攻項羽，無異於以卵擊石，根本是不知天高地厚的兒戲。蕭何善意反對劉邦不自量力，告訴劉邦漢中稱王，總比死強多了。後來劉邦接受蕭何的建議，最後張良也同意蕭何見解，並且建議燒掉棧道，以示無意東歸，以安項羽的疑心。這些都可見識到蕭何的忠心與卓見。

此後，漢王與諸侯相約合擊楚國，攻下彭城，楚王項羽一怒之下，立刻回師反攻，奪回彭城，劉邦慘敗彭城，妻子呂雉、父親太公都被捕，劉邦在逃亡中，巧遇其子劉盈和其女魯元公主，他把劉盈帶回關中，立為太子，請蕭何好好調教，陪侍左右。二則讓蕭何專心治理當時的陪都櫟陽；三則訂定規章，建立制度；建設宗廟、社稷、宮室，規劃縣邑行政區域等基礎工作。

由於蕭何辦事認真負責，也重視倫理，因此事不分大小，都請劉邦裁決，批可再辦。如果事情緊急，只要蕭何認為合宜可行，他經常便宜行事，等到劉邦回來，再當面詳細具體報告所決行辦理之事。

更具體地說，後方關中大小事，包括統計戶口，按口數徵調壯丁，水運兼陸運，一再運送軍糧、裝備，足以供應戰事需要，以及漢王劉邦多次戰敗逃亡，不知去向，蕭何都能很快找到劉邦，經常主動徵調關中青壯年，不斷補充劉邦所流失的人力。由於蕭何的盡心盡力，夙夜匪懈，全力支援劉邦，所以取得劉邦的充分信任，劉邦也完全放心地把關中之事交給蕭何一人放手全權處理。

據〈蕭相國世家〉記載：「漢五年，既殺項羽定天下，論功行封……高祖以蕭何功最盛，封為酇侯，所食邑多，功臣皆曰：『臣等身被堅執銳，多者百餘戰，少者數十合，攻城略地，大小各有差。今蕭何未嘗有汗馬之勞，徒持文墨議論不戰，顧反居臣等上，何也？』高帝曰：『諸君知獵乎？』曰：『知之。』『知獵狗乎？』曰：『知之。』高帝曰：『夫獵，追殺獸兔者狗也，而發蹤指示獸處者人也。今諸君徒能得走獸耳，功狗也；至如蕭何，發蹤指示，功人也！』」即以蕭何不但有後勤補給的功力，且擅長行政作業之策劃和遠見，高祖與諸將方能在前線建功。譬如：太史公在〈項羽本紀〉中所述，當項羽東至彭城，大破漢軍，漢卒被殺者十餘萬人，漢王兵敗逃亡至下邑，稍稍收其士卒至滎陽，諸敗軍皆會，蕭何亦發關中老弱未傅（不在兵役名冊上），悉詣滎陽，復大振。由此可見，蕭何雖未在前線建立汗馬功勞，而其後勤補給之功不可沒。

㈡知人舉薦，進用國士無雙韓信

沒有蕭何就不見曠世奇才韓信的光芒；沒有韓信用兵指揮的天才，劉邦也不可能有成就帝業的一天。據〈淮陰侯列傳〉和〈項羽本紀〉記載：秦二世二年，項梁行軍至淮北，韓信身無分文，只帶一把劍投靠在項梁的麾下，一直沒沒無聞。項梁連敗秦兵，心生驕氣，被秦將章邯殺於定陶。項梁兵敗身死後，韓信改追隨項羽，項羽派他擔任「郎中」，負責侍衛工作。韓信多次求見獻策，可惜項羽不加重用。

項羽等人滅秦而分封諸侯，封劉邦為漢王，漢王進入巴蜀時，韓信改投奔劉邦，依然表現不出色，只當上「連敖」的小官管理糧草。後來因案犯法當斬，同案的十三人都已被斬殺了，接著就輪到韓信。這時韓信仰視，正好見到滕公夏侯嬰，就大聲說：「上不欲〔成〕就天下乎？何為斬壯士？」滕公聽了甚感驚奇，又見他相貌不凡，就釋放不斬。滕公與他相談甚歡，接著報告劉邦，劉邦任命他為負責管糧餉的「治粟都尉」，這期間，劉邦看待韓信「未之奇也」，並不覺得韓信有與眾不同的地方。

由於工作的關係，韓信多次與丞相蕭何有接觸交糧草談事情，蕭何發現韓信的軍事才華而大感「奇之」，十分賞識。高祖元年，劉邦為漢王，一行從咸陽行至南鄭的路上，由於諸將士都不知道漢王採取張良的策略，準備經營巴蜀，燒斷棧道而無意東歸的假象，以迷惑項王，因此很多人想東歸故鄉，因而有數十名將軍半路脫逃。此時韓信心想蕭何已經多次為他向劉邦推薦舉才，而劉邦仍然不為所動，既然不受重用，韓信也跟著逃亡他去。蕭何聽到韓信不見了，立刻追出去，也來不及向劉邦報告。有人不知情，一狀告到劉邦說：「丞相蕭何逃跑了。」

劉邦一聽，勃然大怒，有如痛失左右手。過一、兩天，蕭何回來，謁見劉邦，劉邦「且怒且喜」，大罵蕭何：「你怎麼也逃走了？」蕭何說：「臣不敢逃亡，臣去追那逃跑的人啊！」劉邦說：「你去追誰？」蕭何說：「追韓信。」劉邦說：「諸將亡者以十數，公無所追，追〔韓〕信，詐也。」劉邦認為有數十位將軍逃走你都不追，卻說是去追一名掌管糧草的治粟都尉。這不是騙我嗎？

蕭何說：「那些諸將很容易得到。至於韓信，他國士無雙。你如果打算長久滿足在漢中當漢王，就沒有必要重用韓信；你如果要走出去爭天下，我看韓信的才華無人能比，除非用他，再也沒人可以與你共襄大事了。現在就看你如何決定。」

劉邦說：「我當然想要向東前進，與項羽一爭天下，怎能鬱鬱久久待在這裡呢？」

蕭何說：「你既然要東向爭天下，你要是能重用韓信，韓信就會留下來賣命；你不能重用他，韓信終究會走人的。」

劉邦說：「那我就看你的面子，派他擔任將軍吧。」

蕭何又說：「即使你派他為將軍，他也一定會走人的。」

劉邦說：「那就派任為大將軍。」

蕭何說：「很好。」於是劉邦要找韓信來任命為大將軍。

蕭何解釋：「王素慢無禮，今拜大將如呼小兒耳，此乃信所以去也。王必欲拜之，擇良日，齋戒，設壇場，具禮，乃可耳。」

劉邦終於同意蕭何一切照辦。諸將軍聽說劉邦要拜將，人人大喜，都以為大將是自己。沒想到正式築壇拜將，劉邦所任命的大將軍竟是韓信，全軍上下大吃一驚。

從〈淮陰侯列傳〉記載韓信離開江蘇淮陰縣的家鄉，投靠項梁，接著投奔項羽，又轉投劉邦，都未獲重用，毫無出人頭地的機會。直到滕公救他一命，後來遇見生命中的第二位貴人蕭何，才得以一展所長。

明人淩稚隆《史記評林》卻另有一說：「（蕭）何言（韓）信而不用，雖何不能為力，故予嘗疑信亡，何之謀也。信亡而身追之；要為奇以聳動上耳。」依淩稚隆之說，他臆測以韓信之熟悉天下大勢，以及心中的韜略，韓信的用兵謀略絕不下於陳平之智，丞相蕭何雖一再推薦韓信給劉邦，劉邦依然毫無所動，則蕭何此時對劉邦的影響力也有限，所以睿智的蕭何乃策劃了這一齣「你逃我追」的戲碼，最終達到舉薦國士無雙的韓信。

㈢後勤營建，謀定後動

漢高祖五年，劉邦統一天下，並未稍息，又忙著平叛活動。蕭何在後方也不得閒，漢八年他在長安城內開始規劃興建未央宮，並在宮門的東門、北門，蓋好東闕、北闕等高台門觀，以及舉行典禮、朝會的前殿、國家兵械的武庫、國家級糧倉的太倉。當劉邦從前線歸來，一見宮闕建設得如此壯觀，一時怒起，便責問蕭何：「天下匈匈苦戰數歲，成敗未可知，是何治宮室過度也？」蕭何解釋：「正因為現在天下紛紛擾擾，一時無法安定，所以我趁此機會，一鼓作氣先把宮室蓋起來。何況天子是以四海為家，宮室如果不蓋得壯麗，就沒有足夠的威嚴，難以提升天子的權威，為了未來的定都，為了子孫長遠打算，以後就可以一勞永逸，省卻許多麻煩。」劉邦聽後方才滿意。

六、「人和」的蕭何——或躍在淵，用舍行藏，兼聽則聰

《易經・文言》：「九四曰：或躍在淵，无咎……九四重剛而不中，上不在天，下不在田，中不在人，故或之。或之者，疑之也，故无咎。」當蕭何逐漸擔負國家重任，而身分地位的奠立又不夠堅實時，難免引起上下的人事猜忌，此時他懂得「用舍行藏」、「兼聽則聰」，運用人和的力量幾番化險為夷。

㈠貴人之一——鮑生　以子孫昆弟支援前線化解危機

漢高祖三年，劉邦與項羽在京縣與索城相持不下。此時，劉邦多次派出使者回關中慰問蕭何的辛勞。

蕭何一位好友鮑生對蕭何說：「漢王在外拚命，吃不好、穿不暖，卻一連多次派人來慰勞你的辛苦，這代表對你有疑心。於今之計，不如將你的子孫兄弟凡是拿得起兵器者，全都送到前線戰

場，如此，漢王一定更加信任你。」於是蕭何依計而行，劉邦才很高興。

㈡貴人之二——召平　以家私財佐軍化解危機

漢高祖十一年，陳豨造反，劉邦親征討伐。平叛未成，此時淮陰侯韓信在關中陰謀造反；呂后用蕭何之計，殺了韓信。

呂后殺韓信後，劉邦派人到長安拜蕭何為相國，又增加食邑五千戶，並派一名都尉率領五百名士兵保護蕭何的安全。人人前往道賀，只有召平一人為他擔心不已。召平在秦朝時曾為東陵侯，秦亡國後，他成了平民，家道中落，在長安城東邊種瓜為生，他的瓜果甜美多汁，所以人人稱為「東陵瓜」，這是由於召平做過東陵侯的緣故。

召平警告蕭何：「你快有災難了。皇上在外餐風宿露，你在關中留守，你沒有被戰場上矢石攻擊的危害，如今他反而增加領地給你，又加派人手為你警衛安全，此因最近皇上見到韓信造反，難免對你也起疑心。皇上加派警衛隊，並非寵愛你，我希望你不要接受，反而要捐出全部家財以資助軍需，這樣，皇上才會安心。」

於是蕭何遂按照召平的建議行事，令劉邦非常滿意。

㈢貴人之三——門客　取民田宅以自污化解危機

漢高祖十二年秋，黥布造反，劉邦親征，此一期間，劉邦又多次派人回長安，問蕭何在做何事。蕭何認為皇上在前線作戰，十分辛苦，就更加用心安撫、勉勵百姓，並且仍像上次陳豨叛亂時一樣，主動捐出自己的家財資助前線作戰。

此時，一名門客勸蕭何：「你快被滅族了！你是相國，位高權重，功勞第一，不可能再升遷了。而自你進入關中，就獲得百姓一路支持，已十多年了，人人都歸附你，而你還勤奮努力，政通人和。皇上所以多次派人來慰問，是怕你傾動關中，民心都向著您。現在你不如強買民地，並賒欠借貸，多多置產以自污。如此一來，皇上才會對你放心。」

蕭何又聽勸照辦，劉邦果然安心，龍心大悅。

㈣貴人之四——王衛尉　為高祖分析蕭何行事化解危機

劉邦大敗黥布並派人追捕，返國路上，遇到有人攔車上書，檢舉蕭何用低價強買百姓田宅，價值數千萬的土地。劉邦回到長安，蕭何前去拜見。

劉邦笑說：「你身為相國，居然與民爭利！」

劉邦說完，把收到的檢舉函交給蕭何，告訴他：「你自己向百姓道歉去！」蕭何見狀，不知危機尚未完全解除，竟順勢向劉邦請求：「長安的耕地不足，而上林苑還有不少空地，現在棄置不用，早已荒蕪，不如下令讓百姓入苑耕種，只要留下農作物的莖稈給禽獸做飼料即可。」劉邦聽了大怒說：「你到底接受商人多少財物的賄賂，竟敢要求我讓出上林苑給百姓用！」

劉邦一怒之下，把蕭何交給廷尉審判，上刑具而下獄。

過幾天，宮中侍衛長王衛尉陪侍劉邦，他上前請問劉邦：「相國到底犯了什麼滔天大罪，您為何突然將他下獄？」

劉邦說：「我聽說李斯做秦始皇的宰相時，如有功勞好事，都功歸其主，如果有錯都歸自己。如今相國居然接受商人不少好處，而為他們說好話，還要占用我的上林苑，就是為了要討好人民爭取民心，所以我才將相國上銬下獄。」

王衛尉說：「公務之事，凡是有利於民的事，就建議您為民應辦事項，這才是相國的職責啊！陛下怎麼一下子就懷疑他接受賄賂呢？回想當年您與項羽相持不下數年，後來陳豨、黥布造反，您親征平叛；那時相國堅守關中，當時蕭何如果有貳心，他只要抬其腳搖兩下，那函谷關以西就不是您的天下了。蕭何不在那時圖利自己，怎麼可能到今天才去接受區區商人的賄賂呢？秦始皇就是不願接受別人的忠言，又不知道自己的過錯，才會失去天下，李斯即使表態替他分擔疏失，那又有什麼值得效法之處？陛下怎麼會懷疑宰相如此膚淺呢？」

王衛尉間接表達出劉邦何以如此一知半解；何以高估自己而低估別人？何必用小人之心去度君子之腹呢？所以，劉邦聽了，明知自己理屈，心中不快。

不過劉邦一向自省能力很強，自知理屈，雖然心裡不爽，還是立刻派人持皇帝的符節特赦蕭何出獄。

這時，蕭何年紀已不小，而他為人一向恭謹無比；他一出獄，立刻光著腳，入殿向劉邦請罪。劉邦說：「相國免禮，相國為民謀福利而請求開放上林苑，我不允許，證明我只是像桀、紂一樣的暴君，而相國正是一位賢相。當初我把你繫上刑具羈押起來，就是要讓百姓知道我的過失啊！」

劉邦的本性反應，自然無礙；他知錯立即改正，對蕭何道歉得如此坦率，又見證他們既是君臣又是朋友的微妙情誼！

七、「萬世之功」的蕭何——飛龍在天，登峰造極

當高祖殺項羽定天下，論功行封，群臣爭功，歲餘功不決，最後高祖以蕭何功最盛，封為酇侯。封完列侯，接著排定位次，及奏所封十八侯的位次時，眾人都認為平陽侯曹參，在沙場上衝鋒陷陣，身體曾受七十多處傷，而且攻城略地，戰功最多，所以位次應該排第一。然而，高祖還是心想蕭何的位次應該排第一，然而在論功時，高祖已用「功狗」、「功人」之說挫過功臣們的銳氣，此時論位次，他不想再為難功臣。

這時謁者關內侯鄂君瞭解劉邦的心思，主動站出來進言：「群臣議論皆非。曹參雖有野戰攻城之功，這只是一時之事。皇上與項羽對抗五年，時常損兵折將，更有多人逃亡。蕭何總是及時從關中派出支援人力，立刻補足缺員，他都不待皇上的指示，數萬人就及時送上前線。」

關內侯鄂君又說：「此外，當年我們在滎陽與項羽相持數年，軍中缺糧，蕭何總是通過水、陸兩路，從關中運糧到前線，給食不缺。陛下雖然多次失去東方的土地，蕭何卻確保後方關中的安定，作為陛下的根據地，這才是萬世的功勳。像曹參這樣的人，即使缺少一百人，對於大漢帝國，有何損失？漢朝有今天的局面，也不是因為有他們才有今天。今天論席次排列，怎麼可以讓一時之功超越萬世之功呢？臣下認為蕭何應列第一，曹參次之。」

劉邦說：「很好。」

於是劉邦下令蕭何的序位列第一，並賜他上殿時，可以穿鞋、帶劍「劍履上殿」、「入朝不趨」。原來漢承秦法，規定群臣上殿不准穿鞋子，不准帶任何兵器，今特許蕭何可以劍履上殿，是

劉邦對他最大的恩典與尊榮。

劉邦又說：「我聽說推薦賢才的人應受重賞，蕭何的功勞雖高，但他因為得到鄂君的推舉，才讓人更瞭解蕭何的功勳。」於是在原來鄂君的關內侯食邑封為安平侯。當天，蕭何的父子兄弟十餘人也都受封，都有食邑。此外，更加封蕭何食邑二千戶，此因當年劉邦出差咸陽時，蕭何比一般人多送路費二百錢的緣故。

《易經．文言》：「九五曰：『飛龍在天，利見大人。何謂也？子曰：『同聲相應，同氣相求。水流濕，火就燥，雲從龍，風從虎；聖人作而萬物睹。本乎天者親上，本乎地者親下，則各從其類也。』」此時蕭何的功業，能上得帝王信賴，下得功臣信服，可謂飛龍在天，登峰造極，為人臣中最尊貴的地位了！

八、「聲施後世」的蕭何——亢龍無悔，清廉惜福，善始善終

《易經．文言》：「上九曰『亢龍有悔』，何謂也？子曰：『貴而无位，高而无民，賢人在下位而无輔，是以動而有悔也。』」又說：「亢之為言也，知進而不知退，知存而不知亡，知得而不知喪。」當一個人的身分地位到達顛峰，若無適當位置令其發揮所長，或是不能擁有百姓愛戴，或者未能有人予以輔佐，則其在行事做決策時，必然不夠周備而易出差錯，其於進退存亡之際，分寸拿捏稍一不慎，就會身敗名裂，甚至敗家喪生。

然而，綜觀蕭何一生，由秦朝時小小的沛主吏掾（刀筆吏），終至大漢帝國的相國，當淮陰

侯、黥布等皆被誅滅，蕭何卻位冠群臣，聲施後世，病卒時猶被諡為「文終侯」，善始善終。《史記・蕭相國世家》記載：當其後嗣以罪失侯，天子輒復求蕭何之後，封續酇侯，功臣莫得比焉。則蕭何可謂「亢龍而无悔」也。究其原因有以下兩點：

㈠為國舉才　不念舊惡

蕭何與曹參二人是同鄉，也是同事，更是同一陣線的好戰友。他們輔佐劉邦滅了項羽後，由於論功行賞時，曹參與蕭何有些誤解，從此兩人有心結，彼此相處並不十分愉快。

蕭何得重病時，漢惠帝親自去蕭何家慰問，順口問他：「如果你百歲之後，誰可以接你的位子？」蕭何很謹慎地說：「知臣莫若主。」惠帝試探性地問：「曹參這人如何？」蕭何立刻叩頭說：「您總算是找對人了！臣死沒有遺憾。」

想想蕭何不念舊惡，既尊重長官的用人權，也在人生最後一次接受諮詢時，為昔日的好朋友、今日的好同事說好話，儘管他們同甘共苦的同僚關係已褪色落漆，他仍然不忘舊情，珍惜可貴的當年友情。多年讀之，仍令人感到蕭何的人情味餘溫猶存！

㈡教育子孫　儉樸家風

蕭何清廉惜福，當置產買地時，一定選那窮苦偏僻之處，他房宅周邊也不建築高牆，不修飾營建豪宅。他說：「後世賢，師吾儉；不賢，毋為勢家所奪。」蕭何認為，後代子孫如果賢明，會效法他儉樸的作風；如果沒出息，正好因沒留下豪華的產業，才不會被權勢之家看上而強行侵占。一般人只看現在，只看明年，蕭何卻有遠見，為世代子孫謀安全。

漢惠帝二年，蕭何去世，諡為文終侯。蕭何的後代子孫有四世，因為犯罪而失去爵位，但是每失爵位，皇帝總是一再尋找蕭何的後代，不斷繼承蕭何的酇侯爵位直到王莽乃絕，近二百年。漢朝功臣中，無人能比得上蕭何。

貳、蕭何給行政管理的啟示

蕭何是漢代首任丞相，他不如韓信、英布，沒有攻城略地的顯赫功績；也沒有張良、陳平的足智多謀，能多次想方設法逐一化解劉邦的危機。蕭何只是一名標準的幕僚人才，在劉邦功成名就登上天子大位後，論功行賞時，劉邦竟一直屬意蕭何的功勞最大，連排功臣位次表，也將蕭何列為第一，其中必有道理在。

誠如太史公在〈蕭相國世家〉對蕭何一生的評價：「蕭相國何於秦時為刀筆吏，錄錄未有奇節。及漢興，依日月之末光，何謹守管籥，因民之疾秦法，順流與之更始。淮陰、黥布等皆以誅滅，而何之勳爛焉。位冠群臣，聲施後世，與閎夭、散宜生等爭烈矣。」其中已經透露出不尋常的訊息。太史公又在〈高祖功臣侯者年表〉分別記載蕭何的封地在酇，其受封侯所立下的主要功勳是「以客初起從入漢，為丞相，備守蜀及關中，給軍食，佐上定諸侯，為法令，立宗廟，侯八千戶」。又說明五類功名：「古者人臣功有五品，以德立宗廟、定社稷曰勳，以言曰勞，用力曰功，明其等曰伐，積日曰閱。封爵之誓曰：『使河如帶，泰山若厲。國以永寧，爰及苗裔。』始未嘗不欲固其根本，而枝葉稍陵夷衰微也。」蕭何為相，首功在立宗廟、定社稷，又坐鎮後方，補軍糧，充人力，定制度，勤政愛民，所以他是漢朝的元功，正是「勳爛焉」的寫照，良有以也。

太史公又強調功臣的後代少有善終的原因：「漢朝建國後，受分封的功臣多達百餘人……他們的後代子孫越來越驕奢，而忘記祖先的創業艱困，只知滿足自己吃喝玩樂，甚至為非作歹。因此，到太初年間不過百來年，漢初的封侯只存五個人，其餘都因犯法而亡國滅身。固然是現代的法網越來越密，但是要怪也只能怪這些功臣後代自己不知兢兢業業，未能遵守國家的法令了。」劉邦在位十二年，為他打天下名垂青史而封侯者一百四十三人，後代子孫都好景不長，唯有蕭何一生謹慎勤奮，終身簡樸，又為子孫處處設想而教育後代，澤及五代不衰，自有其卓絕之處。

綜上所述，蕭何的為人、處世與建樹值得我們注意與學習的典範簡述如下：

一、知法行政，形塑專業形象

蕭何是基層的刀筆吏出身，對於承辦業務與法規條文一定背得滾瓜爛熟，出入自得，嫻習活用，才能獲得長官的信任、督察的賞識，以及同事的認同。可想而知，他是一名專業的行政管理人才。

二、知法專業之外，公務執法保有厚德載物之心

知法不難，習得專業也不難，難在執行公務時保有高度的同情與同理心。在面對挫折或他人屈辱時能習以為常，並心存寬厚的包容與凝聚力。蕭何之受人尊敬，擄獲民心，在小小沛縣與泗水郡上都自然表現，無害而幫助別人。因而廣結善緣，沒有敵人。他不玩弄權勢，不舞文弄法，沒有酷

吏氣息。這從他對待縣令、縣令賓客，以及一路對待劉邦可知。後來曹參也學到他的處事精髓，留下一段「蕭規曹隨」的歷史佳話。

三、專業、同理心外，有自知之智，更有知人之明

蕭何知人善任，所以他以人事主任之職，推舉劉邦為亭長警職，對於廣交朋友又玩世不恭、好酒及色的劉邦而言，正是適才適所。劉邦一任派出所主管就是十餘年，也符合基層員警久任警勤區的典範。他任用劉邦，也定位自己可以追隨劉邦，所以婉拒前進首都升遷任職，這是「自知者智、知人者明」的前瞻卓識。在推舉將才、行政首長方面，更流露出他從基層出身，能識人、用人的本事。例如韓信初見劉邦，追隨劉邦行動，劉邦「未之奇也」，只拜以管倉庫的「治粟都尉」一職；但是蕭何一見韓信，對話相談之下，「蕭何奇之。」可見蕭何具有人事主管為國舉才的專業與卓識。

四、重視國家檔案，建置知識庫，做事才能高瞻遠矚，整體布局

雖然蕭何的出身只是地方上的一名基層公務員，但是他用心用力，獻替所能，竭智盡忠而逐級晉升，終獲得劉邦的信任與重用，後來更委以調教太子的重任及後方重地。其中最值得稱道的有二：一是他重視國家檔案、圖籍、律令、簿冊，完整保存。這方面過去常是許多警察人員的無意而疏失，違法而不自知，所以蕭何能知天下人文、地理及趨勢；此所以蕭何默默獻策「約法三章」，

而大大收買秦朝民心；此所以在楚漢相爭過程遇到挫折，軍事地理、民心向背的爭取優勢，蕭何都是幕後功臣。即使劉邦被項羽圍困在巴、蜀、漢中，被秦降將三人堵住東出之路，劉邦無法輕舉妄動，這時連劉邦一向言聽計從的張良也坐困愁城時，只有蕭何提出獨創見解，認為「天下可圖」。他的卓識、深謀遠慮，得出具體可行的策略，以及坐鎮巴蜀後方，安定民心，輸送糧食之能，實得力於當年他全力完整保存檔案，而能知曉運用的結晶，才能布局天下，獲得國泰民安的綜效。

五、全力後勤支援物力，健全人事，補充人力，讓長官不虞匱乏，可以全力邁進，實現願景

政府資源有限，民力無窮。蕭何想盡辦法，先做法令約束，建立制度，於公或於私，無不全力以赴，爭取社會資源，開發並動員一切可用的人力與物力，毫無保留地支援首長，達成使命，完成安和樂利的人間願景。這種推己及人、民胞物與而有高度執行力的幕僚，著實是少見的公務典範。

六、營造廳舍，建設百年基業

警察派出所在日據時代多稱「衙門」，一如清代在臺灣曾設立巡撫衙門、布政使司衙門。今天衙門又稱官署，俗稱辦公廳舍。臺灣現存的官署多為日據時期的官方建築，地點選在市中心，造型氣派，甚至高壯、華麗，規模也宏偉，令人肅然起敬。西元一九一九年完成的總統府，設計精緻，堅固耐用，大家公認其外觀壯麗嚴謹。由於官署廳舍的建築格局是威權體制的象徵，如今可見的新竹市、臺南市警察局的廳舍、臺北市的大同分局，還有更多的派出所如高鐵派出所、關西分駐所，以及臺南的新化派出所、宜蘭羅東的成功派出所，其造型、裝飾不僅壯麗，更有保護子民的氣勢，

令人望之生畏！今之警察機關建築形式，無不表現維安治理的氣派，成為建築學者、專家注意的對象，也成為媒體矚目的焦點。

一般主管或幕僚在任內多不願大興土木，其實，官不修衙是美事也是通病。記得前考試院邱院長演講說：「當年政治大學畢業後，偕同學訪問考試院，見那十分簡陋而不宏偉的建築，立刻打退堂鼓。」蕭何為劉邦的基業，立下百年大計，遠慮百年之後的子孫著想，以簡樸的方式，構築堂皇壯麗的宮闕，這代表的不是亮麗好看，而是威儀，望之儼然，肅然起敬，這就是行政機器行使的象徵。

蕭何打破「官不修衙」的消極作風，建立未央宮等官署的百年基業，使用二百餘年。他不只是宮室的規劃師、設計師，也是監工者；他的能耐及專業知識即來自他對秦朝檔案的保存奏功。可想而知，蕭何的營繕力道，從宮室的功能、風格，自設計、規劃到維護保固，一定親力親為，品質保證。

蕭何營建的概念，是師法自然。他先利用秦時宮殿，改建為長樂宮、再新建未央宮；並以適應當時的地形、地物，設北闕、東闕，讓大臣從東方、從北方入朝，而非過去從南向北的方式。這種方式有異於秦始皇修築馳道、直道時，橫柴入灶，硬去開山填谷，大興土木，以求直通的蠻橫做法，是大有區別的。其次有別的是，建材、工法不是豪華、奢侈的，而是惜物惜力的。

反觀官場中，有人在職時利用職權求田問舍；也有人婉拒部屬推介買地購屋；也有人圖一時方便，而請後勤或總務同仁找包商為己修繕或購置什物，因而惹出意外的爭執是非。蕭何不造豪宅自居，反而營造有利百年基業的雄偉宮闕廳舍，無疑是公務人員的一面鏡子。

七、情報主管尊重體制，謹守行政倫理

蕭何是情蒐高手，也是情報主管。漢高祖即位，第一任的丞相就是蕭何，高祖十一年，更名為相國；惠帝後改置左、右丞相，文帝時再併為一丞相。丞相統領百官，具有朝議、奏事的權力。由此可見，蕭何前有完整的圖書、地籍、律令等靜態資料，後有各地的奏事、朝議及民間友人等等動態訊息，以及他從基層歷練，為文無害的精幹本事，必然情資在握。

一九七二年五月二日，美國在位最久的中情局長胡佛（J. Eddar Hoover）終於死了。當時的總統尼克森（Richard Milhous Nixon）所任命的司法部長克蘭丁斯特（Richard G. Kleindienst）居然說，胡佛之死真是「天助我也」（I think his passing was a godsend.）。胡佛一任四十八年，歷任八位總統，十六位司法部長，他都不放在眼裡。古今中外，領袖或總統的左右手，總是情報主管。

蕭何諒係情報首長，情資靈活卻不濫用，他基層出身，他有名臣萬石君石慶的「文深審謹」，思慮周密，卻沒有石慶「然無大略，為百姓言」的毛病；他也有酷吏趙禹「無害」而堅持清廉的優點，卻沒有趙禹「不可以居大府」的狹隘心胸毛病；更沒有趙禹的最佳工作夥伴張湯那種「務在深文拘守職之吏」的偏頗心態。

蕭何為人處事接近完美，卻仍讓長官劉邦不放心，證明蕭何名為丞相，實則具有掌握天時、地利、人和而無人能敵的競爭優勢，一如胡佛久任一職，連總統、部長對他都畏懼三分。

從蕭何的一生，彷彿看到他深知情蒐的奧妙：蕭何交友不拘一格，加上他淡泊隨和、與人

為善的個性，因此宮中有侍衛長，民間有隱士及形形色色的好友，在緊急時都能適時助他一臂之力，可見他重用人才、善於交友；懂得知識經濟的妙用，正如現代的資料探勘（data mining）與資料庫（database）而進入搜尋、處理、歸納、分析、解讀，提供長官當下切身所需的情報（intelligence）。究其蕭何情報利害之處，還是回歸他獨具慧眼，先發先制，率先掌握一手完整的秦朝圖籍檔案吧！

蕭何雖然極其謹慎，秉持「不知道的不去問，知道的不會說」的大原則辦事，謀國不謀身，卻仍見疑於劉邦，其中自有理由。例如：漢王劉邦在前線戰敗而棄軍潛逃，他在後方總是知道其下落，瞭解其逃亡路線、藏匿之處，從而更能及時派補人力運輸糧草上前方。

又如：劉邦等進入巴蜀，逃亡將軍數十人，蕭何視若無睹，而韓信離開營區，立刻有人通報，足見韓信身邊有蕭何的眼線，一如蕭何左右也有曹參的眼睛，都是顯例，足以證明劉邦對長年追隨的蕭何仍有戒心，不是沒有理由。蕭何的布線，無所不在，無時不在，重點對象一有動靜，立刻有人反映預警情資，他很可能就是負責情報蒐集的角色。

蕭何在後方關中將辦的大小事情，他都先向劉邦請示後再執行，劉邦說可，他才辦理；有些事如果來不及事先請辦，他就依據狀況需要，認為妥當，立即決行，等待長官返回關中，再彙整逐一面報。「輒奏上，可，許以從事，即不及奏上，輒以便宜施行，上來以聞。」這是執行公務有分寸，尊重行政倫理的具體表現。

八、享受儉樸生活，建立低調安全的家風

蕭何重視國家建設，他也細心經營自己的田產家業，他更重視子孫的教養與心理建設，否則更多的家財、更壯麗的豪宅，只是帶給後代不可知的禍患。因此，他的理財、置產總是低調行事；他的設想，總是想到子孫的未來。留給子孫太好的地段、再好的莊園，如果他們毫無出息，不具賢德，再多、再好的遺產不僅沒有必要，也毫無意義。他說到做到，以身作則，真是公務員持身的最佳典範。

九、清、慎、勤、忍的公務典範人物

宋朝呂本中彙整歷代名臣有心人士的為官之道，寫出《官箴》，名傳後世。馬總統上任伊始，在政務官的講習第一課，就舉「清、慎、勤」三字列為官員應恪遵踐行的官箴，後來推廣到常任文官，更在警察大學畢業典禮與警察專科學校校慶典禮上，再三強調執法人員的核心價值，更勉勵執法人員面對民意代表要有所「忍」，為國為民真是苦口婆心。

蕭何一生所作所為，無不忠心為主，如推舉人才曹參接任，可謂公忠；對劉邦、對呂后也無不言聽計從，直言不諱，配合辦理。劉邦一再大怒、不悅，再三懷疑蕭何的動機，蕭何都能隱忍，聽納建議，從善如流，不斷改善自己，與時俱進，也保護自己的安危。

蕭何在承平或戰亂時，種種作為，都以公為先，忘記自己，謹慎思維而長遠考慮規劃，無論文書檔案、地籍圖錄、糧道運輸、興建宮室，都有百年大計的用心，勤勉不懈，而他的堅持清廉一

生，直到晚年，延續後世子孫，其人格的偉大，真是文官的典範人物。

蕭何早年公務生涯是執行儒家思想的忠恕之道，為別人而活，為社會安定謀福利。中年是厲行孟子的浩然正氣，全力以赴地以身殉道。晚年他學到謙退養生，明哲全身的老子之道。

參、結語

蕭何最早的角色是小吏、公務員，他很早就自我定位是幕僚、主管，一位足以協助長官解決問題的大幕僚，而非尸位素餐被動的幕僚主管。進一步言，他鎮守後方，孜孜不倦，日夜不懈，勤政愛民而深得民心，他在長官有燃眉之急，迫在危殆時，總是懂得把握稍縱即逝的時機，做出正確的決定與決策，以保護後方的子民，保障前方的子弟為前提，源源不斷地捐輸糧食、奉獻，而默默付出。

蕭何辦事精明，與時俱進；做人厚德載物，與民同在，綜觀其一生都在謀人不謀己，雖然謀國之餘，晚年也謀子孫，就是沒有謀己；他像一根蠟燭，都燃燒自己，照亮別人。幸好他有不少諍友、民間友人，不分歷史上有名或無名，在蕭何忘我執勤之餘，忘了伴君如伴虎之時，他們都能洞見可能的風險，主動及時伸手提醒蕭何，適時建議應有必要的作為，他都能從善如流，劍及履及行動，終能立即化解危機全身而退。

固然蕭何有其察納雅言的修養，能隨時修正表態，他方面也可證明他平時與人為善，為文不害，心存忠厚的一面，這更是我們公務員執行公務、警察人員執行勤務時，要不時自我提醒、自我修持之處，才能讓所屬快樂地來從警，平安地退離。警察行政管理之道，不脫一般公務管理，我們身為主管或首長，豈能忽視蕭何的夙昔典範！

張厚齊老師的回應

蕭何係由基層公務員出身，遭逢秦末天下大亂、群雄並起的局面，幸得輔佐劉邦，一展行政管理長才，終於位極人臣，擔任大漢帝國第一位丞相，足堪作為公務員典範。〈蕭何〉一文緊扣其「幕僚典範」進行論述，主要可分為二部分：一是其人格典範，二是其行政管理典範。

在人格典範方面，〈蕭何〉一文以八德譽蕭何。一般所謂八德，是指忠孝仁愛信義和平；但〈蕭何〉一文所謂八德，是指蕭何「文無害」（厚德，有高度的同理心）、「護高祖」（潛龍勿用，及時助人）、「知高祖」（見龍在田，輔弼無爭）、「稱職」（終日乾乾，全力以赴）、「睿智」（有謀有略，謀定後動）、「人和」（或躍在淵，用舍行藏，兼聽則聰）、「萬世之功」（飛龍在天，登峰造極）、「聲施後世」（亢龍無悔，清廉惜福，善始善終），不僅具體揭示其為人與行事，並引《周易•文言》乾卦初九至上九爻辭佐證之，誘導讀者循序漸進，加深對蕭何人格典範的認識與印象。尤其讀至第八德「聲施後世」時，上九雖曰「亢龍有悔」，〈蕭何〉一文卻以「亢龍無悔」做巧妙的鋪陳與安排，以一字表彰飛龍在天的蕭何仍能不念舊惡為國舉才（曹參），並樹立儉樸家風教育子孫，頗得《春秋》書法的妙旨。此外，「德」字本作「悳」，意味「外得於人，內得於己」（《說文解字・心部》），非僅止於個人內在修為而已。蕭何行事公而忘私、勤政愛民，雖曾發生強買人民田宅土地之事，卻是為了化解劉邦的信任危機而不得已採取的方法，並非有心與民爭利；綜觀其輔佐劉邦長達十餘年，外則使民廣被恩澤（「外得於人」），內則凡事以身作則（「內得於己」），〈蕭何〉一文以「德」字譽之，兼及外內，非常適切。

至於在行政管理典範方面，行政管理是行政工作的基礎，基礎好壞平時不易顯現，因此常為人所忽視。由於蕭何具有基層行政工作歷練，深知行政管理工作的重要性，〈蕭何〉一文獨具慧眼明白指出：「劉邦攻入咸陽城後，所有的將領都爭先恐後闖進咸陽的府庫，搶奪金銀財物，互相瓜分；只有蕭何一人搶先進入秦朝的丞相府與御史大夫府，把兩府裡面的律令圖書完整地收藏起來。後來漢王劉邦之所以能完整知道天下的地形地物、要塞堡壘、戶口多少、各地的富庶情形，以及民間的一切疾苦事項，都是得力於蕭何能夠完全掌握保存秦朝的各種圖籍資料奏功。由此可證蕭何頭腦清楚、辦事精明的一面，重視國家檔案文書，收藏法令規章、圖籍目錄，才能建立起完整的施政知識庫。」一般人對於蕭何的行徑可能嗤之以鼻，殊不知律令圖書的重要性勝過金銀財物千萬倍，若只一時貪圖金銀財物而捨棄律令圖書，即使劉邦成功地建立了大漢帝國，恐怕也要擔心缺乏穩固的基礎，隨時可能如大廈傾倒。又〈蕭何〉一文認為蕭何給行政管理的啟示有：一、「知法行政，形塑專業形象」；二、「知法專業之外，公務執法保有厚德載物之心」；三、「專業、同理心外，有自知之智，更有知人之明」；四、「重視國家檔案，建置知識庫，做事才能高瞻遠矚，整體布局」；五、「全力後勤支援物力，健全人事，補充人力，讓長官不虞匱乏，可以全力邁進，實現願景」；六、「營造廳舍，建設百年基業」；七、「情報主管尊重體制，謹守行政倫理」；八、「享受儉樸生活，建立低調安全的家風」；九、「清、慎、勤、忍的公務典範人物」。然而第八、九項屬於私德修為，不在公務管理範圍內，應可納歸於其人格典範；其餘則盡善矣，今日公務員若皆能讀之，用心體會，對於政府行政效率的提升當有所裨益。

附帶一提，劉邦曾任泗水亭長，負責緝捕盜賊。前人多據《漢書・百官公卿表》以漢代地方行政組織為「十里一亭」、「十亭一鄉」，其實當時是以鄉轄里，亭長「承望都尉」（《續漢書・百官志》本注），相當於今日警察最基層的派出所所長，既非隸屬於鄉官，亦與鄉里不同性質不同系統（按漢承秦制，以郡轄縣、以縣轄鄉、以鄉轄里，郡置郡守，以都尉為輔官，主領軍事，禁備盜賊）。所謂「十里一亭」，應是指每十里設置一亭，里是長度單位而非行政單位；而所謂「十亭一鄉」，則是誤將兩個不同的行政系統混為一談了（以上可參閱王毓銓〈漢代「亭」與「鄉」「里」不同性質不同行政系統說——「十里一亭……十亭一鄉」辨正〉一文）。如此辨正，對於劉邦發跡前的行政經歷與社會地位，應可獲得較為正確的認識。

萬靄雲老師的回應

一口氣讀完此文，不禁掩卷沉思。接受史學訓練已逾三十年，對於蕭何，一直以來總有一種「文人的軟弱」和「不乏善良」的感受，具有治國的野心和欲望，只是沒膽量，靠劉邦的照耀，成就了自己的偉業。至於蕭何對韓信的感情，是一種欣賞，也有一種兄弟情，未必會少於他對劉邦的情誼。但是在讀了這篇論文後，頓覺耳目一新，也不免覺得慚愧，相較於校長的歷史知識和對警察行政管理的洞見，我輩所謂的學術中人，仍有太多值得學習的地方。

這篇文章開啟了歷史研究的另一個面向，不能再純粹就史料論歷史，尤其是涉及人物功過的評述，需要更多其他的專業歷練和人生經歷。校長用《易經》的道理來詮釋蕭何這樣一個既平凡又偉大的行政人才，並以蕭何一生的作為，勉勵警察同仁，公忠體國，奉獻社會，留名後世，真的是語重心長，用心良苦。這不只是一篇論文，同時也是一份教戰守則，充滿智慧。

本文主要由三個部分構成。首先是「蕭何的生平事蹟介紹」，校長以八種德行總結其才華與歷史定位。關於蕭何的評價，史書中多有記載，校長獨到之處在於運用《易經》的卦象來注解蕭何的一生經歷，有理論也有實務。《易經》是群經之首，可以說是一部心靈地圖，教導我們從不同角度看事物並發現問題，進而體現生活價值與生命意義。然而，如同宋代洪邁《容齋續筆》所言「成也蕭何，敗也蕭何」。校長對蕭何有深情，自然較多維護之言。

在漢初三傑中，蕭何的表現最不起眼，不能像張良一樣「運籌帷幄，決勝千里」；也沒像韓信一樣「戰必勝，攻必取」，但是，漢高祖一番「功人」、「功狗」的論述，凸顯低調的蕭何在安定民心與後勤補給上的重要貢獻。蕭何的長才表現在行政管理上，為百廢待舉的漢帝國建立長治久安的典章制度，傳之後世，直到如今，仍是行政管理的典範。古往今來，有太多的英雄豪傑，能留名後世的不是功業，而是典章制度。漢摩拉比因為制定《漢摩拉比法典》而聞名，在現代被譽為古代立法者。拿破崙也曾說過，「我一生四十次戰爭勝利的光榮，被滑鐵盧一戰就抹去了，但我有一件功績是永垂不朽的，這就是我的法典。」可見，戰爭並不是拿破崙最大的成就，而《拿破崙法典》才是拿破崙最得意的功績。就個人理解所及，這或許是校長選擇研究蕭何的原因之一。

另一原因可能是劉邦曾當過亭長，亭長是地方的執法人員，地位相當於今天的警察派出所所長。蕭何輔佐劉邦，常與相當於現在駐區督察的「監御史」交往，緣於這層關係，蕭何因而成了警察發展歷史重要的一個里程碑。將秦漢時代的亭長比擬現今的警察，精神上確有可取之處，只是現在的基層警察工作，其複雜程度要遠甚於古代。

本文的第二個議題，主要在評述蕭何的事蹟對行政管理的啟示。近年來，歷史學常與社會科學結合，歷史與管理是一門新興的研究所課程，中研院院士許倬雲先生是這方面研究的大師，著有《從歷史看管理》、《從歷史看領導》等書。唐太宗李世民多次對大臣們說：「以銅為鏡，可以正衣冠；以古為鏡，可以知興替；以人為鏡，可以明得失。」他還要求大臣們在公餘之暇，要閱讀史籍，汲取歷史上的經驗教訓。校長此文之深意，可媲美太宗之用心，蕭何「無疑是公務人員的一面鏡子」，然也！

最後為結論，以蕭何的一生期勉警察同仁。宦海無常，人心難測，戮力為公，也要學會明哲保身。在險惡的漢初政壇，蕭何能全身而退，一方面是他的智慧，另一方面是有貴人相助。記得常與人為善，自然可以適時逢凶化吉。這個弦外之音，不知我是否解得。

以前曾看過京劇《蕭何月下追韓信》，感受蕭何之知人。讀此文，讓我更加感慨古人「士為知己者死」的情操，知劉邦者蕭何，知蕭何者當屬校長。

有張良才有大好天下

讀《史記・留侯世家》，只覺得「神」、「奇」二字籠罩留侯張良全身。張良是文人、是貴族名門，長得像婦人美貌的男子，卻是歷史上的真英雄！張良與劉邦的對話十分精彩，張良出主意、提建議，劉邦計無不從，照單全收，是劉邦一生最尊敬的老師。

張良足智多謀，謀國也謀身，總能全國也全身。他輔佐劉邦建國，也協助呂后定國，屢出奇計，漢家言聽計從，無不到位成功。張良料事如神，具有「先知」的過人智慧，每每有「因敵變化而取勝」的全勝思維，實緣於他為韓報仇不成後的一段奇遇，讓他蒙上一層神祕莫測的光環。

他曾是全國通緝的頭號要犯，卻不像喪家之犬。在一派氣定神閒的閒情散步中，張良偶遇老人，而老人故意棄鞋，要求撿鞋、納履，再多次黎明約會，最後才送書《太公兵法》，還約定十三年後再見。如此離奇的境遇，奇得令人難以置信。但是，從此張良由一介逃亡的卿相游俠，轉型為「成功出於眾者」的先知謀士，展開其超絕出眾「為帝者師，封萬戶，位列侯，此布衣之極」的精彩一生。

通緝逃亡的張良

在齊太史簡，在晉董狐筆。在秦張良椎，在漢蘇武節。

——宋・文天祥〈正氣歌〉

張良是韓國人，字子房，為韓國同族，故以國為姓。他的父親張平當過韓國兩朝的宰相，張平死後二十年，韓為秦所滅。當時張良年紀太小，來不及任官。韓國滅亡後，張良家有童僕三百多人，他的家境雖富裕，但是弟弟死後的葬禮卻一切從簡，未按禮制，草草安葬。因為他的祖父、父親都做過韓國的宰相，其家族親人為官，多年下來一定君臣信任，相知相惜，因此韓國國亡家破之後，他散盡家產，都用來結交游俠、尋找刺客，準備刺殺秦始皇，就是要為祖國報仇。

張良滿懷悲憤，到遼東拜訪倉海君；因而在遼東找到一名大力士，並為他鑄造一具重達一百二十斤的大鐵錘；當秦始皇東遊時，張良與刺客在博浪沙埋伏，狙擊秦始皇，可惜一錘誤中隨扈車隊的副車。大力士一擊不中，秦始皇大怒，下令全國搜索兇嫌，一定要捉到這名刺客，於是張良改名換姓，逃到下邳一地隱藏起來。張良初試啼聲，勇敢有餘，智謀不足，功虧一簣，只好逃亡避難。

張良刺殺秦始皇未成，這已是繼荊軻行刺事件的重大特勤破網現象，秦始皇憤怒可知，全國動員大搜捕，風聲鶴唳也可以想像。而張良展開逃亡，卻未當宅男般躲起來，反而四處遊蕩。是在嚴刑峻法的秦朝法網，又是天羅地網之下，究其原因，可能一是他年少時曾遊學楚都，結交游俠，有所依恃。二是他散盡家財，結交朋友，朋友意氣相挺。三是楚地一向反秦最烈，此時張良已成家喻戶曉的英雄人物，楚國人民一定予以支持與掩護，最後也可能說明秦吏搜捕執法不夠落實吧。據〈秦始皇本紀〉記載：「乃令天下大索十日」，想見〈項羽本紀〉中預言：「亡秦必楚」，張良亡命楚地的下邳，執法人員也是虛應行動吧。

奇遇老人　不減游俠的張良

逃亡期間，張良在下邳安然無恙，得閒到處走動。有一次，張良漫無目的走到下邳橋上散步；見到一位老人家，穿著粗布短衣。老人刻意走到張良的眼前，故意把鞋子甩到橋下，轉頭告訴張良：「孺子，下取履！」老人叫張良「小子」，並要張良為他到橋下撿回鞋子。

老頭如此粗野無禮，口氣又不善；張良吃驚之餘，一看對方年紀實在太老，不忍下手教訓，強忍怒氣，走到橋下去撿起鞋子。

只見老人伸腳，又說：「給我穿上！」張良想一想，既然為他撿鞋子，就跪下身為他穿鞋。老人穿好鞋子，滿意地笑一笑就揚長而去，張良又大吃一驚，覺得不可思議，目送他離開現場。

那老人走了約一里路，忽然又走回頭向張良說：「孺子可教矣。後五日平明，與我會此。」老人認為張良這個小子值得栽培，要他五天後黎明時分在老地方見面。張良驚奇不已，跪在地上說：「諾。」

過了五天，當天一早，張良前往約定的橋頭，老人家早已在那兒等著。老人生氣地說：「與老人期，後，何也？去！」又說：「後五日早會。」

再過五天，一聽到雞鳴，張良就跑去，老人還是比他早到，又生氣地罵他：「後何也？去！」再叮嚀：「後五日早來。」

又再過五天，張良不到三更就去橋頭。過一會兒，老人家來時見到已在橋上等候的張良，高興地說：「當如是。」於是拿出一本書送給張良，說：「讀此則為王者師矣。後十年興，十三年孺子見我濟北，穀城山下黃石即我矣。」說完就離開了，從此再也未見過此人。等到天亮，張良一看此書，原來是《太公兵法》，一時驚訝不已，從此常常研讀記誦，視如珍寶。

下邳在江蘇，是南北交通要道，也是兵家必爭之地；同時，流動人口多又複雜，既有利於藏身，也有助於結交江湖朋友。張良一擊秦王失敗，逃亡到下邳，已過而立之年，身為韓國貴族之後，他一定會自我檢討。椎擊失利，自在意中，萬一成功，其實意義不大，秦不一定會亡國。襲擊是一人的英雄，要想復仇，要亡秦，勢必要學萬人敵，兵法正是最好的載體，老人是最好的媒介。此時張良經過一番殊遇的洗禮，已非匹夫之勇的張良，而進入另一階段謀略的張良，這從他熟讀《太公兵法》可知一二。張良在下邳期間，不時行俠仗義。項伯曾犯殺人罪，竟逃到張良那裡避風頭。

青年張良在下邳遇到橋頭老人送他《太公兵法》，十三年後，壯年張良追隨劉邦經過濟北，果然在穀城山下見到一大塊黃石，張良記住老人的叮嚀，取出帶回珍藏。對於這段往事，似乎神奇怪異，太史公是抱持存疑的態度。

留縣奇遇劉邦的張良

十年後，陳勝等起兵反秦，張良也集合少年百餘人。那時景駒自立為楚國的假王（代理楚王），駐紮在留縣，張良想去投奔，卻在半路上遇到劉邦，這時劉邦帶領數千人來到下邳城西。於是他跟隨劉邦。劉邦拜張良為廄將，管理戰馬。

張良與劉邦一見如故，多次討論《太公兵法》，劉邦十分高興，也常採納他的意見。這些策略，張良也對別人講過，但是那些人無感，似乎就是聽不懂。張良說：「沛公殆天授。」意即劉邦雖然不學，但一聽就懂，心領神會，他是天才。這種智慧非比尋常，可能是上天賜與他的非凡能力。因此張良決心跟定劉邦，不再投靠景駒了。劉邦對他言聽計從，大破秦軍，攻入咸陽。

等到沛公劉邦到達薛地，見到項梁，項梁擁立楚懷王。張良見東方六國除韓國外，趙、魏、齊、燕、楚五國都稱王，因此趁機勸說項梁說：「您已經擁立楚國的後人，然而韓國諸公子之中，有一位橫陽君韓成，他十分賢能，可以立他為韓王，來增加抗秦的同盟。」項梁同意，就派張良去找韓成，立他為韓王，並派張良做韓國的申徒；申徒即司徒，相當楚國的令尹，職同丞相。張良隨從韓王率領千餘人，向西攻城略地，收復不少韓國的城鎮失地，但又每每被秦軍奪回。韓王軍隊就在潁川一帶往來打游擊。

利誘秦軍　奇兵出擊先入關中

沛公劉邦的部隊從洛陽南出轘轅山的轘轅關，張良帶兵追隨沛公，攻下韓國十餘城池，打敗秦將楊熊的部隊。沛公指示韓王成留守陽翟，與張良一起南下，攻取宛城，西入秦之武關。

沛公要用二萬兵力襲取秦軍駐守的嶢關。張良勸說：「秦軍實力尚強，不可輕忽。我聽說嶢關的守將是屠夫之子，這種人唯利是圖，只要花錢就可以收買他。希望你留在軍中，只要堅守營區，嚴陣以待即可。我會派人先出去放風聲說，要預儲五萬人的糧餉，然後在四周山上，樹立許多部隊的旗幟，故布疑陣，以混淆對方的耳目，再請謀臣酈食其多帶貴重的禮物去利誘收買秦將。」秦將果然接受賄賂，背叛秦國，想與沛公談和，彼此合作，乘秦不備，西向襲擊咸陽。

沛公本想同意秦將投降，張良卻說：「這只是那些受賄的將軍欲反叛，恐怕他的士卒不從。不聽從必危險，不如趁他們鬆懈時發動攻擊。」沛公於是領兵出其不意攻打秦軍，大敗秦軍，追至咸陽附近的藍田。兩軍在此再戰，結果秦軍潰敗，於是攻入咸陽城。秦王子嬰乘坐白馬素車，捧著皇帝的玉璽、兵符、使節，出城投降沛公。

沛公的將領中，有人建議殺死子嬰，沛公卻說：「始懷王遣我，固以能寬容；且人已服降，又殺之，不祥。」就把子嬰交人看管。

項伯報恩救張良、劉邦

劉邦進入咸陽，見到阿房宮裡聲色犬馬、奇珍異寶、數千美女，就要住下來不想離開。樊噲勸阻劉邦不聽，張良就說：「夫秦為無道，故沛公得至此。夫為天下除殘賊，宜縞素為資（應以生活簡樸為憑藉）。今始入秦，即安其樂（沉溺於秦宮享樂），此所謂『助桀為虐』。且『忠言逆耳利於行，毒藥苦口利於病』，願沛公聽樊噲言。」劉邦才封住秦宮的重寶財物府庫，離開皇宮，回去在霸上駐軍。

項羽軍隊到了鴻門，準備攻擊劉邦；項羽的叔叔項伯連夜趕到劉邦營下，私見張良，勸請張良趕快逃命。張良說：「臣為韓王送（追隨）沛公，今事有（危）急，（逃）亡（而）去不（是俠）義（的行為）。」於是將這緊急軍情報告劉邦。劉邦大驚，說：「這怎麼辦？」張良說：「沛公真的要背叛項羽嗎？」沛公劉邦說：「鯫生教我把守關口不要讓諸侯進入，秦地盤就可以全部歸我稱王，所以我才聽他的話。」劉邦回答張良，隨口拿一無名小子卸責，這小子教他只要把守住函谷關口，不要讓諸侯入關，這樣秦國地盤就可占住，足以稱王了。

張良又問：「沛公自（己忖）度能（退）卻項羽乎？」沛公聽後，沉默了好一陣子才說：「固不能也。今為奈何？」

張良說：「現在只好請你親自去向項伯說明，說『沛公不敢背叛項王』。」

劉邦問：「你怎會與項伯有交情？」

張良說：「從前秦代時，項伯與我有來往，後來他犯了殺人罪，我設法救了他。現在我們大事不妙，情況十分危急，幸好他來告訴我這消息。」

劉邦問：「你們兩位誰年紀較大？」

張良說：「他比我大。」

劉邦說：「你請他進來，我要拜他為兄長。」

張良出去邀請項伯，項伯立刻進來見劉邦。劉邦已備好酒菜招待項伯，並約定與他結為親戚。劉邦說：「吾入關，秋毫不敢有所近（取），籍吏民（登記戶口）、封府庫，而待將軍。所以遣將守關者，備他盜之出入與非常也。日夜望將軍至，豈敢反乎？願〔項〕伯具言臣之不敢倍德（我不敢背叛項羽大敗秦軍才讓小弟乘虛攻入關中的恩德）也。」

項伯同意，告訴劉邦：「旦日不可不蚤（早）自來謝項王。」

劉邦說：「諾！」

張良奇計　鴻門宴剛柔演出　劉邦全身而退

於是，項伯當夜又回去楚軍，到了軍中進見項羽，轉達劉邦的意思，順便建議說：「沛公不先破關中，公豈敢入乎？今人有大功而擊之，不義也，不如因善遇之。」項羽立刻答應。

第二天，沛公劉邦帶百餘人馬來見項羽，隊伍到鴻門，劉邦先向項羽解釋：「臣與將軍戮力（合力）而攻秦，將軍戰河北，臣戰河南，然不自意能先入關破秦，得復見將軍於此，今者，有小人之言，令將軍與臣有郤（有嫌隙）。」

項王說：「此沛公左司馬曹無傷言之；不然，〔項〕籍何以至此？」項王當天留下沛公飲宴；項王、項伯向東坐著。亞父范增面向南坐著，沛公向北坐下，張良向西方陪坐。

大家坐定後，范增數次以眼光示意項王，又再三舉起玉玦（半環形的佩玉），暗示他快下決心殺掉劉邦；項王就是沉默不語，沒有動作。

范增不耐，起身出去，叫項莊（項羽的堂弟）進來，對他說：「君王為人不忍，若（你）入前為壽，壽畢，請以劍舞，因（藉機）擊（殺）沛公於坐，殺之；不（否）者，若屬（你們）皆且為所虜！」

項莊就進入裡面舉杯敬酒，敬完酒，說：「君王與沛公飲，軍中無以為樂，請以劍舞。」

項王說：「諾！」

項莊就拔出劍，揮舞起來，項伯也拔劍起舞，常以身體保護沛公的安全，項莊都擊殺不成。張良見情勢不妙，立刻跑到軍營門口見樊噲。樊噲問他：「今日之事何如？」

張良說：「甚急！今者項莊拔劍舞，其意常在沛公也。」

樊噲說：「此〔緊〕迫矣！臣請入，與之同〔拚〕命！」說完帶劍持盾進入軍門，拿戟的衛士不讓他進去，樊噲橫著持盾撞向衛士，衛士不支跌倒在地。樊噲衝進去，掀開帳幕，向西站著，怒目瞪住項王，頭髮立了起來，眼眶都快裂開了。

項王怕遭不測，按劍起身說：「客何為者？」

張良說：「沛公之參乘（座車右邊的隨從）樊噲也。」

項王說：「壯士！賜之巵酒。」就拿一斗酒讓他喝；樊噲行禮致謝，起身，站著一飲而盡。

項王說：「賜之彘肩！」就給他一塊生的豬肘子。樊噲把盾放在地上，肘子擱在盾上，拔出劍來切著吃下去。

項王說：「壯士！能復飲乎？」

樊噲說：「臣死且不避，巵酒安足辭（一點酒怎不敢喝）？夫秦王有虎狼之心，殺人如不能舉，刑人如恐不勝，天下皆叛之。懷王與諸將約曰：『先破秦入咸陽者王之。』今沛公先破秦入咸陽，毫毛不敢有所近，封閉宮室，還軍霸上，以待大王來。故遣將守關者，〔防〕備他盜出入與非常（意外事故）也。勞苦而功高如此，未有封侯之賞，而聽細說（小人離間的話），欲誅有功之人，此亡秦之續耳，竊為大王不取也。」

項王沒有回答，只說：「坐！」

樊噲就坐在張良的旁邊。

過一會兒，沛公起身上廁所，就把樊噲叫出來，張良也跟著出來。

沛公已出去了，項王派都尉陳平叫沛公回來。

沛公說：「今者出〔來〕，未辭也（還沒辭行），為之奈何？」

樊噲說：「大行（辦大事）不顧細謹（小節），大禮不辭小讓。如今人方為刀俎，我為魚肉，何辭為（何必辭行）？」沛公劉邦於是決定先不告而別，留下張良代他向項王道歉。

張良問：「大王來何操（帶什麼禮物）？」

劉邦說：「我持白璧一雙，欲獻項王，玉斗（玉製酒器）一雙，欲與亞父。會其怒，不敢獻。公為我獻之。」

張良說：「謹諾！」

當時項王軍隊駐在鴻門，沛公軍隊駐在霸上，兩地相距四十里。沛公留下車隊，自己騎馬，其他樊噲、夏侯嬰、靳彊、紀信四人拿劍持盾徒步隨著劉邦從酈山下，穿過芷陽走小道。沛公對張良說：「從此道至吾軍，不過二十里耳；度我至軍中，公乃入。」

沛公走小路，回到了軍中，張良才進入會場向項王道謝說：「沛公不勝酒力，不能親自向您辭行；謹派我奉持白璧一雙，再拜獻大王足下；玉斗一雙，再拜奉大將軍足下。」

項王問：「沛公在哪裡呢？」

張良說：「他聽聞大王有意責備他，嚇得脫身獨自一人逃去，現已至軍營了。」

項王於是接下白璧，放在座上。亞父接了玉斗，扔到地上，拔劍撞破它，說：「唉！這些無法成大事的豎子，實在不足與謀，奪下項王天下者，必然是沛公，吾等很快就會成為他們的俘虜了！」

沛公回到軍中，立刻誅殺曹無傷。

出奇燒絕棧道　以示無意東出

漢高祖元年正月，沛公劉邦被項羽封為漢王，轄有巴、蜀地區。漢王賞賜張良黃金百鎰，珠玉二斗；張良毫無保留，全數獻給項伯。漢王也因為項伯的幫忙才脫困，又想請項伯幫忙說話，請項王把漢中地區賜給劉邦，一切都如劉邦所願，得到漢中之地。

劉邦要回到封地，只有張良一人送行，送到褒中，才讓張良回到韓國。張良臨別時建議：「王何不燒絕所過棧道，示天下無還心，以固項王意。」劉邦自咸陽入漢中，走的是褒斜道，張良臨別贈言，請准予把劉邦走過的、依山構木的空中通道褒斜道燒光，斷絕通路，表示漢王無意東出與項羽爭天下之意，好讓項羽相信劉邦已臣服無貳心。劉邦認同張良的建議，於是張良一路回韓途中，一面將走過的棧道，且走且燒，一路燒光棧道。

張良回到韓國，因為韓王韓成派張良追隨劉邦，所以項王不讓韓王回韓國，反而將他帶到彭城，以便就近監管。張良前去拜見項王說：「漢王燒絕棧道，無還心矣。」接著張良又提出反對項羽而準備起兵造反的齊王田榮有關證明文件、文告，都送給項羽過目。項王看後，相信張良的說法，於是不疑劉邦有他，不再加以防範，決定發兵向北攻擊齊國田榮。最後項王還是不肯放回韓王，就封他為侯，卻在彭城殺了韓侯。

劉邦兵敗捨地得猛將黥布、彭越

此時張良逃亡中，走小路，找到了漢王。此際漢王已經平定三秦，乃封張良為成信侯，張良隨劉邦東向攻打項王。劉邦軍到彭城，被敗而回。劉邦行至下邑，下馬休息，坐在馬鞍上，問張良：「我想放棄關東地區，誰能助我成大業，這片土地都可送給他。」

張良說：「九江王黥布，本是楚國的猛將，但他與項王有私仇。彭越和齊王田榮在河南一帶造反。這兩人您可運用以救急。而您的將領中，只有韓信可以請他辦大事，他能獨當一面。您要放棄關東地區，可以送給這三人，如此必可擊破楚軍！」

漢王聽了，立刻指派能言善道的隨何，去遊說九江王黥布，又派人去聯繫彭越。等到魏王豹叛變漢王，漢王指示韓信領兵出擊，一次攻下燕、代、齊、趙諸國。因而終能打敗項王的功勞，應以此三位強將為首功。

按：張良一向體弱多病，不曾獨當一面領兵作戰；不過他總是追隨劉邦左右，負責規劃重大的策略，指導解決問題正確的方法，他一直是劉邦身邊最得力的謀臣。劉邦在彭城慘敗而一籌莫展時，還是靠張良出主意，力勸劉邦要隱忍，否則小不忍則亂大局；此外張良更推薦黥布、彭越及韓信三員大將，才能成就大事。

劉邦被困滎陽擬封六國之後　張良八難覺醒漢王

漢王三年，漢王劉邦被項羽困在滎陽，形勢十分危急；漢王非常憂慮，與酈食其研究如何削弱楚軍的實力。酈食其建議：「昔日商湯伐桀，封其後代於杞國；周武王伐紂，封其後代於宋國。今秦朝失德棄義，侵伐諸侯社稷，滅六國之後，使其後代無立錐之地。陛下如果能復封立六國的後代，都發給印信，他們君臣百姓一定感激陛下之恩德，聽到受封的消息，自然感激得欽慕您的恩德，願為您的臣妾。您的德義風行天下，陛下必成霸主，楚王項羽必定整肅衣冠前來朝見，向您稱王了。」

漢王聽了覺得有理，說：「太好了，那就快去刻各國的大印，你去封六國時，就可順便送印信給他們佩戴。」

酈食其還未出發，張良正好從外地回來拜見漢王，漢王正在用餐，說：「子房過來！有人為我想到一個足以打擊楚國勢力的辦法。」於是把酈食其的話，一五一十的告訴張良後，問：「子房先生你看如何？」

張良說：「誰為陛下出這種主意，照那樣做下去，您的大事就完了。」

漢王說：「為什麼？」

張良就說：「請拿眼前的筷子為您算個清楚。」

張良又說：「昔者商湯伐夏桀，而封夏朝的後人於杞國，那是商湯自認可以置夏桀於死地。今陛下能制項籍之死命乎？」

漢王說：「未能也。」

張良就說：「其不可一也。周武王伐殷紂，封殷的後代於宋國，那是周武王自認可以掌握殷紂的人頭；今陛下能得項籍之頭乎？」

漢王說：「未能也。」

張良就說：「其不可二也。周武王進入殷都後，表揚賢臣商容於閭里，門上掛牌以示尊敬，釋放箕子於監獄，整修比干之墓；今陛下能封聖人之墓，表賢者之閭，式智者之門乎？（到智者的門前致敬嗎？）」

漢王說：「未能也。」

張良就說：「其不可三也。周武王能發放紂王加重人民賦稅存糧於鉅橋倉庫的米糧，及散發紂王聚財處鹿台的錢幣，以救濟貧窮；今陛下能散府庫以賜貧窮乎？」

漢王說：「未能也。」

張良就說：「其不可四矣。周武王伐殷已成功，戰爭結束後，廢棄戰車不用，改裝成普通車子，倒置干戈，覆以虎皮，表示天下從此不復用兵；今陛下能偃武行文，不復用兵乎？」

漢王說：「未能也。」

張良就說：「其不可五矣。周武王又把戰馬放牧於華山的南方山坡上，表示以後不再戰爭。今陛下能休馬無所用乎？」

漢王說：「未能也。」

張良就說：「其不可六矣。周武王把運輸糧餉的牛放牧到桃林塞的北邊，以表示不再運輸軍糧。今陛下能放牛不復輸積乎？」

漢王說：「未能也。」

張良就說：「其不可七矣。且天下游士離鄉背井，棄其親戚，離開親友故舊，跟從陛下者，只希望分到一塊小地盤。您今天恢復六國，立韓、魏、燕、趙、齊、楚六國的後代，您身邊的游士各歸事其主子，回去自己親戚的地方，都回到自己的故鄉去了，那陛下靠誰爭取天下呢？其不可八矣。而且現在楚國最強大，六國立起來後立刻降服項羽，哪有人聽陛下您！您真採用這說客之謀，陛下就完了。」

漢王聽完張良的八難，都非自己所能，嚇得立刻放下筷子，不敢再吃飯，連嘴裡的東西都吐出來，大罵：「豎儒幾敗而公事！」（這讀書不通的書呆小子，差點兒敗壞了你老子的大事！）劉邦即刻下令，把刻好的六國印信迅速銷毀。

張良腳踩劉邦　提醒順勢封王

漢王四年，韓信攻破齊國，想自立為齊王，派人送信給劉邦，說明齊人反覆無常，齊國是「反覆之國」，難以統治，建請劉邦封他為假齊王，方便治理齊地。

當時漢王劉邦被項羽大軍團團圍住，急著等待救兵，劉邦自然當場大怒不肯，險些決裂。幸好此時陳平、張良在旁，他們兩人急著用腳去踩劉邦，提醒劉邦不可罵韓信，現在仍需韓信協助，不能得罪韓信；即使韓信硬要稱王，也沒有實力制止。張良、陳平在劉邦身邊說：「漢方不利，寧能禁信之王乎？不如因而立，善遇之，使自為守；不然，變生。」兩人勸漢王因勢利導，順勢而為。劉邦反應迅速，又很自然地再「罵」韓信，要稱王就稱真王，何必稱假王呢？漢王即時醒悟，派張良為特使，將齊王的印信送給韓信。

張良建議捨地求援　會師垓下亡楚

淮陰侯韓信及灌嬰擊敗項羽手下龍且聯軍，龍且戰死。項羽立派盱眙人武涉勸誘韓信脫離劉邦，韓信不聽。此時彭越攻下大梁，斷絕楚軍的糧道。項羽見東方出現危機，對海春侯大司馬曹咎說：「謹守成皋，則漢欲挑戰，慎勿與戰，毋令得東而已。我十五日必誅彭越，定梁地，復從將軍。」於是東向揮師，攻擊彭越占領的陳留、外黃。項羽攻下外黃，而成皋大司馬曹咎忍不住漢軍故意百般辱罵，一時忘記項羽的告誡，竟出兵與戰，結果大敗，曹咎等自殺。項羽聞曹咎兵敗，成皋失守，立刻引兵回防。此時漢軍正圍困楚將鍾離眛於滎陽，一聽項羽至，漢軍多畏項羽，立刻逃走，躲到險阻之地。

此時漢軍人多糧足，而楚軍兵疲糧缺，劉邦便派陸賈遊說項王，請放回太公，項王不聽。劉邦又請侯公去遊說，項王終於同意，與漢王約定，中分天下，割鴻溝以西歸劉邦，鴻溝以東歸項羽。項王同意後，就放走漢王的父母妻子。漢軍一見此狀，全軍皆呼萬歲。此時劉邦要引兵西歸，張良、陳平見機不可失，獻策：「漢有天下太半，而諸侯皆附之。楚兵罷食盡，此天亡楚之時也，不如因其機而遂取之。今釋弗擊，此所謂『養虎自遺患』也。」漢王劉邦採信，漢王五年，劉邦不顧約定，不守信用，率軍追擊項羽，追到陽夏之南才停止下來。

劉邦起初約定時間，請淮陰侯韓信、建成侯彭越共同打擊項羽。不料行軍至固陵，韓信、彭越失約未到；項羽趁機反擊，漢軍大敗。漢王無可如何，只能退入營壘，堅守不出。

劉邦無計可施，只好請教張良：「諸侯不從約，為之奈何？」

張良說：「楚兵且破，信、越未有分地，其不至固宜。君王能與共分天下，今可立致也。即不能，事未可知也。君王能自陳以東傅海（自陳郡以東到海邊之地），盡與韓信；睢陽以北至穀城以與彭越。使各自為戰，則楚易敗也。」

劉邦稱：「善。」於是劉邦立派使者，分別告訴韓信、彭越，說：「併力擊楚。楚破，自陳以東傅海與齊王，睢陽以北至穀城與彭相國。」

劉邦使者一說完，韓信、彭越都立刻回答：「請今進兵。」劉邦於是整合成功，會師於垓下，滅亡項羽。楚漢相爭，終於落幕，張良居功匪淺。

婉拒重賞　只求封留

漢王六年，劉邦完成統一大業後，分封開國功臣，張良並沒有戰功，劉邦卻認定他有「運籌策帷帳中，決勝千里外」的功勞，請他自己選擇最富有的齊地三萬戶作為封邑獎賞。

張良卻只要賞賜當年與劉邦初遇的留縣就滿足了，婉拒三萬戶的厚賞。他說：「始臣起下邳，與上會留，此天以臣授陛下。陛下用臣計，幸而時中，臣願封留足矣，不敢當三萬戶。」於是劉邦封張良為留侯。

由此足見張良的用心細膩，更可看出張良在當時一堆功臣瀰漫在一片爭功搶封地的惡習中，而困擾劉邦論功行賞的環境下，突出他謙讓的智慧與無欲的胸懷。

建議先封雍齒　安定人心

劉邦封賞建有大功的功臣二十多人後，其餘的人日夜爭功大小，讓劉邦無所適從。一天，劉邦在洛陽的南宮，從閣道上見到一些將領坐在沙堆上議論紛紛，就問張良：「他們到底都在說些什麼？」張良說：「你不知道嗎？他們正在商量造反呢！」

劉邦再問張良：「現在天下已安定下來，為什麼還要造反呢？」張良就說：「你所封的都是你的親密戰友如蕭何、曹參等人，殺掉的都是與你有仇怨的人。現在你的人事主管正在檢討戰功，如果人人都封地，天下土地有限，封了一堆人，他們擔心沒有土地可分封了，也害怕你藉檢討缺失而殺掉他們，所以設法討論如何造反。」

劉邦又追問：「那怎麼辦呢？」張良就問他：「上平生所憎，群臣所共知，誰最甚者？」

劉邦說：「雍齒與我故，數嘗窘辱我。我欲殺之，為其功多，故不忍。」雍齒是劉邦的故舊，曾數次令劉邦受窘遭辱，要殺他卻又因為他功勞大而不忍心。

張良找到解決問題的缺口，就提出建議：「今急先封雍齒以示群臣，群臣見雍齒封，則人人自堅矣。」

於是劉邦大宴群臣，封雍齒為什方侯，並進行一連串封賞。宴會一結束，群臣歡喜，就安心下來，都說：「雍齒尚為侯，我屬無患矣。」

一言九鼎　定都關中

漢王五年，那年劉邦滅項羽，即位皇帝。齊國人婁敬，是一名被徵調駐守隴西的戍卒，他經過洛陽時，劉邦也正好在洛陽；婁敬透過同鄉虞將軍的關係，請求面見劉邦。劉邦於是召見，並賜食。飯後，劉邦問他有何高見。

婁敬說：「陛下都洛陽，豈欲與周室比隆哉？」

劉邦說：「然。」

婁敬說：「陛下取天下與周室異。」婁敬分析周室的興衰道理，天下太平時，四方來歸順，周室衰落時，諸侯不來朝拜。這其中原因並非周天子道德形象不好，而是形勢大不如前。婁敬接著說：「今陛下起豐沛，收卒三千人，以之逕往而卷蜀、漢，定三秦，與項羽戰滎陽，爭成皋之口，大戰七十，小戰四十，使天下之民肝腦塗地，父子暴骨中野，不可勝數，哭泣之聲未絕，傷痍者未起，而欲比隆於成、康之時，臣竊以為不侔（相配）也。且夫秦地被山帶河，四塞以為固，卒然有急，百萬之眾可具也。因秦之故，資甚美膏腴之地，此所謂『天府』者也。陛下入關而都之，山東雖亂，秦之故地可全而有也。夫與人鬥，不搤（音餓）其亢（音剛），拊其背（不能掐住對方的脖子，攻擊他的後背），未能全其勝也。今陛下入關而都，案秦之故地，此亦搤天下之亢而拊其背也。」

劉邦遍問群臣意見，群臣都是東方人，爭相發言都說周朝建都洛陽，足以統治天下數百年；而秦朝建都關中，到了二世就亡國了，因此建議建都在洛陽。劉邦一時猶疑不決，崤山以東的洛陽形勢險要，建都洛陽確實讓人心安。

張良則說：「洛陽雖有其險要的一面，但是城市的腹地狹小，方圓不過數百里，田地不夠肥沃，四面受敵，並不是具備軍事優勢的重地。那關中左有崤山、函谷關，右有隴山、岷山，中則沃野千里，南接物產豐盛的巴蜀之地，北臨牛馬充斥的胡地。如此，我們可以憑藉三面的優勢，集中力量，即可控制東方各國的諸侯。東方諸侯安定，全國各地的糧食就可以透過黃河、渭水的水運運到長安。萬一諸侯叛亂，關中人力物力也能走渭水、黃河順流而下供應前線。這就是所謂『金城千里，天府之國』。劉敬的說法甚為正確。」於是劉邦即日西駕，遷都關中。

按劉邦為了建都地點猶豫不決，等到留侯張良表態，明言建都關中便利，才下決定，定都關中。張良一言九鼎，一人之言，勝過朝廷群臣的意見。

被迫獻策　出奇制勝

劉邦要廢太子劉盈，改立戚夫人的兒子趙王如意；許多大臣據理力爭，都不能改變他的心意。此時劉盈的生母呂后十分驚恐，不知如何是好。一片反對聲中，叔孫通以死相爭，都無法改變劉邦的心意。此時此刻的張良可是淡定安然，一語不發。

呂后還是束手無策，有人提醒她，張良「善畫計策」，皇帝又充分信任他，他一定有辦法。於是呂后派兄長建成侯呂澤前去強迫張良獻策。呂澤說：「君常為上謀臣，今上欲易太子，君安得高枕而臥乎？」張良說：「始上數在困急之中，幸用臣筴。今天下安定，以愛欲易太子，骨肉之間，雖臣等百餘人何益？」呂澤堅持張良一定要出個好主意。呂澤竟以命令口氣說：「為我畫計。」

張良告訴呂澤：「此難以口舌爭也。顧上有不能致者，天下有四人。四人者年老矣，皆以為上慢侮人，故逃匿山中，義不為漢臣。然上高此四人。今公誠能無愛金玉璧帛，令太子為書，卑辭安車，因使辯士固請，宜來。來，以為客，時時從入朝，令上見之，則必異而問之。問之，上知此四人賢，則一助也。」張良迫於無奈，就教他們「卑辭安車」、「卑辭厚禮」，派出能言善道的辯士，務必請來之前劉邦請不到的四大老人。四大老請來了就先住在建成侯呂澤的官邸作客，出入隨在太子身後。

漢十一年，黥布造反，劉邦有病，想派太子前去征討。那四大老人商量，說：「我們來此，就是要保護太子，如果讓太子出征，那他可危險了。」於是他們找上建成侯呂澤說：「太子親征，戰勝有功，對太子沒有什麼好處；如果戰敗而返，那從此便要遭殃惹禍了。何況太子出征打天下的梟雄猛將，無異教一隻羊去領導一群狼，他們誰會真心誠意為太子效命呢？由此可見，太子親征，必敗無功是可以預料的。俗諺說：『孩子的母親受寵，其子也一定受到父親的愛撫擁抱。』如今戚夫人日夜陪伴皇帝，趙王如意常被今上抱在身邊。今上常說，我不願意讓那不肖子居我愛子之上。就明顯可見他要如意取代太子的地位。」

他們四人又說：「君何不快請呂后找機會向皇上哭訴，就說：『黥布是天下有名的猛將，善用兵；而我們諸將軍都是您的同輩，如果讓太子去領導他們，無異使羊將狼，沒人會聽命所用；那黥布知情，將更毫無顧忌殺向西來，長驅直入京城。您現在雖然有病，還是要勉為其難，堅強一點，只要躺在篷車上出征，有您在，諸將一定不敢不從，必能盡心盡力。您雖然辛苦一點，為了我們的家庭，就再勉力一次吧。』」

呂澤聽完四大老人的指點，當夜立即報告呂后。呂后也找到機會，照那四人的建議向劉邦哭訴一番。劉邦說：「我就知道這小子根本不堪承擔大任，還是你老子親自去吧！」於是起身親自領軍向東征討黥布。留守後方的群臣都送行到長安城東的灞上。

留侯張良雖然有病在身，也勉強起身到曲郵。他對劉邦說：「我本應追隨您一起上前線，但實在病重無法成行。楚地人打仗勇猛驃悍，請您不必與黥布軍隊對衝硬拚。」接著又趁機說：「您應下令太子為將軍統帥，留在後方，節制關中所有軍隊。」

劉邦同意張良所請，對他說：「您雖有病，還是請您抱病為我照顧太子吧。」當時叔孫通是太子的太傅，就派張良代理太子少傅的職務。

漢高祖十二年劉邦擊敗叛將黥布，為流矢所傷，返回後，更急於更換太子。張良勸諫，劉邦不聽，因而稱病不管世事。叔孫通也引古說今，提出歷史教訓，甚至說出不惜自己一死也要諍諫。劉邦假意認同仍不改初衷，必要更易太子。等到一次宮廷有宴會，酒席開始，太子站在一邊陪侍，那四位老人便跟在太子的身後；他們都是八十多歲的人，鬚髮都雪白，衣帽穿著十分壯麗。劉邦一見，十分訝異，問太子說：「他們是誰？」那四人站出，各報自己的姓名，是東園公、甪里先生、綺里季、夏黃公。劉邦見狀驚奇不已，劉邦問：「吾求公數歲，公辟逃我，今公何自從吾兒遊乎？」四大老人都說：「陛下輕士善罵，臣等義不受辱，故恐而亡匿。竊聞太子為人仁孝，恭敬愛士，天下莫不延頸欲為太子死者，故臣等來耳。」劉邦知道大勢已去，只好拜託他們四人：「煩公幸卒調護太子。」才打斷劉邦廢太子的企圖。

四位老人向劉邦敬酒祝賀後，一起踏小步離開會場。劉邦目送他們離去的背影，對戚夫人指著他們四人說：「我要換太子，但太子劉盈已有四大老人在旁輔佐，他的羽翼已豐滿了，實在難以撼動他的地位。未來，呂后真是妳的主子了。」戚夫人聽了不禁啜泣，難過不已。劉邦又說：「妳為我跳楚舞，我為妳唱楚歌吧。」劉邦唱出：「鴻鵠高飛，一舉千里。羽翮已就，橫絕四海，當可奈何；雖有矰繳，尚安所施！」劉邦反覆唱誦，戚夫人已淚流滿面。劉邦遂起身、離去、罷宴。劉邦最後不易太子，還是張良出主意，請來這四位神祕老人奏功。

按張良處事解決問題，都用心在維護正統，保全太子合法的地位，解決國家未來可能的潛在風險，他真是社稷大臣。他的身影，都在幕後，負責規劃萬無一失的決勝局面。

漢十一年，張良又稱病請辭，他說：「家世相韓，及韓滅，不愛萬金之資，為韓報仇強秦，天下震動。今以三寸舌為帝者師，封萬戶，位列侯，此布衣之極，於良足矣。願棄人間事，欲從赤松子遊耳。」於是，張良欲脫塵世紛擾，想學神仙之術，學習不吃五穀雜糧。那一年又發生國家級大案，韓信被殺了。

那些年，這些事，都是呂后主謀，蕭何配合，在劉邦默許下或認可下，漢初建國功臣韓信被捕、被貶、被騙、被殺又夷其三族；彭越也是被捕、被貶、無故被騙被殺，也夷其三族。在一片整肅功臣的腥風血雨之前，張良已經「先時」預知，「履霜堅冰至」的白色恐怖氣息，張良豈有「不知」的道理。張良要學神仙，學辟穀，棄人間等等，不過是託詞而已。他其實是黃老之徒，也是明哲保身的智謀。張良早已超越黃老治術，行其所能行，止其所當止，似有做作之嫌，卻毫不勉強；這種知時、知機的工夫，別人學不來，也學不像；張良舉手投足，卻流露出瀟脫自然，不著痕跡，終而遠離人事的暴風圈。張良有自知之明，彼此祕而不宣的高度默契，果真相忘於江湖呢！

劉邦死後，呂后感念張良的恩德，就強迫他進食，並說：「人生一世間，如白駒過隙，何至自苦如此乎！」呂后勸他人生苦短，何必自討苦吃？張良不得已才恢復進食。吾人推想這又是張良超然於物外的保命之計吧！張良無法堅持絕食，勉強聽呂后的意思，恢復進食。八年後張良去世了。

那些年　這些事　他都知道

漢六年，張良一路追隨劉邦，進入關中，他一直健康不佳，時常有病。後來，他整天學習道家的辟穀吐納之術，一年多閉門不出。那年發生國家大事，張良避而不見，裝病杜門謝客。

那一年，有人上書告發楚王韓信造反。漢高祖劉邦問諸將意見，諸將說：「亟發兵坑豎子耳。」劉邦默然，轉問陳平，陳平一再推辭不說。劉邦一再逼問，陳平才說：「人之上書言信反，有知之者乎？」劉邦說：「未有。」陳平又問：「〔韓〕信知之乎？」劉邦說：「不知。」陳平再問：「陛下精兵孰與楚〔王〕？」劉邦說：「不能過。」陳平五問：「陛下將用兵有能過韓信者乎？」劉邦說：「莫及也。」陳平六問：「今兵不如楚精，而將不能及，而舉兵攻之，是趣（促）之戰也，竊為陛下危之。」劉邦問：「為之奈何？」陳平才說：「古者天子巡狩，會諸侯。南方有雲夢，陛下弟出偽遊雲夢，會諸侯於陳。陳，楚之西界，信聞天子以好出遊，其勢必無事而郊迎謁。謁，而陛下因擒之，此特一力士之事耳。」就這樣，一代戰將韓信被捕，韓信說：「果若人言，『狡兔死，良狗烹；高鳥盡，良弓藏；敵國破，謀臣亡。』天下已定，我固當烹！」劉邦淡淡地說：「人告公反。」遂將韓信帶回洛陽；後因謀反證據不足，只好無罪釋放，降調為淮陰侯。

韓信被貶後知道劉邦忌才，疑心很重，就常常藉故稱病不上朝。當時陳豨被派任鉅鹿郡太守，他向韓信辭行。韓信提醒陳豨注意可能被讒謀反，如果必要，他會配合起事。漢十年；陳豨果然造反，劉邦要親上火線平亂。韓信卻依然稱病不從，還暗中派人到陳豨家裡，說：「弟舉兵，吾從此助公。」韓信計畫與家臣假傳聖旨釋放官奴人犯，欲發兵襲擊呂后、太子。此一計畫部署已定，就等待陳豨回報。此時韓信有一名舍人得罪韓信，韓信逮捕並囚禁起來，準備殺他。不料此囚犯的弟弟向呂后舉發韓信將謀反，呂后不知所措，就找蕭何商議，詐稱前線劉邦派人來報，說陳豨已被殺死，列侯群臣都前來向呂后道賀。於是蕭何前去找韓信，韓信不為所動，蕭何就騙他說，就算有病，也要勉強一同去賀喜。韓信不疑有他，只好與蕭何同行。韓信一入宮，呂后早已安排一群武士，立刻拿下韓信，五花大綁，斬死於長樂宮的鍾室。韓信被夷三族。

同年秋天，梁王彭越不聽劉邦指揮，劉邦派人責備，梁王稱病，又怒罵太僕，準備殺他。太僕於是舉發彭越謀反，劉邦立刻派人突襲，彭越被捕，囚往洛陽。由於彭越謀反的證據不足，於是被釋放並貶為庶人，而流放四川的青衣縣。

彭越前往四川，中途遇到呂后從長安來，要去洛陽。呂后路見彭越，彭越竟向呂后哭訴，表明自己是清白無罪的，希望不要流放四川，盼望能回到家鄉昌邑縣。呂后聽了，就一口答應，於是兩人一起回到洛陽。呂后見到劉邦，說：「彭王壯士，今徙之蜀，此自遺患，不如遂誅之。妾謹與俱來。」於是呂后叫他的舍人告發彭越又要造反。廷尉王恬開奏請誅殺，劉邦迅速批准，並夷殺三族。

境界高遠　三傑之冠

「世家」是世世代代相傳有爵位、有封地的家族，劉邦功臣中，有幸列入《史記》世家者，只有五位，即蕭何、曹參、張良、陳平、周勃。蕭何、曹參及韓信的功績有目共睹，張良則不然，他不是驍勇善戰的戰將，也不是閃亮的謀臣巨星。他的一生都在劉邦身邊，是劉邦的首席軍師，言聽計從的點子王，是「運籌策帷帳之中，決勝千里外」的「帝王師」，沒沒少聞，但出主意卻能有效解決問題，深具影響力，可以說張良是所有功臣中劉邦最敬重的人物。

司馬遷說：學者多言無鬼神，然言有物（物質能成精怪）。至如留侯所見老父予（授與）書，亦可怪矣，高祖離困（多次遭遇困境）者數矣，而留侯常有功力焉（多靠他獻策助力才能絕處逢生），豈可謂非天乎？張良多次畫策讓劉邦脫困，得以轉危為安；劉邦曾說過：「夫運籌策帷帳之中，決勝千里外，吾不如子房。」張良足智多謀，被劉邦稱許，與蕭何、韓信為漢初開國「三傑」的大功臣。司馬遷一直以為張良一定是身材魁梧、相貌堂堂的人。後來見到他的畫像，原來長相「狀貌如婦人好女」，張良長得像面貌姣好的婦女，正如孔子說：「以貌取人，失之子羽。」看人只看外表，會看錯人的。

思來者——心無罣礙的智者

張良、蕭何、韓信三傑，各有專長特色。劉邦稱帝，論功行賞，蕭何名列第一，但他暗助呂后設計殺死功臣好友名將韓信，極不光彩，又屢被劉邦疑忌，不幸有下獄的前科。韓信號稱戰神，卻拙於謀己，不知低調行事，身死又被夷三族，下場不堪。只有張良善始善終，推想其中道理，試舉例如下：

一、他是韓國的貴族子弟，憤怒少年，快意恩仇，募人為韓報仇，十足匹夫之勇，亡命天涯一藏十年；他有幸奇遇老人三次的教誨，才改變他的子路般個性，也收起游俠亡命的逃亡心情。後來張良在留縣遇到劉邦，張良不失人也不失言，從此跟定劉邦，不再投奔景駒。他有知人之明，也有自知之智；他的利器是《太公兵法》，他早已熟讀也讀通了，這是他的優勢；然而優勢未必人人能懂。而劉邦就是聽得進去，聽得懂，能完全理解張良的見識卓越，進而賞識他、重用他、聽信他的分析與建議。二人可謂知音。

二、鴻門宴中，劉邦得以安然身退，回到霸上。主要得力於張良事先悉心安排，精心設計的恭謹示弱表演，由此見識到張良運用老子思維已到爐火純青的境界。孫老思想相通，兵家道家實為一體，若非張良布有項伯的內間，收服項伯的真心對待，情資完全掌握充分，張良是不會建議劉邦赴約，否則以劉邦的性情，也不可能冒險去赴鴻門的死亡之約。

黃老思想精神，講究的是「清靜無為」，而透過無為達到無不為的境界；黃老追求的策略是以柔克剛，隱忍徐圖、後發制人，吃小虧占便宜的思維。在鴻門宴上，劉邦團隊的一言一行，先後出場順序必然是張良一手導演的。其實，劉邦勢單力薄，敢帶少數人赴宴，風險很高，但是相信也是張良規劃的必然行程。其中原因主要是當前形勢對劉邦不利，不利就得隱忍，隱忍就要讓步，進而在座次上、言語上都要忍讓、示弱，以保全實力，又能爭取各方支持，這就是黃老思維由無為的謙卑示弱，過渡到未來成功的無不為。如此，在鴻門危機四伏下，劉邦才能化險為夷，從容逃逸。

三、張良不在乎官職，也不熱中名利。他為劉邦亡秦、滅楚、鞏固政權都是出於安邦定國，只追求成就感，就是要為祖國報仇，只此心願，不會去想一官半職，因此毫無得失心可言。此與張良常說要為韓報仇、體弱多病、又要斷食、導引，學習長生不老之術的一貫想法是一致的。張良目標清晰、志向不大、毫無政治野心，所以一直受到劉邦的禮遇，這從劉邦對他的稱呼與他人不同，而且口氣也十分尊重，可以得知。

四、長官劉邦對功臣的封賞，他不爭取反退讓，盡量婉拒，功歸長官，功歸他人。劉邦論功行賞，張良不爭功，也未接受，反而謙虛自抑說：「使臣起下邳，與上會留，此天以臣授陛下。陛下用臣計，幸而時中，臣願封留足矣，不敢當三萬戶。」他不僅避功唯恐不及，婉拒重賞，只想要區區的留縣，這是他與劉邦初見定「情」的小小一地，更讓人見得張良的念舊與惜情，及其不貪不取的高尚情懷。這種退讓謙和的精神一定感動劉邦，也讓長官留下永難忘懷的功臣印象。

五、他協助呂后扶持太子，讓朝廷皇帝接班人依制度順利進行，而非按個人的喜愛權宜行事破壞法制，因此贏得大臣的尊重，也得到呂后家族的信賴。他一直不願介入別人的骨肉爭權，最後不得已出奇計，主要還是出於維持國家安定之念吧。

六、張良最受人稱道的不是他的豐功偉業，反而是他功成名就後，本來可以大享榮華富貴時，卻毫不戀棧，從官場飄然引退，還說出想學道家神仙辟穀。他為劉邦從容論道，謀國安民，直到完成階段性任務後，又立刻瀟灑自在要退出紅塵官場，這種謙遜、知足，真是能知能行，深諳進退之道的人生智慧。

七、張良建議劉邦先封雍齒以安人心，是一位談言微中又深通人性的智者。不過歷代有人質疑諸將群坐在沙堆上議論，商量造反一節表示懷疑其真實性。茅坤說：「沙中偶語，未必謀反也，謀反乃滅族事，豈野而謀者乎？子房特假此恐嚇高帝。及急封雍齒，則群疑定矣。」李維楨說：「沙中之人，快快不平見於詞色，未必謀反，但留侯為弭亂計，故權辭以對耳。」不過由此可見太史公對張良的謀略作為又有一番體認，這次安定諸將人心的作為，顯然不是後發制人的黃老思維，而是先發制人的有效弭禍於無形吧。

張良的輔佐成功，一是他襄贊元戎，不占官位，不求職務，只是客卿身分，卻毫無取而代之或向上攀爬之心，更無自恃功大的驕矜形色，所以深得劉邦的認同與信任，加上劉邦有從諫如流的胸襟，君臣關係默契十足，如魚得水，上下和諧，如燒絕棧道、復出關中等。二是他在獻策過程，都不會突出自己，反而巧妙地功歸同事，因為他具備慈悲心與人情之理，所以在同儕中無人以他為敵，如攻入咸陽、退出關中、定都關中。三是他的規劃與獻策都無私心，全是為了國家利益與安定，也都能立即解決問題，如穩住太子地位、立齊王等。更難令人企及的是他的智略都高人一等，卻絕不居功；關鍵時刻的對話，以迂為直，時時為自己留下餘地，更令後人激賞。例如他的話既受採用，卻不居功，而說：「願沛公聽樊噲言」、「劉敬說是」、或運用四大老人「不易太子者四人力也」、「卒滅楚國者三人力也」。可以見出張良的說話藝術。

張良進退從容的灑脫，正是太史公描述張良逃亡期間，巧遇圯上老人三次折磨考驗他的耐性，他能「強忍」怒氣，終能悟出道家的智慧！他比陳平的陰沉多計，更為光明磊落；比范增剛強易怒，更有修養；比蕭何備受猜疑，天天惶恐不安，又是殺死韓信的共犯，相較之下，張良更見灑脫自在，不沾不滯；與長官相處亦師亦友保持距離，可進可退，真的做到「心無罣礙」的境地。

掩卷細思，兵聖孫子最讚賞的領導境界是「無智名，無勇功」，張良內斂外抑，低調成事，堪為公務員的典範。他是一位仁者也是智者，舉手投足，俱見圓通的人生智慧，卻不耀眼。他為漢朝的絕續存亡，立下殊功，卻不自以為有功。

張良追隨劉邦，屢出奇計，轉危為安；建議廣收將才彭越、黥布、重用韓信，才能一舉擊敗強秦。其後一連串積極、消極作為，都有黃老思維投射在他的身上。究竟劉邦用他成就自己的帝國大業，還是他運用劉邦而完成復仇的歷史地位？或許二者兼容並存，也許是兩人的莫逆於心吧。但是，大家都會記得張良的立身處世境界高遠，無人能及，他才是漢朝將相第一人！

張瓊玲老師的回應

張良是一位融合孫老思想、實踐兵家道家學說精華的智者，也是具有入世情懷的俠義之士。他出身韓國貴族，貌俊美若婦人，為韓王盡忠報恩，甘心散盡家財，只求為舊主復仇；為劉邦報知遇之恩，鼎力助新主成大業，功成名就後，還不忘回首來時路，謙讓如此榮寵，已是登布衣之極，自言「於良足矣」，在此人生登峰造極之時，猶能放下一切人世間所崇尚之功名利祿，抽身離宦海，足見其修養、見識均是大器之人，方能凌空俯視世事。張良既能忠君，亦能忠己，他一生精彩，還能善終，在於其有超脫俗世的氣度，實為後世知識分子的表率也！

劉邦曾言「運籌筴帷幄之中，決勝千里外，吾不如子房」，即承認張良為人傑也。張良是一位謀略家，能出奇計，深諳剛柔並濟、虛實巧用之道，能放下大丈夫身段，教劉邦示弱於項王；勸劉邦捨地得猛將，加碼封韓信為「真王」，都是教主子「能捨」、懂得「給恩」，而漢王劉邦也皆能採用，言聽計從，敬重張良如國師，這種「信任感」，正是謀士最需要的「成就感」，張良能死心塌地為漢王籌謀，相信其因在此。

臣子之願在於能遇明主，張良之於劉邦，好比良駒遇伯樂，更好比伯牙鼓琴遇善聽之鍾子期，對知識分子而言，能遇知音，是一件多麼令人快樂的事，心靈相通，所言皆懂，所作所為皆能獲得認同，豈不快意暢然？這種知遇之恩，相惜之情，定是張良這種崇尚理念志節的人所嚮往的，《史記》中言，張良一言九鼎，勝過群臣諾諾意見，顯見其才學備受肯定，是漢王的首席軍師。對一般人而言，位高權重乃能臣之至盼，但張良可貴的是，不會被名利的浪潮掩蓋了清澈的本質，他進退之間，顯然是深含人生智慧的，究其實，應在於他不是一個有政治野心的人，其追隨劉邦，多緣於知音之情，故不擔當三萬戶，僅要區區的留縣，也是當作留存與知遇恩人初見時的定「情」紀念，這種通達人性而存純厚之心的人，在政治場域中是極其罕見的稀有動物。他泰半以客卿的身分自持，無驕矜恃功之氣，若無純良的本性及極高的修為，斷難做到。史上有兩人皆有功成不居的雅量與氣度，前有范蠡攜西子泛舟於西湖之上；後有張良學黃老遠離塵囂，而後學如我者，願以張良自期，期能學習出良策，效其恢宏器識，能為知音者成就大好天下，當為人生大樂也！

有陳平才有承平局面

使功不如使過，劉邦用人出奇，重用陳平可為印證。

一般人要做到「不以物喜，不以己悲」的境地修養，難如移山填海；偶爾把酒言歡，「寵辱皆忘」也不多見；常見的是憂讒畏譏，感嘆痛心，責備怒罵。難怪算命者說出「犯小人」的隱痛，求卜者無不驚奇，有深獲我心的知遇。其實，人生常想一二，不思八九，自然天開地闊，風和日麗。陳平在《史記》人物中，功績、機智比張良，皆為國家社會安定與個人出處做出最佳的建議與抉擇，都是險中求生成功。警察勤務生涯中，時時可以看到陳平的身影。

踐行黃老　用奇全身

陳平聰明過人，常出奇計，安邦定國之功，成就自己，史家號稱「賢相」，他名留青史的六出奇計，每次都成功化解危機於無形，包括：反間項羽君臣，協助劉邦打敗項羽；劉邦被圍滎陽城，陳平用計派出二千女子夜出東門誘敵，令漢王劉邦從西門出而脫困；韓信氣盛要求自封齊王，陳平從旁勸說劉邦答應，化解君將衝突；有人檢舉韓信造反，陳平建議劉邦南巡，輕易逮捕韓信；劉邦伐匈奴反被困平城，陳平遣使者遊說單于之后（閼氏），方使劉邦脫困；以及不斬樊噲，逆向操作等，在「進亦憂，退亦憂」的格局下，都能解決當前問題，讓長官感到安心而充分信任。

陳平對漢朝的貢獻不會低於漢初三傑，而他的安邦、定國、保全社稷之計有目共睹。令人稱道的是，在伴君如伴虎的險惡環境下，他竟能明哲保身，善始善終，全身而退，確有他獨到的見解，以及智慧過人之處。本篇依據《史記》〈陳丞相世家〉及互見〈高祖本紀〉等篇綜合印證，合敘陳平一生的事跡，小議其行事風格。首先從陳平少年專注讀書，外出交遊，青年覓機追求千金之女，及在家鄉社區祭拜分肉的豪情壯語，立下志向；進而壯年出仕追尋領袖的心路歷程。再從他參與地方征戰到朝廷為相，如何在漢初歷任三朝三帝一后，身處驚濤駭浪的大環境下，在諸多僚屬環伺競讒險惡的氛圍中，竟能安然脫困，由此可以見識到陳平解決問題之道。最後，嘗試以陳平少時愛好「黃老之術」的觀點，詮釋陳平的一生。

讀書交友　增廣知能

陳平是河南省陽武縣戶牖鄉人。小時候家裡貧窮，卻喜愛讀書，有田地三十畝，自己一人與大哥過生活。大哥知道弟弟陳平愛讀書，自己就獨自下田耕種，讓弟弟去念書求學，出外遊學以見世面。

陳平身材高大魁梧又帥氣，一天有人問陳平：「你是窮人家子弟，到底吃什麼食物，怎麼長得那麼帥？」

陳平的大嫂一向氣他不事生產，不關心家計，就搶答：「也不過吃些米糠粗食而已，有這樣的小叔不如沒有！」陳平哥哥聽見了，很不高興，一氣之下，就把太太休掉，趕出家門。

主動積極　創造機會

陳平到了適婚年齡，富裕人家的千金不肯嫁給他，而陳平也不願娶一般窮苦人家的女兒。不久，戶牖鄉有一富有人家張負，其孫女曾嫁過五次，一連剋死五個丈夫，沒有人敢再娶她。陳平聽到這個消息，卻很想娶她為妻。

正好戶牖鄉內有人辦喪事，當時陳平家窮，就跑去幫忙接待張羅；他總是早到晚回，希望得到一些濟助。那幾天，張負也在喪家出入，看到陳平，發現他長相不凡，相貌奇偉瀟灑。

陳平也不是省油的燈，知道有人注意他，除了認真勤快外，故意忙到最後才離開喪家。張負立即跟蹤在後，尾隨到他家。原來他住在靠近城牆的窮巷子裡，大門是虛掩的，只掛著一張破草蓆遮掩大門。然而張負在陳平的門外，卻發現很多有身分地位者的車子經過停留的車痕。

張負回家後告訴兒子張仲：「我要把孫女兒嫁給陳平。」

張仲就說：「陳平家貧，又無所事事，鄉里的人都嘲笑他，怎會想到要我女兒嫁給他？」

張負就開導兒子張仲說：「人固有好美如陳平而長貧賤者乎？」他相貌堂堂，長得如此美好，有可能永遠貧賤嗎？張負堅持就這麼辦。因為陳平家境貧窮，張負就借錢給他當聘金，又送一大筆錢給他辦婚禮。孫女出嫁時，張負諄諄告誡：「毋以貧故，事人不謹。事兄伯如事父，事嫂如母。」

陳平自從娶進富家千金後，家裡變富裕了，生活水準大為改善，有錢交際，人面更廣了。

把握機會　表現才華

陳平住家的社區，每逢拜拜祭典節慶後，就由陳平主持分配拜祭過的肉品，一向都分得很公平；地方父老一致讚美不已。大家都說：「太好了！陳家這青年，分配酒肉分得很公平！」陳平聽到這般讚賞，忍不住脫口而出：「嗯！哪天我有機會當宰相，治理國家時，也一定像今天分配祭肉般的公平公正！」

瞭解人心　不使人有犯罪的機會

陳勝吳廣揭竿反秦後，陳平離家投效魏王咎，未得到重用。又有人在魏王面前進讒言，陳平見時機不對，出走改投效項羽，並隨項羽攻入關中。這時殷王司馬卬反楚，背叛項羽，項羽派陳平擊敗殷王而還。項羽拜他為都尉，賞賜黃金二十鎰。不久，劉邦攻下殷地，項羽大怒，要誅殺當初平定殷地的將士。陳平害怕被殺，就把項羽賞賜的黃金與任命的官印包好，再派使者歸還項羽。

陳平獨自離開項羽的部隊，提著寶劍逃亡。一天，他渡船過黃河；船夫看陳平相貌堂堂，是一表人才的「美丈夫」，就知道他是大人物；又看他一人獨行，判斷可能是一名逃亡的將領，腰間一定懷有不少金銀珠寶等細軟。船夫一面划船，一面打量陳平，計畫殺人奪財。

陳平看船夫心懷不軌，大為恐懼，靈機一動，立刻解開上衣，裸露上半身，進而主動上前幫忙船夫一起划船。陳平就緊臨船夫，全身一覽無遺，沒有什麼貴重的珍寶，讓船夫知道沒什麼好搶的，船夫也就放棄殺他的念頭。

名牌精品要好好收藏保管，讓貴重物品隨便露白示人，就很容易引起別人的覬覦。簡單的說，盜匪搶奪你的財物，甚至惹來殺機，是讓人有機可乘，有物可搶，這就是人心人情的常態，正所謂「慢藏誨盜」的道理。如果你有寶貝或值錢的東西，就應該把它藏起來，如果藏得太慢了，被有心人看到了，會引起他人的貪念，就會來盜取、搶劫你的寶貝。

我曾與一群好友拜訪一位有文化水準的大企業家，主人先告知，朋友來他家合照，照片都不送人，也希望你們不要給別人看，其言頗堪玩味。陳平洞察人性，瞭解人心惟危，所以他主動脫衣以示身無長物，也幫助船夫划船以示友善，他真的洞悉明哲保身的精義。

抓住機會　獲得重用

陳平等人逃離楚王項羽，投靠漢王劉邦，透過劉邦身邊的謀士魏無知求見劉邦，劉邦答應召見他們。當時非常勤快謹慎的萬石君石奮擔任漢王劉邦的中涓職務，負責王宮的後勤事務工作，他接過陳平的名刺後，向劉邦報告求見，劉邦一次同時接見陳平等七人，並且請他們吃飯。吃過飯，劉邦說：「好吧！大家就回到旅舍休息吧。」

陳平見機不可失，立刻向前直說：「臣為事來，所言不可以過今日。」

劉邦聽他這麼一說，陳平似乎真的有又急又重要的大事，不能拖過今晚，於是單獨留他下來面談。兩人相談甚歡，一夕之間，陳平大獲劉邦的青睞，而想重用他。

於是劉邦問：「你在項羽那邊擔任什麼職務？」

陳平回答：「都尉。」

當天劉邦立刻任命陳平為漢軍的都尉，並且要求他陪在劉邦的左右，護衛劉邦的人身安全，同時負責監督三軍將士。那些資深將軍自是眼紅，群情一片譁然，一干將領質疑：「大王一日得楚之亡卒，未知其高下，而即與同載，反使監護軍長者！」

部將不滿新兵陳平一來就受到重用，偏又來監督這些老將軍；老將不滿的聲音，劉邦聽了置之不理，反而更親近寵信陳平。

這時周勃、灌嬰等一些老將也加入讒言的行列，一起訴說陳平的不是：「平雖美丈夫，如冠玉耳，其中未必有也。臣聞平居家時，盜其嫂；事魏不容，亡歸楚；歸楚不中，又亡歸漢。今日大王尊官之，令護軍。臣聞平受諸將金，金多者得善處，金少者得惡處。平，反覆亂臣也，願王察之。」

老將批評陳平虛有其表，與他的兄嫂有不可告人的私情；他反覆投靠，又收受賄賂，且有對價關係，其中虛虛實實，劉邦聽了不禁心中起疑，就找推薦人魏無知來責問真相。

危機應變　坦率不諱

魏無知直言不諱面報劉邦：「臣所言者，能也；陛下所問者，行也。今有尾生、孝己之行，而無益處於勝負之數，陛下何暇用之乎？楚漢相距，臣進奇謀之士，顧其計誠足以利國家不耳，且盜嫂受金又何足疑乎？」劉邦不滿意這種說法，轉向陳平要他說個清楚，否則難以面對一批將領的質疑，將有傷他的領導權。

劉邦問陳平：「你原在魏國任職，相處不好，才離開魏國，投奔項羽；現在又來投靠我，有信用、有忠義的人會這樣三心二意嗎？」

陳平面對劉邦，毫無懼色地說明：「臣事魏王，魏王不能用臣說，故去事項王。項王不能信人，其所任愛，非諸項即妻之昆弟，雖有奇士不能用，平乃去楚。聞漢王之能用人，故歸大王。臣裸身來，不受金無以為資。誠臣計畫有可采者，願大王用之；使無可用者，金具在，請封輸官，得請骸骨。」

劉邦聽他一席真情告白，立刻向他道歉，除大大賞賜金銀，又升他為護軍中尉，並更加重用，繼續監督所有將領，從此大家都沒話說了。因為陳平話說得很坦白，一方面交代投奔劉邦的來龍去脈；二方面承認自己一無所有，為了生存才收賄；三方面肯定劉邦的最大長處，有識人之明，敢重用人才；四是收賄只是小節，重要的是他能為劉邦獻策打天下；最後，他坦言如果劉邦不再重用他，現金還在，立刻繳回國庫，自己也可以請求辭職返鄉。

從上面一段話，可知陳平是一位頂級的溝通高手。他面對長官劉邦的態度是不卑不亢。他說明的內容坦誠無諱，甚至坦白自首收賄之罪；一方面也明示他的不廉潔是有正當理由的，另一方面也暗示他的忠誠無欺。再次，他展現了治國能力的自信，更抬高劉邦的識才之能；最後以退為進，激起劉邦愛才、惜才之心。兩位俱是溝通用人的高手。

謠言配飯局　輕易離間項羽左右

後來，楚漢相爭，楚軍急攻又斷劉邦的糧道，圍困劉邦在滎陽城，時間一久，劉邦想割地講和，項羽不肯。劉邦十分憂慮卻無計可施，問陳平：「天下紛紛，何時定乎？」

陳平詳細分析項羽、劉邦的個性與領導能力後，對於脫困之道，他的具體建議是：「彼項王骨鯁之臣亞父、鍾離眜、龍且、周殷之屬，不過數人耳。大王誠能出捐數萬斤金，行反間，間其君臣，以疑其心。項王為人意忌信讒，必內相誅。漢因舉兵而攻之，破楚必矣。」

於是劉邦同意拿出黃金四萬斤交給陳平，讓他自由運用，不過問怎樣開銷。事情的發展全在陳平掌握中。項羽不再信任鍾離眛等親信，連亞父范增也被懷疑而離開，竟而病死途中。

陳平在此一時間的分化行動，近乎孫子所謂「親而離之」的策略，四處放出謠言：「諸將鍾離眛等為項王將，功多矣，然而終不得裂土而王，欲與漢為一，以滅項氏而分王其地。」項羽聽到謠傳，不加求證，再也不相信鍾離眛了。對於最親信的范增，他也懷疑其忠誠，特地派使者出使漢王劉邦，一探虛實。劉邦正中下懷，就先安排高規格的太牢豐盛飯局，等上菜時，見到楚王使者，才裝出驚嚇神色說：「吾以為亞父使，乃項王使！」就把太牢美食撤走，另外端上粗菜劣肉招待。使者回去，把所見所聞一五一十報告項羽，從此對亞父范增另眼相看，懷疑他與漢王有私下來往，對他不再信賴。後來亞父要急於攻下滎陽城，項王不聽也不信。此時，亞父終於認清狀況，大為不滿，生氣地對項羽說：「天下事大定矣，君王自為之，願請骸骨歸！」

聲東擊西　劉邦脫困

項羽最親信的策士老臣亞父一死、鍾離眛等走人，劉邦反擊以脫困的機會來了。陳平計畫劉邦從滎陽城逃亡之道。一個夜晚，他安排劉邦的將領紀信假扮劉邦，並脅迫二千名女子戴盔甲扮成士兵模樣，打開滎陽城的東門出城。楚軍一見立刻四面包圍攻擊。這時紀信假扮劉邦坐在黃篷車上，他讓左右的士兵喊出：「城裡糧食已經吃光了，漢王出來投降了！」楚軍一聽，大家一片歡呼失去戒心。劉邦與陳平等遂趁機從滎陽城的西門逃走了。項羽捉到紀信，下令立即燒死。

當韓信一路勢如破竹，破魏、趙、燕三國，在消滅齊國後，想自立為齊王，就派使者帶信給劉邦說：「齊偽詐多變，反覆之國也，南邊楚，不為假王以鎮之，其勢不定。願為假王便。」韓信認為齊國人一向偽詐多變，不易治理，南方的楚地若不立一侯王也難以鎮住，他請求劉邦立他為「假王」。

當時，劉邦還被項羽圍困在滎陽城內，正坐困愁城時，接見韓信的使者，一看來信要自稱「假王」而不是趕來支援解困，立刻勃然大怒，大罵：「吾困於此，旦暮望若來佐我，乃欲自立為王！」陳平一見情勢不對，何況當時韓信的實力乃日正當中，趕快暗中踩一踩劉邦的腳，又上前附著耳朵小聲說：「漢方不利，寧能禁信之王乎？不如因而立，善遇之，使自為守。不然，變生。」

當是時，劉邦正處於不利的情勢，實也無力禁止韓信稱王，所以，陳平建議劉邦不如順勢立韓信為王，以免生變。劉邦一聽，立刻覺悟，轉口罵道：「大丈夫定諸侯，即為真王耳，何以假為！」並且指派張良去封韓信為「齊王」。

五問劉邦　生擒韓信

四年後，有人寫信檢舉楚王韓信造反。劉邦問諸將看法，諸將都說：「立刻發兵殺掉這小子！」劉邦聽了沉默一陣子。他想聽聽陳平的看法。陳平再三推辭，不願表示意見。最後實在不能再推辭了，陳平才反問劉邦：「眾將軍怎麼說？」

劉邦說出諸將的意見。

陳平又問：「這件事有別人知道嗎？」

劉邦說：「沒有。」

陳平三問：「韓信本人知道有人告發他嗎？」

劉邦說：「不知道。」

陳平再深問：「你的軍隊比他精壯嗎？」

劉邦說：「比不上。」

陳平還是問：「你的將領才能比韓信強嗎？」

劉邦說：「趕不上。」

陳平連提五問讓劉邦自省，得到的都是否定的答案，他就直接告訴劉邦：「今兵不如楚精，而將不能及，而舉兵攻之，是促之戰也，竊為陛下危之。」

劉邦問他該怎麼辦？「為之奈何？」

陳平此時才獻策，提出解決方法：「古者天子巡狩，會諸侯。南方有雲夢，陛下弟出偽遊雲夢，會諸侯於陳。陳，楚之西界，信聞天子以好出遊，其勢必無事而郊迎謁。謁，而陛下因擒之，此特一力士之事耳。」

陳平建議劉邦以天子的身分巡視雲夢，並會諸侯，屆時楚王韓信知道你心情愉快出遊，一定沒有戒心來晉謁，這時只要靠一位大力士就能擒住韓信。果然，未動干戈，只費一名大力士，就輕易生擒一代戰神韓信了。韓信被捕，關在車中，帶回洛陽，劉邦赦免其罪，但改封為淮陰侯。

謙辭功勞　感恩貴人

韓信被擒，淪為階下囚。劉邦心情愉悅，他決定與陳平剖符為信，以明信義之交，又封他為戶牖侯，要世世代代相傳下去。

陳平不敢當而推辭說：「此非臣之功也。」

劉邦奇怪的問：「吾用先生謀計，戰勝剋敵，非功而何？」

陳平不忘本的說出：「非魏無知，臣安得進？」

若不是魏無知的推薦進用，陳平哪有今天？劉邦一聽陳平的真情告白，十分滿意，並加以肯定、贊許：「若子可謂不背本矣。」劉邦又賞賜魏無知，肯定陳平不忘本，永遠記住當年提拔他的貴人，劉邦更因此知道陳平是個知足感恩的人。由此可見，陳平其實也是一位心思細膩的人。

以迂為直　化解「圍」機

劉邦剛統一中國，匈奴就大舉入侵，包圍邊城馬邑，馬邑守將韓王信不敵而投降。匈奴得韓王信之助，引兵南下，攻打太原，直達晉陽城下。劉邦以帝王之尊，率兵親征。

當時嚴冬之日，天寒地凍，又遇到暴風雪，士兵手指凍傷者十之二三。於是匈奴單于冒頓佯裝敗逃，引誘漢軍追擊。冒頓埋伏精兵，隱藏實力，反擺出老弱婦孺的假象。漢軍信以為真，當時劉邦所率領的大軍，多屬步兵，共計三十萬人，向北窮追不捨。

而劉邦卻只率少數部隊先行抵達平城，大隊人馬一時未能趕上。單于冒頓這時親率四十萬匈奴精壯騎兵襲圍，把劉邦困在平城縣白登山上，漢軍斷了糧餉，一連餓了七天。

劉邦還是請教陳平，派人送糧賄賂冒頓單于的夫人閼氏，閼氏向冒頓說：「兩主不相困。今得漢地，而單于終非能居之也。且漢王亦有神，單于察之。」單于聽信，把層層包圍開出一個缺口，劉邦終於脫困而逃。後來，劉邦脫離虎口，南下路過曲逆縣，登城遠望，看見城裡屋宇高大，僅次於洛陽，就詔令御史大夫，陳平調升曲逆侯，全縣五千戶的賦稅收入盡歸陳平所有。此後，陳平以護軍中尉身分，一直追隨在劉邦左右，平定陳豨及黥布的叛亂行動，都出奇計平叛立功。

左右為難　臨機應變

劉邦討伐黥布叛亂時，為流矢射中，箭傷不輕；在返京途中，創傷惡化，只能「徐行至長安」。此時，又驚傳燕王盧綰造反。劉邦指令樊噲以相國之名領兵進攻。樊噲一出兵，就有人向劉邦告狀，說他與呂后結黨營私，等皇帝駕崩，一定會殺死戚夫人及趙王如意等人。劉邦聽了震怒說：「噲見吾病，乃冀我死也。」乃採用陳平的建議，立刻召進絳侯周勃到床前，下詔令：「陳平亟馳傳載勃代噲將，平至軍中即斬噲頭！」陳平、周勃接受詔令乘著快馬驛車出發，還未抵達樊噲的軍營前，路上兩人誠惶誠恐地商量：「樊噲，帝之故人也，功多，且又乃呂后弟呂嬃之夫，有親且貴。帝以忿怒故，欲斬之，則恐後悔。寧囚而致上，上自誅之。」於是在快到營區前，依程序搭壇，取出代表皇帝的符節，請出樊噲，宣讀詔令。樊噲未反抗，陳平下令押人打入囚犯的檻車，帶回長安。同時，陳平布達，命令周勃取代樊噲為將，率軍前往平定燕王叛亂。

防患未然　以身防火

陳平押解途中，聽到劉邦去世，他唯恐呂后的姐妹因樊噲被押而遷怒，不利於己；決定放下押解隊伍，自己兼行趕回長安京城。偏在路上遇見京城使者詔令陳平與灌嬰兩人應屯重兵於滎陽城駐守。陳平接受命令，卻不往滎陽走，反而奔向皇宮，快速趕到宮中哭靈；他哭得十分哀戚，在靈前向呂后哭訴受詔處置樊噲的過程。呂后聽了也哀慟地說：「君勞，出休矣。」陳平雖然疲勞卻不敢出去休息，因為他怕一時不在呂后的身邊，為防他人進讒言得逞，所以一再請求要守衛宮廷的安全。於是，呂后派任他為郎中令，要他好好輔導兒子孝惠帝。因此，呂嬃就無法使壞進讒言。樊噲押回長安，呂后立刻宣布無罪，恢復他原有的爵位與封邑。

陳平深諳肢體語言，表達效忠；又設計接近權力核心，築起讒言的防火牆；加上未就地正法樊噲，彈性加人性處理，他是看清形勢，不得不爾的權宜做法。

惠帝即位六年，相國曹參去世，從此，取消相國一職，改立左、右二丞相，以右丞相為尊，由王陵擔任，左丞相為陳平。

王陵是劉邦的沛縣同鄉，家庭富裕，為人「少文，任氣，好直言」；劉邦病危時，曾回答呂后未來丞相的人選，認為：「王陵可。然陵少戇，陳平可以助之。」劉邦心中肯定王陵是一位憨直的好人。

伺機而動　順應時勢

漢惠帝死後，呂后號令天下，稱制作主，代天子之權。她掌握實權後，最想做的第一件大事，就是封自家人呂氏兄弟為王，他先問首席右丞相王陵的意見。王陵說：「不可。」後來問陳平，陳平說：「可。」

王陵的說明是：「高帝刑白馬盟曰：『非劉氏而王，天下共擊之。』今王呂氏，非約也。」呂后聽了不悅。她又轉問左丞相陳平、絳侯周勃。陳平瞭解上意，他的解釋是：「高帝定天下，王子弟；今太后稱制，王昆弟諸呂，無所不可。」呂后聽完，心情愉快，宣布退朝。

退朝後，王陵責備陳平、周勃說：「始與高帝歃血盟，諸君不在邪？今高帝崩，太后女主，欲王呂氏，諸君從欲阿意背約，何面目見高帝地下？」

陳平、周勃也不甘示弱說：「於今面折廷爭，臣不如君；夫全社稷，定劉氏之後，君亦不如臣。」王陵聽了無言以對。

不到兩個月光景，呂后想罷廢王陵的右丞相職位，就請他當少帝的太傅，去陪伴小皇帝的成長；這等同於剝奪王陵的相位。王陵心知肚明，一氣之下稱病辭職回鄉，閉門謝客，春秋兩季也不入宮拜見，七年後卒。

右丞相王陵去職後，左丞相陳平順勢升為右丞相，辟陽侯審食其為左丞相。審食其不管政事，像個郎中令負責宮中事務，實際上是伺候呂后；兩人早年即有接觸，現在更名正言順，過從甚密。由於呂后十分寵幸審食其，左丞相成為真正掌權的人，所以大臣有事都找左丞相審食其商量，並且透過他的私人管道來決定大政方針。陳平看在眼裡，有自知之明，不與審食其爭權抗衡，反而每日飲宴，故意寄情聲色之間，再也不過問國家大事。

呂后的妹妹呂嬃是樊噲的配偶，由於劉邦生前病危時，陳平參與捉捕樊噲的實際行動，所以呂嬃懷恨在心，經常在呂后面前讒言陳平：「陳平為相，非治事；日飲醇酒，戲婦女。」陳平聽到呂嬃的詆毀讒言後，反而變本加厲，更加縱情聲色。呂后知情後，心中暗喜。

有一天，呂后故意當著呂嬃的面，向陳平表明支持的態度：「鄙語曰：『兒婦人口不可用。』顧君與我何如耳，無畏呂嬃之讒也。」俗話說，女人與小孩的話聽不得，不必害怕呂嬃的讒言，就看你對我的關係如何。就此一句話，陳平逃過一劫，放下他心中的一顆大石頭。

陳平明知內有審食其與呂后絕非止於君臣正式關係的形勢，外有呂嬃的伺機報復行動；他深知呂后姐妹的心思，所以自廢武功，故意沉迷酒色，那只是一種障眼自保的權宜之計。

果然呂后買單，當著呂嬃之面支持、保證陳平的做法，甚至有暗示鼓勵之意。一如《漢書・高帝紀下》：「與功臣剖符作誓，丹書鐵契，金匱石室，藏之宗廟。」陳平在將溺危機中，安然取得呂后的「丹書鐵契」，獲得讒言絕緣的免疫力。

陸賈智慧謀國　啟發陳平

楚國人陸賈，善於辯論，屬於辯士儒生型的人物，他常以賓客身分追隨劉邦左右，並曾代表漢朝出使南越，成功說服南越王尉他降漢稱臣，遵守漢朝法律規定，劉邦封他為太中大夫。陸賈常對劉邦談《詩》、《書》等經典，劉邦罵他：「迺公居馬上而得之，安事《詩》、《書》？」陸賈說：「居馬上得之，寧可以馬上治之乎？」他還引經據典論述，最後劉邦還是被說服，並且請他寫出秦敗漢興的道理，高帝劉邦閱讀「未嘗不稱善」、「左右呼萬歲」。可見陸生不只能言善道，他的寫作功力也是令人刮目相看。

漢惠帝劉盈為人軟弱，呂太后執政掌權，欲分封呂家天下，她又討厭有人反對，對辯士不友善。陸賈自知無用武之地，就稱病辭職回家過快樂的生活。不過，他還是關心國事，看到太后的專制擅權，而將相多被架空，不敢說話；他發覺丞相陳平心裡的焦慮，不敢力爭到底，因為陳平怕惹禍上身，才每天在家苦思對策。

一天，陳平又在家陷入沉思。陸賈去向他問候請安，一腳踏入他家裡，陳平想得出神，竟沒及時發現陸賈已走進家門。陸賈問：「何念之深也？」陳平說：「生揣我何念？」陸生說：「足下位為上相，食三萬戶侯，可謂極富貴無欲矣。然有憂念，不過患諸呂、少主耳。」陳平說：「然。為之奈何？」陸生說：「天下安，注意相（人民關注的是宰相）；天下危，注意將。將相和調，則士務附；士務附，天下雖有變，即權不分。為社稷計，在兩君掌握耳。臣常欲謂太尉絳侯（周勃），絳侯與我戲（開玩笑），易吾言（不重視我說的話）。君何不交驩（歡）太尉（周勃），深相結（加強彼此聯絡結為好友）？」陸賈又為陳平出些主意，告訴他如何面對呂后的辦法。

陳平聽信陸賈的建議，用五百斤黃金為周勃祝壽，又多次大請周勃飲宴享樂；太尉周勃也禮尚往來，從此兩人又成為無所不談的好友至交。陳平為了回報陸賈，送他百名奴婢、車馬五十乘、五百萬銅錢做他的生活費。陸賈就運用這些資源遊走朝廷中的公卿大夫，都有很好的名聲。後來在誅殺呂后家族，迎接代王劉恆進京，擁立為孝文帝時，陸賈也算出過力。

知機退讓　反獲賞識

呂后死了，呂氏家人呂祿，以趙王的爵位擔任上將軍，呂產也以呂王之名位擔任相國，呂氏把持朝廷大事，想要危害劉氏的天下。當時，陳平雖然是漢朝的丞相，卻不能參與國家大事，周勃雖然位居太尉高職，卻也不能進入漢軍的大門。為了國家的安定，周與陳計畫討伐諸呂集團。二人合作共同消滅諸呂後，擁立孝文帝，其實這些都是右丞相陳平的計謀。

孝文帝即位後（西元前一八〇年），認為太尉周勃親自率兵誅殺呂氏家族，功勞較多。右丞相陳平有自知之明，就託病引退，想謙讓右丞相的尊位給周勃，文帝覺得奇怪，就問他原因。陳平說：「高祖時，勃功不如臣平。及誅諸呂，臣功亦不如勃。願以右丞相讓勃。」於是文帝就命令周勃為權位第一的右丞相，陳平則改調為左丞相，權位列第二。陳平識相，主動退讓，文帝還特別賞賜黃金千金，增加封邑三千戶。

陳平故示謙讓，一方面表達了自己的風度；二方面也明知形勢比人強，文帝心中正有此意；三則也保住自己過去風光的身分。難怪文帝一口答應，並且另有重賞。由此可以印證陳平行事都是成竹在胸。

機智在握　舉重若輕

過了不久，文帝已經進入狀況，深入瞭解國家大事。某次早朝，文帝問右丞相周勃：「天下一歲決獄幾何？」

周勃謝罪說不知道。

文帝又問：「天下一歲錢穀出入幾何？」

周勃還是答不出來，目瞪口呆，僵在那裡，只見他緊張得面紅耳赤，汗流沾衣。

文帝於是接著考問左丞相陳平同樣的問題。

「有主者。」陳平從容回答。

「主者謂誰？」文帝追問。

「陛下即問決獄，責廷尉；問錢穀，責治粟內史。」陳平回答。

「苟各有主者，而君所主者何事也？」文帝再追問。

「主臣！陛下不知其駑下，使待罪宰相。」陳平謙虛謝罪陳明。

陳平自謙一陣子，接著述明宰相的具體責任：

「宰相者，上佐天子理陰陽，順四時，下育萬物之宜，外鎮撫四夷諸侯，內親附百姓，使卿大夫各得任其職焉。」這就是宰相的主臣之道。

文帝聽完大喜，稱善。

兩人退朝後，周勃深感慚愧，不免埋怨起老朋友陳平：

「你為什麼不先教我，現在讓我受窘？」

「你身居宰相大位，難道還不知道自己的職責嗎？在早朝問答中，要深明大義，識得大體。如果皇帝問你這長安城裡有多少盜賊？難道你能勉強回答出一個數字？」陳平笑著回答他。

從此，周勃深深知道自己的能力遠不如陳平，難居右丞相大位。加上這時候有人趁機向他進言勸退：「君既誅諸呂，立代王，威震天下，而君受厚賞，處尊位，以寵，久之即禍及身矣。」

周勃聽了十分害怕，自己也感受到處境非常危險，就託病請求免除右丞相一職，陳平就順理成章成為唯一的丞相了。

周勃「不好文學」、「為人木彊敦厚」，屬於憨厚、樸質、不會客套、少講禮儀、不懂權變的人，對於宮中複雜人事與政務並非他所長。這一切，似乎都在陳平的掌握之中。他更瞭解自己的角色，明白丞相的職掌，權責分明，知道自己要做什麼，為何而戰，為誰而戰，陳平真的一清二楚，只是他對周勃這個多年憨厚的朋友，未多加提點照顧，似有欠厚道。

解決危機　公私兩全

少年陳平出身窮困的農民，卻不愛工作，年輕時熱愛閱讀，喜歡黃老學說。適婚時，找到自己的真愛；戰亂時，投靠明主；適時獻計，具體可行，都足以解決問題，都能化險為夷，受到長官的一再重用。

他的治事能力是傑出的，他的奇計是有用的，他的看人眼光也很獨到。而他歷經劉邦、呂后等險惡環境，以及同事不懷好意的環伺攻訐，雖有道德瑕疵，最後竟能全身而退，善始善終，是一項奇蹟。再仔細思維，他的成就，在於他有自知之明，也有自知之能，又深悟人性，瞭解人情世故，他為人處世的光明面，值得我們借鏡學習。

太史公曰：「陳丞相平少時，本好黃帝、老子之術。方其割肉俎上之時，其意固已遠矣。傾側擾攘楚、魏之間，卒歸高帝。常出奇計，救紛糾之難，振國家之患。及呂后時，事多故矣，然平竟自脫，定宗廟，以榮名終，稱賢相，豈不善始善終哉！非知謀孰能當此者乎？」司馬遷稱許陳平少年的用心，表現出他未來的志向；後來天下大亂，他在楚、魏兩地經歷千辛萬苦，最後投奔劉邦。他遇事屢有計謀，解決大小問題，又能明哲保身，善始善終，終究都是因為陳平渾身是奇計智謀的緣故。

思來者——於己正向思考　於國逆向思維

《朱子語類》開卷語：「『將欲取之，必固與之。』此老子之體用也。」《老子》說：「知其雄，守其雌，為天下谿。知其白，守其黑，為天下谷。」朱子認為：「所謂谿，所謂谷，只是低下處。讓你在高處，他只要在卑下處，全不與你爭。他這工夫極難。」楚漢相爭到呂后擅權，內外環境，極其險惡，陳平夾在兩大之間，受制於群小之中，從不坐困楚囚，都能全身而退，在於他習得黃老思維的真傳：「其所以不與人爭者，乃所以深爭之也。其設心措意都是如此。」茲就其運用成功之道，綜整如下：

一、立下目標，圓夢成功。窮人出身的陳平，有訕笑他的大嫂，更有支持他讀書、遊學的大哥，更加深他熱愛讀書希望出人頭地的動力。年輕時，在鄉里例行的祭祀活動中，遇有主持分肉的工作，他不僅不推辭，反而表現出自己公開、公平分割的能力，更從父老讚美聲中，立下未來為「宰」的目標，他自我期許「使平得宰天下，亦如是肉矣」。最後如願以償，果然接任曹參相國之職，與王陵並列左、右丞相，後來升任首席的右丞相。而在誅呂成功，擁立漢文帝後，他謙讓首席右丞相給太尉周勃，周勃不學，被文帝問倒，慚愧得自己請辭，陳平又成為唯一的丞相。司馬遷認為陳平在小時主持分肉時，就表達出自己遠大的志向，陳平自小立下恆志，終於靠自己的聰明與應變能力圓夢成功，成為賢相而善始善終，值得後人學習。

二、娶妻寧缺勿濫，低調引人注意。他為圓夢少年豪語，讀書脫困，放棄貧家妻女機會，等待

「五嫁而夫死，人莫敢娶」的張負之孫女。他自然而勤快高調的工作表現，低調的用心布局引發張負尾隨，讓張負對陳平刮目相看，不顧兒子的反對，堅決要促成這樁姻緣。從此，陳平窮人翻身，第一步完成脫離貧窮，也才有機會主持社區祭祀後公平分肉的表現，進而贏得邁向未來的信心。

三、良禽擇木而棲，隨時注意本身安全。陳平最早投效魏王咎，轉歸項羽，繼而投奔劉邦，終獲重用。他知劉邦的未來，劉邦也賞識陳平，因為他們有共通的語言。劉邦是「天授」的共主，陳平是天生的智謀，目標一致，一拍即合。陳平選擇大樹，劉邦重用其智，一路解決劉邦的問題與困難，掃除一切建國的路障，終成大業。而在投奔劉邦之前的渡河遭遇，若非赤身裸體，處卑示弱，立即打消船夫謀財害命的犯罪惡念，恐怕早已淪為波臣。

四、不矜不伐，謙讓不爭。第一次韓信要求封王，劉邦不滿，陳平勸應封齊王，保住君將關係不致破裂。第二次傳聞韓信造反，劉邦遠非其對手，眾將軍只是感情用事，逞一時之快。只有陳平冷眼旁觀，他深知「禍莫大於輕敵」（六十九章），沉靜權衡輕重後，根本不發一言，浪費時間，或自曝其短。等待劉邦清明在躬，再三請教陳平，陳平才以多方提問題，細心分析、評估，讓劉邦「知彼知己」，才提出萬全的具體方法，「不戰而屈人之兵」，生擒一代兵仙韓信！

至於陳平有功封侯，他也謙讓不受，反把功勞歸於魏無知的引介，讓劉邦窩心又放心。呂后要立諸呂為王，他明知不可，也不願正面衝突，鬧成僵局而導致上下君臣衝突。孝文帝的擁立，「不敢為天下先」（六十七章），他把首功推給周勃；這般地退讓、處卑，不與人爭，更深得文帝的信任！這些作為，具體反映《老子》的「曲則全，枉則直」（二十二章）、「以其不爭，故天下莫能與之爭」（六十六章）。為顧全大局，個人只有忍讓，不能整碗端走或爭功計較。自矜自伐是道家的大忌，因為「自伐者無功，自矜者不長」。司馬遷對項羽黥布的「自矜功伐」是持批判態度。陳平在論功行賞或擁立功勞上，都超然物外，功歸他人。

五、避其鋒銳，明哲保身。陳平贊成呂后封王之舉。劉邦病危受讒多疑，未加查證，一時糊塗，下令立斬樊噲。陳平心裡明白，並未糊塗到認真執行使命必達，反而思考未來的利害發展；留下活口，保住樊噲的性命，也保障自己的人身安全。呂后幸愛右丞相審食其，他雖心知二人關係匪淺，不只睜一眼閉一眼，反而作踐自己於聲色享樂，也不問政事。這樣反倒受到呂后的讚賞、肯定與保護。這又是老子「勇於敢則殺，勇於不敢則活」的表現。在當時政治環境下，這也是陳平深自退讓的權宜之計，不得不耳的自保選擇之道。

六、坦誠面對，化解危機。陳平初到就獲劉邦重用，眾將軍自是不平，四處造謠，劉邦深受困擾。最後找陳平問個明白，他坦承受金，也說明反覆投效魏王、項王、劉邦的正當理由，尤其他讚美劉邦有識人之明，化解了劉邦的疑心，及認定陳平的智謀，從此對陳平言聽計從。從離間項王君臣的信賴關係、解決滎陽長久被困、躡足暗示立韓信為王、輕易誘捕韓信、解開平城之圍等等，無不逐一化解劉邦的多次重大危機。他有此能耐，其中有智有謀，但「世莫能聞也」。

七、徒逞聰明，難以獨任。劉邦討伐黥布叛亂，被流矢射中，回程中病情加重。呂后請來名醫診治。劉邦問醫師，病情如何？醫師說：「病可治。」劉邦罵他：「吾以布衣提三尺劍取天下，此非天命乎？命乃在天，雖扁鵲何益？」於是不使治病，賜他黃金五十斤。過一會兒，呂后問劉邦：「陛下百歲後，蕭相國即（若）死，令誰代之？」劉邦說：「曹參可。」呂后又問曹參以後呢？劉邦說：「王陵可。然陵少戇，陳平可以助之。陳平智有餘，然難以獨任。周勃重厚少文，然安劉氏者必勃也，可令為太尉。」陳平一直是劉邦左右的重要謀臣，地位不低於蕭何，劉邦考核陳平應該最為中肯。陳平的智謀超人，是解決問題的能人，但是如果徒逞聰明謀略，又為己謀，並不是獨當一面的優質領導。

總之，陳平懂得明哲保身，才能善始善終，這要歸功於他在亂世中，把老子的體用關係，以具體行動發揮得淋漓盡致，太史公讓我們看到陳平有血有肉，在人物的刻畫細緻像工筆獨運。

太史公對陳平一生「定宗廟，以榮名終，稱賢相」的事功是敬佩的，但也有微言大義。他借陳平自謂：「我多陰謀，是道家之所禁。」如今讀來，其中固有太史公自己不幸的遭遇，而上承父親司馬談的道家信仰，同是崇尚黃老避禍的思想，對於陳平竟能多次自脫險境，自是感慨萬千；他想到陳平少時割肉，立下人生的目標，究其一生好謀而成，以榮名終而成為一代賢相，心裡一定五味雜陳。

由於司馬遷崇尚黃老思想。最後，似可引用《老子》之言，以印證陳平一生的行事風格：

> 將欲歙之，必固張之。
> 將欲弱之，必固強之。
> 將欲廢之，必固舉之。
> 將欲奪之，必固與之。
> 是謂微明。

柔弱勝剛強。
魚不可脫於淵。
國之利器不可以示人。

——《老子》第三十六章

有韓信才有漢家世界

韓信一生用兵出神入化，早已逸出兵法，如天降神兵。他能深謀遠慮，「連百萬之軍，戰必勝，攻必取」。在楚漢相爭最後一次決戰的垓下之役，韓信面對「所當者破，所擊者服」連戰皆捷的項羽；他指揮若定，重兵三層部署，四面楚歌，伐謀伐交，包圍夾擊項羽，令楚軍兵敗山倒，成就大漢天下，讓劉邦心服口服，承認「吾不如韓信」。

這般戰功彪炳，不可一世的「兵仙戰神」韓信，少年時卻是窮困的、被鄙視的，曾在市場大街當眾被屈辱，他都沒有反擊，也沒被擊倒，更不會因霸凌而大打出手或殺人洩憤。年輕的韓信珍惜生命，一再忍辱，立定志向目標，終能成就他亮麗、耀眼的志業。尤其感人的是，他功成名就，不但不記恨，不報復，反而觀功報恩，不忘本，加倍回報當年施恩或教訓他成長的人物。

流浪的韓信

韓信是江蘇淮陰縣人。少年時期，家徒四壁，貧無立錐，也沒有特殊表現，「不得推擇為吏」，所以沒人推薦他當一官半職。他又不會做小生意，因此常常到別人家裡作客討飯吃，家鄉人人討厭他。

淮陰縣內有一個下鄉地方，鄉裡有一南昌亭，亭長負責維護當地治安與接待來往官員，韓信常常跑去亭長家寄食，一吃就是好幾個月。

亭長的太太很不習慣，想出辦法反制；她一大早就把飯菜煮好，早早就在床上吃完飯。那次到了吃飯時間，韓信進門又來要飯吃，亭長夫婦都不給餐具，韓信一看，心裡明白不受歡迎，心情不悅，很生氣地離開，再也不去亭長家白吃白喝。想來韓信心中一定很苦、很難過，他自省，不願再做米蟲，心中另有想法。

韓信無一技之長，就去城外的河邊釣魚。河邊常有三三兩兩的婦女洗衣服，漂洗絲絮，其中有一名婦人看見韓信面有飢色，動了慈悲心，每次去河邊漂洗時，就多帶飯包給他吃，這樣下來一吃飯包就是數十天。韓信有飯吃，十分高興。有一天吃得感動之餘，告訴這位老婦說：「我將來若有成就，一定好好報答您的恩情。」不料這位太太並不領情，反而發脾氣教訓韓信：「大丈夫不能自食，吾哀王孫而進食，豈望報乎！」

老婦看韓信堂堂一位男子漢，卻無法自食其力養活自己，才動了憐憫之心，送飯給他吃，並不是奢望韓信未來要回報什麼。想想老人家句句實言，說得擲地有聲，為青年韓信上了人生的第一課。韓信心中一定很悶，但他虛心受教，記在心上。

惡少屈辱韓信

韓信人窮志不窮，他的志向遠大，帶著一把劍四處遊蕩。有一天，淮陰城裡屠宰場的一名不良少年，看韓信不順眼，就在市場指名單挑，存心要侮辱他，挫挫他帶劍的銳氣，就說：「你雖然長得高大，又喜歡佩帶刀劍行走，不過依我看，你只是心虛的膽小鬼罷了。」

接著當眾羞辱他說：「韓信，你如有本事不怕死，就用劍殺了我吧！如果怕死不敢殺我，就從我的褲襠下爬過去吧！」這個屠戶少年就橫跨在韓信眼前，等他爬過去。市集廣場，大家都在看，看高大的韓信如何應對？

韓信面對這個存心滋事的惡少，不禁從頭到腳仔細地看了清楚，打量對方的相貌後，竟一聲不響，低下頭趴在地上，從不良少年兩腿之間匍匐前進，爬過惡少的褲襠。當眾圍觀的好事之徒見了轟然大笑，嘲笑韓信果真是一名膽小鬼！

我們可以想像這個小混混再一次刺傷到韓信的自尊心，遙想當時少年韓信心裡一定憤怒不已吧！當眾被羞辱，這一課的教訓，讓韓信無地自容；但他沒有當場發作，與惡少一決死活。他喜怒不形於色，也沒有惡言相向，倘若激怒惡少，恐怕會造成兩敗俱傷的後果。韓信一再忍辱、忍痛、忍傷，決定要遠走他鄉，向外發展，立志揚名，再衣錦還鄉，這才是他的人生目標。

項羽不用韓信

成也蕭何，沒有蕭何就不見曠世奇才韓信的光芒；沒有韓信的指揮天才，劉邦也沒有成就帝業的一天。據〈淮陰侯列傳〉、〈項羽本紀〉，秦二世二年，項梁行軍至淮北，韓信身無分文，只帶一把劍投靠在項梁的麾下，一直沒沒無聞。項梁連敗秦兵，心生驕氣，被秦將章邯殺於定陶。項梁兵敗身死後，韓信改追隨項羽，項羽派他擔任「郎中」，負責侍衛工作。韓信多次求見獻策，可惜項羽不加重用。

夏侯嬰救出韓信

項羽等人滅秦而分封諸侯，封劉邦為漢王，漢王進入巴蜀時，韓信改投奔劉邦，依然表現不出色，只當上管理糧草的小官「連敖」。後來因案犯法當斬，同案的十三人都已被斬殺了，接著就輪到韓信。這時韓信仰視，正好就見到滕公夏侯嬰，就大聲說：「漢王不是要爭天下嗎？為何要斬壯士？」滕公聽了甚感驚奇，又見他相貌不凡，就釋放不斬。滕公立刻與他相談，相見甚歡；接著報告劉邦，劉邦就任命他為負責管糧餉的「治粟都尉」，這期間，劉邦看待韓信「未之奇也」。

由於工作關係，韓信多次與丞相蕭何有接觸交糧草談事情，蕭何發現韓信的軍事才華而大感「奇之」，十分賞識。高祖元年，劉邦為漢王，一行從咸陽行至南鄭的路上，由於諸將士都不知道漢王採取張良的策略，準備經營巴蜀，燒斷棧道而無意東歸的假象以迷惑項王，因此很多人想東歸故鄉，因而有數十名將軍半路脫逃。此時韓信心想蕭何已經多次為他向劉邦推薦舉才，而劉邦仍然不為所動；既然不受重用，韓信也跟著逃亡他去。蕭何聽到韓信不見了，立刻追出去，也來不及向劉邦報告。有人不知情，一狀告到劉邦說：「丞相蕭何逃跑了。」

蕭何追回韓信

劉邦一聽，勃然大怒，有如痛失左右手。過一、兩天，蕭何回來，謁見劉邦，劉邦「且怒且喜」，大罵蕭何：「你怎麼也逃走了？」蕭何說：「臣不敢逃亡，臣去追那逃跑的人啊。」劉邦說：「你去追誰？」蕭何說：「追韓信。」劉邦說：「諸將亡者以十數，公無所追，追〔韓〕信，詐也。」將軍逃走數十人不追，說是去追一名掌管糧草的治粟都尉。這不是騙我嗎？

蕭何說：「那些諸將很容易得到。至於韓信，他國士無雙。你如果打算長久滿足在漢中當漢王，就沒有必要重用韓信；你如果要走出去爭天下，我看韓信的才華無人能比，除非用他，再也沒人可以與你共襄大事了。現在就看你如何決定。」

劉邦說：「我當然想要向東前進，與項羽一爭天下，怎能鬱鬱久久待在這裡呢？」

蕭何說：「你既然要東向爭天下，你要是能重用韓信，韓信就會留下來賣命；你不能重用他，韓信終究會走人的。」

劉邦說：「那我就看你的面子，派他擔任將軍吧。」

蕭何又說：「即使你派他為將軍，他還是會走人的。」

劉邦說：「那就派任為大將軍。」

蕭何說：「很好。」於是劉邦要找韓信來任命為大將軍。

蕭何解釋：「王素慢無禮，今拜大將如呼小兒耳，此乃信所以去也。王必欲拜之，擇良日，齋戒，設壇場，具禮，乃可耳。」

劉邦終於同意蕭何一切照辦。諸將軍聽說劉邦要拜將，人人大喜，都以為大將是自己。沒想到正式築壇拜將，劉邦所任命的大將軍竟是韓信，全軍上下大吃一驚。

劉邦請益韓信

劉邦拜韓信為大將後，請韓信入內為上座。

劉邦問韓信：「蕭何丞相多次推薦你的才華，依目前情勢，你看我有何方法？」

韓信說：「大王如今率兵向東爭天下的對手是不是項羽？」

劉邦說：「是啊！」

韓信說：「請大王自己評估您的勇猛、強悍、仁慈、軍隊實力比得過項羽嗎？」

劉邦沉默老半天，才說：「不如他。」

韓信起身拜見，稱讚說：「我也覺得大王不如項王。可我做過他的部下，我可以先分析項羽的為人。項羽大喝一聲，可把成千上萬的人嚇得癱瘓，夠勇猛吧？但他不能信任部屬，任用有能力的人，這只是匹夫之勇而已。

「項羽待人恭敬慈愛，言語溫和；知道有誰生病了，都能含淚送食物慰問。部屬立下大功，應該升官重賞，他卻不肯立即獎賞，已刻好的升遷官章，還捨不得發給功臣，直到印信的邊角都快磨圓了還未贈與。這就是所謂的婦人之仁，而不是仁慈了。

「項羽雖然成了各路英雄的霸王，稱霸天下，所有諸侯都甘拜下風，但是他不建都在關中，而建都在江蘇的彭城。他又違背義帝與諸侯的約定，不按誰先攻入關中誰就是關中王的規定，還把自己的親信都封王，引起有功諸侯的不滿。諸侯見項王自封為西楚霸王，還把義帝逼到江南，又派黥布加以殺害；諸侯也有樣學樣，紛紛回去驅逐了自己的國君，占據好的地方自立為王。

「項羽所到之處，無不殘破死人，人人怨聲載道，百姓心痛，並不親附項王，只不過他實在太強大而被鎮住而已。因此，項王現在雖名為霸王，實則大失天下人心，這種強大其實很容易轉強為弱。

「現在大王您如果能反其道而行，重用勇敢善戰的人，必能誅滅一切敵人；誰能攻下城邑，您就封給有功者，必能征服一切城池！您號召起義兵卒，加入您那些誓死向東打回故鄉的軍隊，必能擊垮一切的敵人！

「此外，項王所封的三秦降將章邯、司馬欣及董翳，最早都是秦朝的將領，他們領導征戰多年了，戰死的、逃亡的，不可勝數，又詐欺部屬而投降諸侯，他們行軍到新安一地，項王將二十萬餘降卒全部活埋，只存活章邯等三位將領，現在秦國父老恨他們入骨。只因威力強大的項王硬封他們為王，人人敢怒不敢言，其實所有秦地人民並不愛他們。

「至於大王您進入陝西武關，占領關中地區以來，所到之處，軍紀良好，秋毫無犯，廢除秦朝繁苛的嚴刑峻法，而與民有約，約法三章，只有殺人者死，傷人及盜抵罪，秦國人民聽了無不樂意請您就地稱王呢。依照諸侯各國事先的約定，您理應在關中稱王，這些約事，關中百姓無人不知啊。後來您被項王逼到無法立足關中，只得到漢中，秦國百姓對此無不感到抱憾！現在只要大王誓師舉兵東向，發布聲討項王罪行的檄文，三秦地區就能輕易奪回來！」

漢王劉邦聽了韓信分析天下大勢，及楚漢兩王的強、弱、機會、風險分析，評論楚漢得失，絲絲入扣，實與蕭何對劉邦的建議隱然吻合，「還定三秦而天下可圖」，英雄智略不謀而合，劉邦心中非常快慰，深深感受到韓信謀國策略的超人才華，認為認識韓信實在太晚了。從此，一切軍事部署都聽憑韓信規劃，並分派任務給各級將領執行。從此，展開韓信一生的軍事才能與輝煌事功。

漢高祖元年（西元前二〇六年）八月，劉邦舉兵東出陝西陳倉收復三秦地區。高祖二年，劉邦東出函谷關，征服魏國、河南國，韓王鄭昌、殷王司馬卬投降。接著劉邦聯合齊王田榮、趙王歇攻擊項王。四月，劉邦進軍攻入楚國彭城，兵敗潰不成軍而回。此時，韓信收拾殘部與劉邦會師於河南滎陽，再出擊楚軍，在陝西京縣與索亭之間擊敗楚軍，阻擋楚軍西進的攻勢。

劉邦兵敗彭城後，關中的塞王司馬欣、翟王董翳背叛劉邦而投降項羽，齊、趙兩國也反漢而與楚議和。六月，魏王豹請假探親，一到魏國，立即封鎖黃河渡口蒲津關，也反漢與楚議和。劉邦即派說客酈食其前往勸阻，魏王豹不為所動。八月，劉邦派韓信以左丞相身分，率兵擊魏。韓信故布疑兵，聲東擊西，俘虜魏王豹，迅速平定魏國，改設為河東郡。接著劉邦派張耳去「協助」韓信，韓信攻下魏國，擊破代國後，劉邦常常派人調走他的精銳部隊，開往滎陽對抗楚軍。

韓信背水一戰　大破趙軍

高祖三年，韓信與張耳領軍數萬人，計畫東出山西的井陘口攻擊趙國。趙王歇與成安君陳餘聽此消息，立刻將兵號稱二十萬集結在井陘口。此時廣武君李左車對成安君陳餘說：「聽說韓信偷渡西河，俘虜魏王豹，又破代國，現在有張耳的協助，準備攻我趙國，其勢銳不可當。我認為千里餽糧，士兵挨餓有飢色；砍柴起火燒飯，士兵吃不飽、睡不好。而井陘之道，山路險峻又狹隘，他們行軍數百里，糧餉一定跟不上來。」

李左車分析情勢後並建議陳餘：「願足下假臣奇兵三萬人，從間道（抄小路）絕其輜重；足下深溝高壘，堅營勿與戰。彼前不得鬥，退不得還，吾奇兵絕其後，使野無所掠，不至十日，而兩將之頭可致於戲下。願君留意臣之計。否，必為二子所擒矣。」

成安君陳餘這人，雅好儒術，是一名書生之流，常說：「義兵不用詐謀奇計。」他聽了李左車的意見，不以為然，說：「吾聞兵法：『十則圍之，倍則戰。』今韓信兵號數萬，其實不過數千，能千里而襲我，亦已罷（疲）極。今如此避而不擊，後有大者，何以加之！則諸侯謂吾怯，而輕來伐我。」遂不聽李左車的計策。

此時韓信早已派人入趙暗中情蒐，探知李左車不受重用，回報韓信，韓信大喜，於是長驅直入。直到距井陘口三十里，韓信下令停軍、駐紮、休息。到了深夜，下令全軍整裝待命，並挑選二千名輕騎，人人手持一面紅旗，從小路登山，隱蔽山上，監視趙軍動靜。韓信告誡他們：「趙軍見我軍撤退，一定傾巢追出，你們要立刻奔入趙營，拔下他們的軍旗，改插上我們的旗幟。」接著又傳令全軍用些點心，並宣布：「今日擊破趙國再會餐！」眾人都不信，虛應說：「好！」

韓信指示軍吏：「趙已先據便地為壁，且彼未見吾大將旗鼓，未肯擊前行，恐吾至阻險而還。」於是韓信派出萬人出井陘口，渡河後，擺出背水陣。趙軍望見，無不大笑。韓信等太陽出來，立起軍旗，架起戰鼓，擊鼓聲中走出井陘口。趙軍一見，打開營門，兩軍交戰，開打良久。韓信、張耳假裝戰敗，丟棄旗鼓，逃到船上。此時趙軍一見漢軍的敗象，果然傾巢而出，爭相搶奪漢軍的旗鼓，也想活捉韓信、張耳。韓信、張耳回到船上後，又下來與趙軍作殊死戰，此時趙軍已無法得勝。另一方面，韓信先前派出的二千輕騎，早已伺機趙軍出營搶奪戰利品時，立即奔入他們的陣營內，拔下趙旗，改插漢旗二千面紅旗，亂人耳目。等到趙軍前線自知無法取勝韓信了，想要回營時，一看都是漢軍的旗幟飄揚，趙軍大驚失色，以為趙王及其將領都被俘虜了；一時趙軍大亂，爭相逃走，雖有趙軍將領斬殺逃兵，也無法攔阻趙兵四處逃竄，於是漢軍內外夾擊，大破趙軍。陳餘敗逃被殺，趙王歇被俘。

韓信布背水陣，擊垮趙國。他十分欣賞廣武君李左車的智略，下令不准殺害李左車；有誰能活捉李左車，獎賞千金。終於有人逮捕李左車，把他綑綁帶到韓信面前。韓信親自上前為他解開束縛，並請他在向東的尊位坐下，而自己則西向對坐，以老師之禮尊敬他。

將領獻上俘虜、首級，向韓信慶賀勝利後，問道：「兵法右倍（背）山陵，前左水澤，今者將軍令臣等反背水陣，曰破趙會食，臣等不服，然竟以勝，此何術也？」韓信說明：「此在兵法，顧諸君不察耳。兵法不曰：『陷之死地而後生，置之亡地而後存』？且信非得素拊循士大夫也（這些都是雜牌軍，不是我訓練有素的自己人），此所謂『驅市人而戰之』（這些都是素不相識毫無關係，像市集的烏合之眾），其勢非置之死地，使人人自為戰；今予之生地，皆走（逃亡），寧尚可得而用之乎？」將領聽完韓信的訓示後，深深佩服，異口同聲說：「善。非臣所及也。」

韓信重用李左車　不戰降燕　請立趙王

韓信為諸將講解背水之戰的道理後，接著去請教李左車，問：「僕欲北攻燕，東伐齊，何若而有功？」李左車辭謝說：「臣聞敗軍之將，不可以言勇；亡國之大夫，不可以圖存。今臣敗亡之虜，何足以權大事乎！」韓信又說：「僕聞之，百里奚居虞而虞亡，在秦而秦霸，非愚於虞而智於秦也，用與不用，聽與不聽也。誠令成安君（陳餘）聽足下計，若信者亦已為禽矣。以不用足下，故信得侍耳（我才有向您請教的機會）。」韓信又以十分誠懇的態度說：「僕委心歸計（誠心誠意向您求計），願足下勿辭。」

李左車說：「臣聞智者千慮，必有一失；愚者千慮，必有一得。故曰『狂夫之言，聖人擇焉』。顧恐臣計未必足用，願效愚忠。」接著又說：「陳餘本有百戰百勝之計，只因一步走錯，終於被殺。您俘虜魏王，又下井陘，擊敗趙國二十萬眾，誅殺陳餘，您已『名聞海內，威震天下』。

現在許多農夫不再耕作，待命等你召集，可以吃好的穿好的，『將軍之所長也』。但是，您的軍隊疲憊，其實短期內難以用兵。如果您率領疲兵攻燕，而燕國堅守城池不戰，您硬要攻戰，時間一久，攻不下來，糧食也供應不上，情勢陷入被動，弱點就暴露無遺。如此一來，小小燕國攻不下來，那齊國更會頑強抵抗了。齊、燕攻不下來，形成對峙的局面，對於中原楚漢爭戰的劉邦，在情勢上並無加分作用。這是『將軍所短也』。我李左車雖笨，還是認為您不該去北攻燕國，東伐齊國。」又說：「善用兵者，不以短擊長，而以長擊短。」

韓信說：「那該怎麼辦？」

李左車說：「依我為您將軍計，不如休兵停戰，鎮守趙國，安撫趙民，恤養孤兒；這樣就會得到人心，百里之內，有人會送牛酒來勞軍。經過休養生息後，擺出北向攻燕的隊伍，再派出能言善道的辯士拿您的書信，展示出我們的優勢，那燕國就不敢不服。燕國順服後，再派說客前去齊國告誡，不得輕舉妄動，齊國必然也聞風降服，雖有智者，也不可能為齊國出主意、想出好辦法。如此一來，天下大勢就可以掌握了。用兵本有『先聲而後實』的說法，正是當前之道。」

韓信聽了，說：「很好。」採取李左車的建議，派辯士出使燕國，燕國隨風投降。韓信派人報告漢王劉邦得勝消息，並就此請求立張耳為趙王。

楚王項羽曾派兵渡黃河，襲擊趙國，張耳、韓信往來救火，支援告急的地區。另外，也調撥部分人力，支援劉邦的戰事。當時，劉邦被項羽困在滎陽，靠陳平的計謀才突圍而出，往南逃到宛城、葉縣，獲得黥布的軍隊，加以納編，進入成皋；劉邦又被項羽包圍，再度脫困。

劉邦逃離成皋後，向東渡過黃河，他與滕公夏侯嬰二人潛入韓信、張耳駐軍的脩武縣，住進旅館。第二天一早，他們自稱是漢王的使者，奔入軍營。當時張耳、韓信尚未起床，劉邦就闖入臥室，收繳印信、兵符，隨後召集將領，重新分配任務。韓信、張耳起床後，方知漢王劉邦到來，大吃一驚。劉邦奪取軍印、兵符後，立即派令張耳備守趙地，拜韓信為相國，在趙國組訓新兵，命他出擊齊國。

韓信大破齊軍　請求立為假齊王

韓信領軍向東攻齊，未抵達黃河渡口，聽說劉邦已派酈食其勸降齊王，也說服得到同意。韓信準備停止軍事行動。此時，范陽縣的辯士蒯通對韓信說：「將軍接受詔令攻擊齊國，而漢王又派出密使勸降齊國，豈有漢王又下詔命令將軍中止行動？您怎不向前進攻？而且酈生只是一名書生，搭乘一車，僅憑口才，就說動齊國七十餘城投降；將軍率領數萬眾軍隊，一年多才攻下趙國五十餘城，您為將軍數年，反而不如一個小小書生的功勞嗎？」

韓信覺得有理，採納其見解，遂渡黃河，揮師向齊國。當時齊國已聽從酈食其的勸降，齊王田廣留下酈食其一起飲酒作樂，毫不防備。韓信乘虛而入，襲擊齊地歷下，長驅直入，攻入齊國都城臨菑。齊王田廣認為自己被酈食其出賣了，將他烹殺，然後逃至山東高密，同時派人向項羽求救。

韓信占領臨菑，又追擊田廣。此時，項羽派出龍且將軍，號稱二十萬大軍，救援齊國。龍且與田廣合作，並肩作戰，兩軍尚未開打，有人進言龍且：「漢兵遠鬥窮戰（遠地前來求戰，必定全力猛攻），其鋒不可當。齊、楚自居其地戰（在本土作戰），兵易敗散（無必死之心）。不如深壁，令齊王使其信臣招所亡城，亡城聞其王在，楚來救，必反漢。漢兵二千里客居，齊城皆反之，其勢無所得食，可無戰而降也。」

龍且說：「吾平生知韓信為人（膽小），易與耳（容易對付）。且夫救齊不戰而降之，吾何功？今戰而勝之，齊之半可得（我可得齊國一半的封賞），何為止！」於是決定開戰，他與韓信在濰水對峙布陣。

韓信連夜教人製作萬餘個沙袋，裝滿泥沙堵住濰水的上游，然後引軍渡河，行軍渡過一半，襲擊龍且。過一陣子偽裝戰敗，向後潰逃。龍且一見大喜，不出他所料，就說：「我早已知道韓信膽小！」遂揮師一路追擊韓信。這時韓信派人在上游決開堵水的沙袋，一時大水沖擊下來，龍且的部隊大部分困在河中，韓信立刻下令全力反擊，過河的楚軍全部敗走，龍且被殺，田廣逃亡，韓信乘勝追擊，其餘楚軍全被俘虜。

漢高祖四年，齊國各地都被韓信攻下、平定。韓信派使者報告劉邦：「齊偽詐多變，反覆之國也，南邊楚，不為假王以鎮之，其勢不定。願為假王便。」這時，劉邦被項羽困在滎陽，劉邦接見韓信的使者，看到來信，不禁勃然大怒，大罵：「吾困於此，旦暮望若來佐我，乃欲自立為王！」在旁的張良、陳平兩人立刻暗中踩劉邦一腳，又在他耳邊悄悄地說：「漢方不利，寧能禁信之王乎？不如因而立，善遇之，使自為守。不然，變生。」劉邦反應敏捷，立即醒悟當前情勢，接著又罵說：「大丈夫定諸侯，即為真王耳，何以假為！（何必要做代理的假王呢。）」於是劉邦派張良前去齊國，立韓信為齊王，並且徵調韓信的兵馬攻擊項羽。

項羽派武涉勸韓信三分天下

龍且被殺，項羽不安，於是派江蘇盱眙人武涉去勸說韓信：「天下人受暴秦之苦太久了，所以大家要推翻它。既破強秦，項王論功行賞，分割土地，分封諸侯為王，希望大家休養生息。但漢王興兵由西向東，侵犯他人的分地，掠奪他國的疆土；他滅了三秦，又率兵出關，聯合各諸侯之兵，向東攻擊楚國。他的企圖是不併吞天下不肯罷休的，可見他是不知足於現狀。還有，漢王這人不能相信，他曾多次敗在項王手中，項王有憐憫心，他才存活下來；但是，他一旦脫身，立刻背信毀約，竟回頭反擊項王，他是如此不可親、不能信任的人。您現在與他交情深厚，盡全力為他賣命，最後還是會被他控制、擒下。劉邦他之所以讓你活到現在，是因為項羽還健在。因此，他們二王的勝負，全操在您的身上。您往右靠，劉邦就能獲勝；您往左靠，項羽就能獲勝。項王如果今日被殺，明天就輪到您了。您與項王有舊交情，何不離開漢王，聯合項王，就能三分天下稱王？錯過這黃金時刻，還死心眼為漢王打項王，是智者所不為的。」

韓信婉謝武涉的好意，說：「臣事項王，官不過郎中，位不過執戟，言不聽，畫不用，故倍楚而歸漢。漢王授我上將軍印，予我數萬眾，解衣衣我，推食食我，言聽計用，故吾得以至於此。夫人深親信我，我倍之（背叛）不祥，雖死不易。幸為信謝項王。」

蒯通遊說韓信貴不可言

武涉遊說不成而離去，齊國辯士蒯通找上韓信，因他瞭解全局形勢的成敗關鍵在韓信。他想用奇策來感動韓信，他以看相算命的說法告訴韓信：「僕嘗受相人之術。」

韓信說：「先生相人何如？」

蒯通說：「貴賤在於骨法，憂喜在於容色，成敗在於決斷，以此參之（參詳對照），萬不失一。」

韓信說：「善。先生相寡人何如？」

蒯通說：「願少間（請給機會，左右之人迴避一下）。」

韓信對身邊人說：「左右去矣。」

蒯通說：「相君之面，不過封侯，又危不安。相君之背，貴乃不可言。」

韓信說：「何謂也？」

蒯通說：「天下剛起義發難時，各地英雄豪傑揭竿立旗，登高一呼，成千上萬的人風起雲湧，反秦抗暴。那時，大家都想要如何推倒秦朝而已。現在是楚、漢相爭，使得天下無辜的百姓肝膽塗地，死傷無數，父子從軍，死於野地。楚人項羽起於彭城，一路征戰，追擊劉邦，推至滎陽，當時項羽勢如破竹，威震天下。現在他的軍隊被阻在京、索之間，無法跨越西山一步，如今已三年了。漢王領軍數十萬之眾，在鞏縣、洛陽憑藉大山大河的險要地利，一日數戰，卻沒有尺寸之功，被項羽打敗了，也無援軍救他。他先後敗在滎陽、傷在成皋、又逃向宛、葉之間，他可說智窮力盡了。如今楚軍的士氣為據有天險的漢軍受挫，而據有地利的漢軍也糧食不繼了，那百姓身心極其疲困，怨聲載道，也不知道何去何從。依我判斷，非有聖賢能人是無法平息這種天下動亂的。」

蒯通接著強調：「當今兩主之命縣（懸）於足下。足下為漢則漢勝，與楚則楚勝。臣願披腹心，輸肝膽，效愚計，恐足下不能用也。誠能聽臣之計，莫若兩利而俱存之，參分天下，鼎足而居，其勢莫敢先動。夫以足下之賢聖，有甲兵之眾，據彊齊，從燕、趙，出空虛之地而制其後（派兵控制雙方空虛的後方），因民之欲，西鄉（向）為百姓請命，則天下風走而響應矣，孰敢不聽！割大弱彊（削弱大國分割土地），以立諸侯，諸侯已立，天下服聽而歸德於齊。案齊之故（安定齊國現有的地盤），有膠、泗之地，懷諸侯以德，深拱揖讓，則天下之君王相率而朝於齊矣。蓋聞『天與弗取，反受其咎；時至不行，反受其殃』。願足下孰慮之。」

韓信說：「漢王遇（待）我甚厚，載我以其車，衣我以其衣，食我以其食。吾聞之，乘人之車者載（分擔）人之患，衣人之衣者〔關〕懷人之憂，食人之食者〔效〕死人之事，吾豈可以鄉利倍義乎（見利忘義）！」

蒯通說：「足下自以為善（關係好）漢王，欲建萬世之業，臣竊以為誤矣。始常山王（張耳）、成安君（陳餘）為布衣時，相與為刎頸之交。後爭張黶、陳澤之事，二人相怨。常山王背項王，奉項嬰頭而竄，逃歸於漢王。漢王借兵而東下，殺成安君泜水之南，頭足異處，卒為天下笑。此二人相與，天下至驩也（最親密的戰友）。然而卒相禽者（互相殘殺），何也？患生於多欲而人心難測也。今足下欲行忠信以交於漢王，必不能固於二君之相與也（你們的交情比不上他們二人的深厚），而事（彼此矛盾）多大於張黶、陳澤。故臣以為足下必漢王之不危己（確信劉邦不會殺害您），亦誤矣。大夫（文）種、范蠡存亡越，霸句踐，立功成名而身死亡。野獸已盡而獵狗烹。夫以交友言之，則不如張耳之與成安君者也；以忠信言之，則不過大夫種、范蠡之於句踐也。此二人者，足以觀矣。願足下深慮之。且臣聞勇略震主者身危，而功蓋天下者不賞。臣請言大王功略：足下涉西河，虜魏王，禽夏說，引兵下井陘，誅成安君，徇趙，脅燕，定齊，南摧楚人之兵二十萬，東殺龍且，西鄉以報，此所謂功無二於天下，而略不世出者也（難再出現）。今足下戴震主之威，挾不賞之功，歸楚，楚人不信；歸漢，漢人震恐：足下欲持是安歸乎？夫勢在人臣之位而有震主之威，名高天下，竊為足下危之。」韓信說：「先生別再說了，我要好好想一想。」

過幾天，蒯通又找韓信說：「能多聽到別人的好意見，就能看清事情變化的徵候。能反覆多加思考，就能把握成敗存亡的關鍵。如果錯過傾聽、思慮不周，還想長治久安，那是少之又少。能仔細傾聽，再加以判斷，就不會被花言巧語所迷惑；能周密設想，又分清本末，就不會被七嘴八舌所紛擾。一個人如果安於奴僕的位子，就會失去登上帝王的地位；如果滿足微薄的薪水，就會失去卿相厚爵的機遇。因此，當機立斷是智者的作為，猶疑不定是成事的大害。如果只關心眼前的小事，就會失去天下的大事；理智上雖然都知道這些道理，但是如果仍然心存觀望不敢行動，也是失敗的禍源。所以說：『猛虎猶豫，還不如蜂、蠍敢刺螫；千里快馬徘徊不前，還不如駑馬安步慢行；勇士孟賁主意不定，還不如凡夫俗子說到做到；你有舜、禹的超高智慧，卻閉口不言，還不如瘖啞聾子的比手畫腳呢。』這些話的意思，就是貴在能行。『夫功者難成而易敗，時者難得而易失也。』

時機一錯過，就再也回不來了，希望您好好考慮考慮。」韓信依然猶豫不決，不忍背叛劉邦。他又自認立下很多大功，劉邦終究不該奪走他的齊國，於是拒絕蒯通的勸告。蒯通見韓信不聽自己的好意，為了避禍，只好裝瘋賣傻，隱為巫士躲了起來。

韓信得罪劉邦

高祖五年，劉邦約韓信、彭越，聯合攻擊項羽。劉邦至河南固陵，不見韓、彭依約前來會師；項羽擊破漢軍，漢王劉邦又逃進營區，堅守不出。為了請求救援紓困，劉邦採取張良的建議，提供廣大封地給韓信、彭越，他們兩人才全力出戰，各路諸侯軍隊也才動起來。韓信遂率軍與劉邦會師垓下，共同消滅項羽。劉邦又立即襲奪齊王韓信的齊軍兵權。當年正月，改封韓信為楚王，建都江蘇下邳。

韓信以德報怨

韓信到了楚國，派人請來當年給他飯吃的洗衣老婦，賞賜千金。也找來下鄉的南昌亭長，賞賜百錢，說：「你是小人，為德不卒。」又找來曾侮辱他的少年，請他擔任楚國的中尉，負責巡城捕盜的治安工作。韓信對左右的將相說：「這人是壯士。當年他侮辱我的時候，難道我不能殺他嗎？即使殺了他，對我也沒什麼好名聲，因此隱忍下來，才能有今天的成就。」

鍾離眜是項羽手下名將，他是江蘇伊廬人，早年與劉邦是好朋友。項羽敗死垓下後，他為躲通緝，潛逃到韓信處，隱匿下來。劉邦怨恨鍾離眜，聽說他躲在韓信處，下詔韓信逮捕。韓信剛到楚國，視察各縣時，都有警衛軍隊隨行。

韓信被捕被貶

漢高祖六年，有人告發楚王韓信謀反。劉邦用陳平的計策，以視察南方，巡視雲夢之名，巡狩大會諸侯，並發通告要各國諸侯到陳郡會合。劉邦說：「我要去雲夢視察。」其實是想要藉機襲捕韓信，而韓信卻一無所知。

劉邦出發了，快到楚國；韓信「欲發兵反，自度無罪」，他想見劉邦，又怕被捕。此時有人建議韓信說：「斬殺鍾離眜後，再去見皇上，皇上必然心喜，你就沒有後患了。」韓信立即找上鍾離眜，並說明此事。鍾離眜說：「劉邦不敢攻打楚國，是因我在你這裡，如果你要捕殺我，去討好劉邦；我今天死了，那你明天很快就被殺了。」於是他罵韓信說：「你不是一位厚道的長者！」說完就自刎而死。

韓信帶著鍾離眜的首級，前往陳郡拜見劉邦。劉邦立即命令武士逮捕韓信，把他關在後車上。韓信說：「果若人言：『狡兔死，良狗烹；高鳥盡，良弓藏；敵國破，謀臣亡。』天下已定，我固當烹！」劉邦對他說：「有人告你謀反。」於是加上刑具。回到洛陽後，劉邦釋放韓信，降為淮陰侯。

韓信恃才傲物　多方得罪

韓信現在已經認識漢王劉邦畏忌他的才能，因此經常稱病不上朝見劉邦。韓信從此日夜怨聲不斷，心情不佳，羞與劉邦的名將絳侯周勃、潁陰侯灌嬰為伍。有一天，韓信過訪樊噲，樊噲興奮地跪拜迎送，自稱屬臣，說：「大王能涖臨臣下，不勝榮幸！」韓信出門笑著說：「這輩子乃與樊噲為伍！」

劉邦為帝後，常從容與韓信品評諸將的才能高下。劉邦問：「像我能領軍多少人？」韓信說：「陛下不過領兵十萬人。」劉邦問：「那你又如何呢？」韓信說：「臣多多而益善耳。」劉邦笑問：「多多益善，那你為何被我擒下？」韓信說：「陛下不能將兵，而善將將，此乃信之所以為陛下擒也。且陛下所謂天授，非人力也。」韓信一時脫口失言，方恐得罪劉邦，才順勢改口推崇劉邦的天縱英明。

陳豨被任命為鉅鹿郡太守，他向淮陰侯韓信辭行。韓信抓住他的手，避開左右，與他走到庭院，仰天長嘆一聲，說：「子可與言乎？欲與子有言也。」陳豨說：「唯將軍令之。」韓信說：「你派駐的地方，是天下精兵之處；而你是陛下最親信的臣子。如果有人告發你謀反，陛下一定不相信；如果再有人告發，陛下一定會起疑心，如果再三舉發你的不法，陛下一定會大怒且親率大軍平叛。到時候我在中央做你的內應，天下是可以想望的。」陳豨一向深知韓信的才華，也相信他的話，就說：「謹奉教！」

呂后騙計成功　韓信被詐捕殺

高祖十年，陳豨果然造反，劉邦親征，韓信稱病不從。他暗中派人找陳豨，說：「你儘管起兵，我在此助你一臂之力。」韓信於是計畫與家臣在夜裡假詔下令釋放各官署的苦役和官奴，準備發兵襲擊呂后、太子。

韓信部署妥當，就等待陳豨回報狀況。由於韓信的舍人得罪於他，韓信予以囚禁，並要斬殺舍人。此舍人的弟弟為救其兄，就上書向呂后告發韓信有謀反的企圖。

呂后欲召見韓信問個明白，又怕他不肯就範，於是找相國蕭何商量，詐稱有人從劉邦前線回來報告，說陳豨被捕已死，列侯群臣都去朝賀。蕭何配合呂后的陰謀欺騙韓信，執意要他非去不可，說：「你雖有病在身，也要勉強入賀吧！」韓信被說動，跟著蕭何前往，一入宮門，呂后立即指示武士捕獲韓信，推到長樂宮的懸鍾之室斬殺。

韓信被殺之前，說：「吾悔不用蒯通之計，乃為兒女子所詐，豈非天哉！」韓信三族一併被殺。

韓信一死　劉邦又喜又憐

劉邦從討伐陳豨的前線返回京城，一見韓信已死，「且喜且憐之」，問：「韓信死前說什麼話？」

呂后說：「〔韓〕信言恨不用蒯通計。」

劉邦說：「他是齊國有名的辯士。」於是下令齊國追捕蒯通。

蒯通來後，劉邦問：「是你教韓信謀反的？」

蒯通說：「是的，是我教他的。這小子不聽我的辦法，才會有今天被殺又夷三族的下場，如果他用我的策略，陛下哪能安然無恙呢。」劉邦大怒下令烹殺。

蒯通說：「哎呀！烹我太冤枉了！」

劉邦問：「你教韓信謀反，哪有冤屈？」

蒯通說：「秦朝的國家體制紊亂，紀律鬆弛，山東地區紛擾，大家起義，英雄豪傑雲集。秦失其鹿（祿、政權），天下共逐之，於是能力強者就捷足先登。盜跖的狗向堯猛叫，堯非不仁，只因堯不是他的主人才吼叫不停，當時，臣只認識韓信一人，並不認識陛下。況且天下精銳志士想稱王稱帝的太多，只是心有餘力不足罷了。難道您能把天下都烹殺嗎？」

劉邦聽了說：「放了他。」於是釋放蒯通並赦免無罪。

韓信真的謀反而死？

太史公說：我到江蘇淮陰一地，淮陰地方人士告訴我說，韓信雖是布衣百姓，他的志向就與眾不同。韓信母親往生，貧困無錢買棺下葬，卻四處尋找一處地勢高而寬敞的墳地，旁邊可以容下萬家居住。我親自去看韓母的墓地，果然如此。假使韓信能「學道謙讓，不伐己功，不矜其能」，則他對漢朝貢獻的功勳，幾乎足可比擬周朝的開國元勳周公、召公、太公，可以享受後世子孫的代代祭祀。他不務正事，卻在天下已經安定下來時，竟還妄想謀反，而遭夷滅宗族之禍，不也是罪有應得嗎！

思來者——歷史爭議人物在於個性使然

人是理性、自利的動物，要求所屬盡忠職守，爭取亮麗業績，勢必要有相當的誘因，有形的或無形的，才是驅動向上進步的推力。太史公曾特別推崇「李將軍」李廣為當代神射，國士無雙，一生對抗匈奴，立下不少戰功，仍然耿耿於懷為何沒有受到長官的垂青而封侯。這不是特例，凡人皆如此，是人性使然。

韓信踏平趙國，先請封趙王張耳；大破齊國後，又派使者請封假王。後來被封為齊王、楚王。韓信出生入死，就戰功言賞，本理所當然，受之無愧。當年若非張良、陳平在劉邦左右點醒，尊重韓信的虛榮心理，恐怕楚漢相爭的結局會重新改寫。畢竟韓信有戰略眼光，擁兵實力強大，遠非劉邦所及。

韓非子說：「且臣盡死力以與君市，君垂爵祿以與臣市。君臣之際，非父子之親，計數之所出也。」君臣之間、上下相處，都是從計算利害得失出發；華人社會著名經濟學家熊秉元先生說，經濟分析的立場是父子倫常關係，只是一種工具性安排，具有功能性的內涵。父子尚且如此，君臣又何嘗不然，封建專制時代尤為顯著，韓信立下建國的不世功勳，又何能例外？

宋代陳亮特別推崇韓信的能力：「且趙不破則燕不服，燕不破則齊未可平，齊未可平則劉、項之權未有所分也。信之用兵，古今一人而已。」明代茅坤也高度讚美韓信的才華：「予覽古兵家流，當以韓信為最，破魏以木罌，破趙以立漢赤幟，破齊以囊沙，彼皆從天而下，而未嘗與敵人血戰者。予故曰：古今來，太史公，文仙也；李白，詩仙也；屈原，辭賦仙也；劉、阮，酒仙也；而韓信，兵仙也，然哉！」史上唯有太史公用盡全力記載韓信不世出的軍事長才，無與倫比，連當代名將樊噲，既是貴戚也是開國的首功之一，對已左遷的韓信無意造訪，視為無比的榮幸，以至於「跪起迎送，言稱臣」，又說「大王乃肯臨臣」的話，樊噲簡直是韓信的超級粉絲。莫忘樊噲在鴻門宴的精彩演出，也立下不少戰功；他又是劉邦的親信與親戚，呂后的妹婿。從此互動，可見韓信在當代為人又是如何受敬重！但是落得被騙身死，又夷三族，有不少令人不解、自有足發深省之處，由近而遠，提要如下。

首先，韓信用兵如神，而有「兵仙」美譽，但是陳豨奉命外派太守，順道向韓信拜別；陳豨是劉邦的青梅竹馬，從小就是通家之好，人盡皆知，他是劉邦的至交與幸臣，路過拜訪韓信，初次見面，怎麼可能逕談共同謀反的殺頭大事？何況韓信此時已是被貶調，在家休息，並無兵權與實力，說話前已得罪於劉邦、後又失言於樊噲，已處嫌疑被監控的險地，他怎麼還有心情、有膽識誘導或試探當朝權貴謀反？再進一步言，陳豨並非大將、名將或擁兵自重的強將，何需勾結？又，韓信不在宮中，如何內應？他要家臣假詔赦免刑徒、官奴，即或可能，這些烏合之眾，韓信何德何能足以立即組訓為他賣命征戰？萬一一切都可能發生，那在積極整備謀反，必有萬全之計策，何以會發生舍人之弟密報事件？在在都暴露韓信輕言謀反，有違人情，更違用兵之道，果如此，他只是一名凡夫俗子之將軍，豈是戰無不克、攻無不勝的「兵仙」！他又多次在毫無預警下，被敗逃的劉邦無故侵權奪兵，何以屢屢門戶洞開，仍無警覺？或許劉邦另有過人之處？

其次，韓信被騙後被害前，說：「吾悔不用蒯通之計，乃為兒女子所詐，豈非天哉！」他悔不當初，反證明他當時並無謀反之意。齊國著名辯士蒯通勸說韓信「參分天下，鼎足而居」，再分析君臣矛盾的可怕後果，並舉例張耳與陳餘由刎頸之交，決裂成勢利之交；范蠡功成身退而遠走高飛，文種不聽好友范蠡勸說而身首異處的嚴重君臣衝突。然而，韓信始終不為所動，不忍心背叛漢王劉邦，難得清代趙翼說：「全載蒯通之語，正以見淮陰之心在為漢，雖以通之說喻百端，終確然不變，而他日之誣以反而族之者之冤，庸不可言也。」

不過，再細讀蒯通極其煽惑力的勸說辭，句句說進韓信的內心深處，以當時的全局情勢，他的聲望與實力，都在項王、漢王之上，韓信真的絲毫無動於衷？他真的只有很深的衣食情結，也不忘知遇之恩？他是不是一廂情願過度相信劉邦？之前他何以不計風險而收留通緝犯鍾離眛？俟風聲太緊而被誘導殺了好友鍾離眛？而劉邦早已決意採陳平之計加以逮捕，他是不是猛然想起蒯通：「野獸已盡而獵狗烹。」示警之言在耳，才自言自語：「果若人言：『狡兔死，良狗烹；高鳥盡，良弓藏；敵國破，謀臣亡。』天下已定，我固當烹！」從此被貶為淮陰侯。

韓信已被縛、被辱後，又知「漢王畏惡其能」，何以一辱樊噲，再誤陳豨，三誤舍人，四被蕭何詐欺，竟而斬死？韓信是兵仙，傑出的軍事家，何以都毫無警覺？

劉邦平定陳豨回宮，得知他最得力的首席一級戰將、最重用的三傑之一被呂后所殺，他的心情是「且喜且憐之」，他到底喜什麼？憐的又是什麼？實耐人尋味。韓信老年既無張良之智，也無陳平之謀，更無英布之勇？真令人不解。何以致之？

最後，值得注意的漢初三傑之外，還有一位劉邦一生最重要的救命恩人陳平。張良、蕭何、陳平三人是劉邦最愛的三大謀士，也是國之重臣。令人不解的是，韓信被貶為侯，居家不樂的時候，當年的親密戰友陳平怎麼從人間蒸發了？足智多謀的張良是不是明哲保身，「願棄人間事，欲從赤松子遊」，怎麼也遠走避禍？獨留宮中的蕭何才在呂后的遊說下，順水推舟，扮演韓信的終結者角色？伴君如伴虎，如果張良不圖潔身不沾鍋，如果陳平也不吝再出奇計而主動獻策救友，如果蕭何念及當年為主、為國舉才，冒死追回韓信，再力保他登壇拜大將的風度，在緊要關頭拒絕淪為呂后、劉邦的共犯結構，韓信是不是還有一線生機，頤養天年？在韓信生死一線間，陳平、張良及蕭何他們三人的想法如何？

做人的風度比做事的態度更重要，事業的成敗繫乎專業才能，更要有表現的機會。項羽給了韓信工作的平台，蕭何給了表現的機會，劉邦也給了發揮軍事專業長才的舞台；韓信把《孫子》的用兵之道發揮得淋漓盡致，也完成了「不戰而屈人之兵」的最高境界，但他忘了孫子最重要的教誨「無智名，無勇功」。或許他的智名太盛，勇功太高；太盛、太高達於「勇略震主者身危，而功蓋天下者不賞」的懸崖絕境吧！

韓信，他攻取百勝而主動要求論功封王；他被疑受挫，仍羞與同梯名將為伍；他無所事事，依然恃才傲物；連與長官論為將之道，還得意洋洋，大言批評高下而得罪取禍，似無所警覺。「履霜堅冰至」，睥睨航界的鐵達尼號撞見冰山，只有沒頂。韓信之於劉邦，在建國立功之後，他的工具價值全然形同廢鐵，只有永沉海底。面對不世之才的韓信，「無賴」的劉邦只有喜與憐，沒有眼淚。

張厚齊老師的回應

韓信是一位軍事天才，明代茅坤譽之為「兵仙」（《史記鈔》），雖然〈韓信〉一文稱讚「韓信把《孫子》的用兵之道發揮得淋漓盡致」，但《史記》（《漢書》同）對其出身背景與軍事素養語焉不詳，僅簡單地敘述滕公（夏侯嬰）「與語，大說之」，又「信數與蕭何語，何奇之」（《史記・淮陰侯列傳》）。

韓信年輕時三餐不繼，經常受到屈辱，後來投效於項梁、項羽帳下，仍是一個不受重用的小人物，直到亡楚歸漢，經蕭何極力推薦給劉邦拜為大將，終得嶄露頭角，大破趙、齊，不戰降燕，為大漢帝國的建立奠定了勝利的基礎；然而卻因恃才傲物，言行失當，屢次得罪劉邦，甚至最後勾結陳豨意圖謀反，經呂后用蕭何之計，慘遭斬殺，並夷三族。綜觀其一生大起大落的戲劇性變化，竟是掌握在蕭何的手裡，「故俚語有『成也蕭何，敗也蕭何』之語」（宋代洪邁《容齋續筆・蕭何紿韓信》）。太史公曰：「假令韓信學道謙讓，不伐己功，不矜其能，則庶幾哉，於漢家勳可以比周、召、太公之徒，後世血食矣。不務出此，而天下已集，乃謀畔逆，夷滅宗族，不亦宜乎！」（《史記・淮陰侯列傳》）此一韓信一生功過的結論，幾乎成為千古定讞。

然而〈韓信〉一文針對韓信是否真的謀反提出若干質疑，如：「韓信輕言謀反，有違人情，更違用兵之道。」「韓信被騙後被害前，說：『吾悔不用蒯通之計，乃為兒女子所詐，豈非天哉！』他悔不當初，反證明他當時並無謀反之意。」「韓信已被縛、被辱後，又知『漢王畏惡其能』，何以一辱樊噲，再誤陳豨，三誤舍人，四被蕭何詐欺，竟而斬死？韓信是兵仙，傑出的軍事家，何以都毫無警覺？」餘不一一列舉。誠然，以上諸點確實令人起疑，但大前提是韓信謀反應該有個明確的動機，可惜《史記》對此亦是語焉不詳，如果韓信謀反缺乏明確的動機，讀者恐怕必須回頭探究司馬遷的寫作方式是不是有什麼問題或玄機了。

按《春秋》「信以傳信，疑以傳疑」（《穀梁傳》桓公五年），是歷代史官奉為圭臬的優良傳統。司馬遷是一位偉大的史官，亦明白主張「疑則傳疑」（《史記・三代世表》）。史官傳疑的原因何在呢？因為史事包羅萬象、千緒萬端，不可能完全出自史官親見親聞，必須仰賴於許多傳聞或其他間接資料，但這些史料何者可信，何者不可信，史官受限於時間與能力，是不可能一一查證的，因此「太史公敘事，事有牴牾者，皆兩存」（清代何焯《義門讀書記》引馮班語），亦早為前人所發覺。以韓信謀反一事為例，韓信在權勢薰天、名高震主之際，先後拒絕武涉與蒯通勸說三分天下，對劉邦依然保持忠耿之心，接著韓信藏匿鍾離眜，有人告發其謀反，整個故事情節急轉直下，先是遭陳平向劉邦獻計襲捕降爵，繼而遭蕭何向呂后獻計斬殺夷族。《史記》對這段疑雲重重、充滿矛盾的史料照單全收，可能原因有二：一是史料來自國家檔案紀錄，司馬遷無法找到有力的反證；二是司馬遷用意不在貶斥韓信不忠，而在凸顯劉邦不義。既然史官「疑則傳疑」，司馬遷不能任意修改或憑空揑造，自然對韓信謀反的動機語焉不詳了。

《史記・秦楚之際月表》還有一段耐人尋味的話：「故憤發其所為天下雄，安在無土不王。此乃傳之所謂大聖乎？豈非天哉！豈非天哉！非大聖孰能當此受命而帝者乎？」吳汝綸即指出：「『故憤發其所為天下雄』以下，語語轉變，神氣怪駭，讀之，但見頌揚耳。」（清代吳汝綸《史記集評》）所謂「豈非天哉」，從文字表面上看，司馬遷似是頌揚劉邦是受命稱帝的大聖，實際上則是諷刺劉邦不配承受天命；而且「豈非天哉」一語重複出現，可見司馬遷對劉邦受命稱帝確是頗不以為然的。如蕭何在建議劉邦拜韓信為大將時，就曾說「王素慢無禮」（《史記・淮陰侯列傳》）；又高起、王陵在劉邦詢問「吾所以有天下者何」時，亦曾說「陛下慢而侮人」（《史記・高祖本紀》）。蕭何、高起、王陵三人以臣子的身分對劉邦出言不遜，司馬遷未予刪削，或即意圖藉著三人之口呈現劉邦的真實形象。如此看來，關於韓信謀反一事，國家檔案紀錄未必完全真實可信，而司馬遷正是刻意運用史官「疑則傳疑」的手法，為劉邦做負面宣傳；至於〈韓信〉一文針對韓信謀反提出的若干質疑，雖是出於情理，卻似乎不必過於認真。

韓信則因多次得罪劉邦而遭貶抑，甚至最後被告謀反。自古君王對待功臣，有所謂「狡兔死，良狗烹；高鳥盡，良弓藏；敵國破，謀臣亡」（《史記・淮陰侯列傳》）之說，劉邦是中國歷史上第一位布衣出身的皇帝，對待三傑卻仍一如上古貴族出身的君王，不啻為後世帝王留下了最為負面的示範。

陳宜安老師的回應

本文論述主軸為韓信。文中提及項羽不能信任部屬，無法任用有能力的人。項羽所到之處，無不殘破死人，人人怨聲載道；項王雖名為霸王，實則大失天下人心，這種強大其實很容易轉強為弱。漢王劉邦聽了韓信分析天下大勢，及楚漢兩王的強、弱、機會、風險分析，評論楚漢得失，實與蕭何對劉邦的建議隱然吻合「還定三秦而天下可圖」，劉邦心中非常快慰，深深感受到韓信謀國策略的超人才華。從此，一切軍事部署都聽韓信所為規劃，並分工給各級將領去執行。從此，展開韓信一生的軍事才能與輝煌事功。

陳校長認為韓信把《孫子》的用兵之道發揮得淋漓盡致，也完成了「不戰而屈人之兵」的最高境界，但他忘了孫子最重要的教誨「無智名，無勇功」。或許他的智名太盛，勇功太高；太盛、太高達於「勇略震主者身危，而功蓋天下者不賞」的懸崖絕境吧！

司馬遷對於韓信的評價：「假令韓信學道謙讓，不伐己功，不矜其能，則庶幾哉，於漢家勳可以比周、召、太公之徒，後世血食矣。不務出此，而天下已集，乃謀畔逆，夷滅宗族，不亦宜乎！」

司馬光的評價：世或以韓信為首建大策，與高祖起漢中，定三秦……漢之所以得天下者，大抵皆信之功也……始，漢與楚相距滎陽，信滅齊，不還報而自王；其後漢追楚至固陵，與信期共攻楚而信不至。當是之時，高祖固有取信之心矣，顧力不能耳。及天下已定，則信復何恃哉！夫乘時以儌利者，市井之志也；酬功而報德者，士君子之心也。信以市井之志利其身，而以君子之心望於人，不亦難哉。

傑出軍事才能的韓信，卻不是一個有智慧的政治家。他從一個市井之徒到裂土封王再到最後血濺長樂，從胯下之辱到一飯千金，從韓信身上散發出來的是一種英雄之志！其實，韓信有很多機會可以自立為王，同時還能與項羽、劉邦兩人形成三足鼎立之勢，就像三國時期劉備、曹操、孫權一樣，但是，韓信放棄了這些機會。

韓信念著劉邦對他解衣推食的恩惠，以致「漢王待我甚厚」、「不忍背漢」，還自以為功高「漢終不奪我齊」。過於張揚自我，不注意收斂，過於功高自居，目空一切，讓他變成了一個不識時務的英雄，成為劉邦在奪取天下後一枚被捨棄的棋子。

一生太僕　一往情深　低調成人之美的夏侯嬰

夏侯嬰是一位好人，也是健談的人，他可以與朋友天南地北，聊到忘我，忘記夜幕低垂。他是一位義人，可以為朋友兩肋插刀，替好友扛下犯罪責任，從容赴義，忍受外界異樣眼光，也曾代友受刑入獄，毫無怨言。他一路追隨劉邦，無怨無悔，每次戰役，都身先士卒，勇猛迅捷。在戰敗逃亡中，危難時特別注意到劉邦子女的安危，不惜觸怒劉邦的逃命感受。他是多麼重視戰亂中的人權，也關照到亂世中卑微生命的價值。

在多次戰役中，他表現出色，可圈可點，但是他不表功，也不爭功，終其一生，只任「太僕」一職，隨侍皇帝左右護衛，負責趕車的重要職務，歷任漢高祖、惠帝、呂后、文帝等四朝，一生都在為長官趕車，一路都安全無虞。他還有許多鮮為人知的助人義舉，如韓信、季布落難之際，都默默伸出援手，救人一命。他仗義執言，始終如一，正如其名，充滿赤子之心，洋溢「嬰」兒般的自然與溫暖，他的性情，必定是溫潤、恭儉的。

劉邦恩人　兩肋插刀

汝陰侯夏侯嬰是沛縣人，與劉邦同鄉，在沛縣馬房負責管理馬車、趕車事項。他常送使者或賓客回去，路過泗水亭時，就會找亭長劉邦聊天，每次都談到忘記時間，有時聊到天色很晚才離開。後來夏侯嬰補上沛縣的縣吏，與劉邦的關係就更加密切了。兩人感情很好，打成一片。有次兒戲，可能動刀耍棒，練習武技，一時玩得過火，劉邦失手誤傷夏侯嬰。夏侯嬰不以為意，旁人卻看不過去劉邦的目中無人或是對劉邦心生不滿，就去法院告發劉邦打傷縣吏。

當時劉邦當亭長，有官職在身，被人匿名告一狀，如果成案，將會加重處罰；劉邦十分擔心，夏侯嬰主動出面緩頰，幫劉邦說話，他出庭時竟作偽證，堅決否認劉邦傷害到他。後來又被舉發，翻案再審，夏侯嬰再作偽證，又犯包庇罪，被關一年多，坐牢期間也被刑求鞭打上百下，最後總算為劉邦脫罪，沒有貼上前科的標籤。可見劉邦人緣之好，夏侯嬰對他何等忠心。

有次夏侯嬰跟隨劉邦逃亡時，中途遇到劉邦失散的兒子劉盈及女兒魯元，夏侯嬰趕緊將他們抱上車來。項羽追兵在後，劉邦一心急於逃命，擔心車速不快；劉邦心急之下，不顧親情，竟把自己的子女踢出車外，想減輕載重，好快一點逃跑。

夏侯嬰見狀，於心不忍，又把他們救抱上車，同時讓車速慢下來，直至他們抱緊夏侯嬰後，再策馬飛奔。劉邦為此十分生氣，一路上有多次欲殺夏侯嬰，最後幸好都無恙脫險。

無役不與　永遠的太僕

漢王三年，劉邦在滎陽城南時，陷入項羽的包圍中，劉邦求和，項羽不許；劉邦著急，幸有陳平出奇計，分化項羽與范增的君臣信任關係奏效。劉邦又採陳平之計，聲東擊西，逃出滎陽城。劉邦逃回關中，又逃到宛城，項羽引兵窮追不捨；劉邦再逃到成皋，項羽持續追殺，將成皋層層包圍。成皋之役劉邦兵敗，全軍覆沒，倉皇逃命。

劉邦如驚弓之鳥，輕車簡從，只有滕公夏侯嬰一人陪同，逃出成皋，逃向韓信的駐地脩武縣，他們化裝，假冒是劉邦派來的使者，第二天一早，直接闖進韓信的軍營，韓信當時尚未起床，他們奔進臥室，奪取韓信的將軍印信與兵符，召集眾將，再做調配。韓信起床後方知劉邦來，大吃一驚，劉邦充實自己的兵力，才振作起來。

後來韓信與劉邦會師垓下，消滅項羽。劉邦又重施故技，再衝入韓信的營區，取走印信、兵符，再次奪走韓信的兵權，改封韓信為楚王。這次突擊行動，肯定夏侯嬰也在劉邦的身邊促成其事。

夏侯嬰追隨劉邦進攻胡陵，進擊秦軍，多次行動，他無役不與，每次攻擊行動，他都「以兵車趣攻戰疾」，即以兵車攻擊敵軍，勇猛迅速之姿擊敗對手。他也多次被賜爵為七大夫、五大夫、執帛、執珪及滕縣縣令，人稱滕公，後來秦滅，劉邦被封為漢王，漢王賜他為列侯，號為昭平侯，仍繼續擔任太僕工作。

始終如一護衛劉邦

劉邦稱帝後，燕王臧荼謀反，夏侯嬰以太僕身分一起征討，生擒楚王信，封地為汝陰。不久，又以太僕之身分，隨劉邦討伐代郡，又獲封地一千戶。再從劉邦征伐匈奴，追到平城，被圍七日。劉邦派人賄賂單于夫人說情，冒頓單于才打開一角做通路，劉邦一時急著快速逃出，夏侯嬰堅持要慢步徐行，並要求弓箭手搭箭張滿，一律向外監控，才順利脫困。夏侯嬰有戰功，又追加封地一千戶。

不久，夏侯嬰再以太僕身分，北上追擊匈奴，大破之。又以太僕身分，在平城之南作戰，三次攻破匈奴，功勞厥偉，劉邦給他攻戰所得之地，又加封五百戶。

後來夏侯嬰又以太僕身分征討叛軍陳豨、黥布，陷陣卻敵，又增加一千戶封邑。最後確定封地是汝陰縣的六千九百戶。以往的封地一併取消。

夏侯嬰從劉邦在沛縣起義，一直都擔任太僕一職，直到劉邦去世。惠帝接位，他還是太僕身分。惠帝與呂后為感謝他救惠帝和魯元公主一命，賜給他靠近皇宮北門的第一間宅第，命名「近我」，意指讓他靠近我，才有安全感，以示對他特別的尊重與寵愛。

惠帝死後，他還是以太僕身分服侍呂后。

呂后死，代王劉恆被迎入京，他以太僕身分與東牟侯劉興居入宮清理兇險的環境，再以天子的車駕到代王府迎接劉恆，並與大臣擁立劉恆為帝——夏侯嬰仍擔任太僕。八年以後，夏侯嬰病逝。

思來者

夏侯嬰一開始就跟劉邦一起打天下，一路到劉邦一統大漢天下，他都忠心耿耿，追隨到底，不計名位，不慮封賞；他對劉家天下，呂氏干政，擁立代王稱帝，更是無怨無悔的支持，力挺到底。

雖然他一生有封地，但他的官職一直沒有擢升，就是擔任太僕一職，隨時與劉邦同出入，南征北討或被圍或平亂，有劉邦就看到夏侯嬰在旁，兩人是同鄉，更是同志。他的功績、聲望，都不及漢初三傑或黥布、彭越、樊噲、灌嬰，更不如陳平、曹參、周勃、周亞夫那麼耀眼，但他卻是劉邦一生中的知己。

夏侯嬰甘於平凡，樂在工作，不在乎名位，其事蹟卻曖曖內含光。他不僅在危急中救助劉邦之子女，更扶助劉邦及其後代。在〈樊酈滕灌列傳〉中，夏侯嬰一生一直是劉邦的最佳輔佐，直到劉邦去世。

除此列傳外，仍可看到夏侯嬰許多助人不欲人知的事蹟，如他出手相救韓信免於被斬首；如他受好友也是大俠朱家之託，向劉邦說情，赦免項羽手下名將季布的通緝令，後來季布還當上郎官，升為中郎將，河東守。

這些助人、救人事蹟，夏侯嬰都是默默行善、仗義執言，作風十分低調，低到大家幾乎忘了他也是前線指揮到位的戰將。由於他在外征戰高調，勇猛迅捷，屢得勝戰；對內做人處事低調，所以在伴君如伴虎的漢初險惡環境下，他歷經高祖、惠帝、呂后及文帝四朝，一生都在趕車、隨護、征戰，卻能善始善終，或許與他當初為劉邦頂罪作證的重情重義、死忠不二的性格有關吧！

張瓊玲老師的回應

《史記》裡所記載的王侯公卿、風雲豪傑中，最耀眼的人物，絕對不是夏侯嬰，但他如嬰孩般的赤子之心，純善忠誠，實在令人難以忘懷，在一片攻城略地、爭寵封賞、角逐功名利祿中，夏侯嬰的行誼事蹟宛如亂世中的清流，告訴世人這世上還是有至情至性的真情，而且跨越性別，深情不移。

夏侯嬰從與劉邦結識開始，就喜歡與他膩在一起，談天說地、休戚與共，寧作偽證，也要保護劉邦；之後，追隨劉邦揭竿起事，就算臨危難之際，猶然愛屋及烏，心繫被劉邦棄置不顧的家人；多少次劉邦戰敗，命在旦夕，只有夏侯嬰一人無役不與，患難不離，同心協力，化危機為轉機。夏侯嬰的純善，令人感動，一般人多解釋為忠誠，然而從《史記》等文字的描述中，卻隱然感受到這種金石之交不僅僅止於君臣間的情感，或許是來自於氣味相投，心性相合；或許是來自於對人才欣賞的喜愛，但這種單向的「莫逆之情」，若無強大的情感支持，很難解釋夏侯嬰為何戰功輝煌，卻始終甘於做一個「太僕」之職，從不計較封賞，對於劉邦乃至於其家人不遺餘力的維護，只能用「同體大愛」的無私來描述，這種情感是深刻且深沉的，夏侯嬰對漢家的事，不是願意承擔而已，而是勇於承擔、且樂於承擔。

如此不計代價的付出，若說只有「情義」而無「愛意」的話，實難以令人信服。以現代社會對性別議題較為開放的眼光來看，夏侯嬰對劉邦有無「精神上的依戀」？是否是一種類似「men's talk」的跨性別情感？不無有啟人疑竇之處，而做如此這般之猜測。方法論上，從奧地利學者波普爾（Karl Popper）所著的《猜測與反駁》（*Conjectures and Refutations*, 1963）一書中，所標舉的「否證論」（Falsification）來看，凡是無法因證明為「偽」而削去的，就不能否定其存在的可能性。因此，夏侯嬰毫無私益動機、至死不渝的忠誠，吾人可以合理地懷疑：夏侯嬰對劉邦有跨性別的愛與情，終生甘為太僕，只希望能與劉邦近身相處，甘當劉邦永遠的背影，功名利祿不上心頭也從不踰矩，贏得漢家至深的信任與敬重。劉邦之後，呂后、惠帝更賜與夏侯嬰最靠近皇宮北門名為「近我」的宅第，作為表述感激與信任之意。

夏侯嬰對劉邦，始於欣賞之心，發乎純善之意，終於深情而不移，實乃世間少有，至情至性之人。夏侯嬰一生都與劉邦相處共事，相信心靈上應該是滿足的；但對於劉邦來說，真要令人羨慕地說聲：劉邦有夏侯嬰相隨，真是幸福之人哪！

一仍舊貫　順勢而治的曹參

曹參與蕭何

「蕭規曹隨」的美談，流傳兩千年。蕭指蕭何，曹是曹參；兩人思想一致，一生有許多雷同的際遇，其前後傳承蔚為佳話。曹參上半生投筆從戎，擅長攻戰，下半生去軍為相，稱美相職。他出將入相，為相文職，毫無軍人剛猛作風，反而一味主張清靜無為，卻成為另類的公務典範

曹參一路追隨劉邦打仗，攻城略地，身受七十餘傷；他身經百戰，與力戰成名的李廣又有神似之處，但比起李廣，他幸運太多。曹參不是一位耀眼傑出的將領，他最受人樂道的貢獻是在齊國當丞相九年，實施黃老之術，主張「清靜而民自定」，果然人人安居樂業，經濟一片繁榮。

後來接任蕭何調升漢朝宰相，施政作為「舉事無所變更，一遵蕭何約束」，一任三年的政績，收到很大的成效，社會安定，經濟復甦，人民都過著快樂的日子。

當時民間歌頌曹參：「蕭何為法，顜若畫一，曹參代之，守而勿失。載其清淨，民以寧一。」

蕭何立法於前，曹參遵行不變，只要百姓生活平安、健康，不是很好嗎？

蕭何是一位從基層公務員逐級升遷至宰相的標竿人物。他的用心、認真、深入與思考的大格局，是一般人所望塵莫及的，例如：劉邦到咸陽服公役，同事送行，人人都送他三百錢，只有蕭何送他五百錢，讓劉邦一生牢記在心，並且加倍回報。

他隨劉邦攻進咸陽城，人人爭搶金銀財寶，只有他忙著接收、保管多種圖書、法規、地圖等文書檔案，使劉邦在未來能掌握各地戶口、民情、地勢等重要資訊。

他慧眼識英雄，推薦韓信給劉邦，成就一位以寡擊眾的百戰百勝將領，被譽為「漢初三傑」之一。劉邦在外征戰，他在關中負責後勤糧餉，源源不斷支撐前線的戰事。

他識人而重用韓信打下大漢江山，卻也狠心誘騙韓信這位開國元老到長樂宮，一舉誅殺韓信得逞，後人才有「成也蕭何，敗也蕭何」的感嘆。

曹參是江蘇沛縣人，在秦朝末年，擔任沛縣監獄的一名主管「獄掾」，而蕭何是縣府的人事主任「主吏」。兩人在沛縣都是有身分、有地位的官員「豪吏」。

劉邦起義反秦後，曹參以「中涓」身分，貼近劉邦左右，一路追隨征戰，每次戰役，他都身先士卒，攻入敵陣，身中十餘傷，十分受到劉邦的重視與提拔。

項羽兵敗身死，天下大勢底定，功臣論功行賞，大家爭功不休，認為曹參應列首功，一年後塵埃落定，蕭何第一，曹參第二。蕭何負責後勤，從未在前線奔馳打仗，許多功臣大表不服。

而後經由劉邦以功人、功狗很傳神的比喻戰功，大家才恍然大悟，從此不敢再說話爭功。由此可見，蕭何服公職，擔任過沛縣的人事室主任，就十分瞭解典章制度，重視法令規章；加上後來負責戰爭期間的後勤工作，這些不為人知的工作，沒沒無聞的支援基礎任務，蕭何都能洞燭機先，掌握全局，他真的是用心在福國利民著眼的政治人物。

漢王劉邦即帝位後，封長子劉肥為齊王，派曹參為齊王的相國。曹參在齊為相，仍領兵擊敗陳豨，也隨高祖平叛黥布，戰功依然閃亮。

兼容並存　勿擾獄市

劉邦死後，漢惠帝繼位。曹參因有戰功，又被封為齊國的丞相。當時齊國有七十座城市，齊王年紀很輕，沒有從政經驗，曹參就把齊國的長老學者數百人請來，向他們請教如何因地制宜，按齊國的民俗，找出安定社會安撫民心的辦法，眾人意見不盡相同，曹參一時難以裁奪。

曹參聽說山東高密的膠西有位蓋公，鑽研黃老學說；就派人帶重金去請他。等到見了蓋公，蓋公就教他「治道貴清靜而民自定」，把黃老學說清靜無為的道理詳細向他陳述。他在齊國擔任相國九年，齊國安定又繁榮，施政滿意度很高，他的治理方法就是得力於黃老之術，人人都稱賢相。

蕭何死後，曹參聽到消息，立刻告訴左右祕書，說快點準備交接，要去做漢朝的宰相了。沒多久，使者果然傳來好消息。

曹參離職前，特別找來接任的齊相叮嚀他說：「以齊獄市為寄，慎勿擾也。」新任的相國很奇怪，就問他：「治無大於此者乎？」

曹參再加以開示：「不然。夫獄市者，所以並容也，今君擾之，姦人安所容也？吾是以先之。」

曹參在秦時曾服務於監獄，他認為獄政和市集的治理方式很重要，要用心去開導、教化他們，不要無中生有，製造困擾。因為那監獄與市場都是善惡兼容並蓄、龍蛇雜處的地方，如果你大事更張大力改革，一定會去擾亂他們的生態秩序，那些作姦犯科的若無法容身，就會鬧事擾亂治安，命案就會發生了。所以獄政和市場之間的微妙關係，曹參要先告訴他，讓他要有心理準備，要先注意妥善處理，而不要新官上任就燒起三把火。

犯罪無法消滅，只能控制，打擊只會發生移轉現象，只是時間或空間久暫大小而已。

蕭規曹隨　安定守成

曹參升補蕭何職位之後，一切領導作為，沒有變革，完全遵循蕭何的規矩執行任務。他選拔人才，都找不善言詞、忠厚老實，而品性良好的人員擔任主管職務。凡是巧言令色、一味苛求法令、愛好虛名的，都不予考慮重用。他一天到晚，只喝美酒。卿大夫以下官吏及賓客看他不管事，都來求見勸諫。他都請來客喝好酒，有人一想開口勸他，曹參又斟酒請他喝，一直讓對方喝醉離開，沒機會勸諫才作罷。

曹參相府的後花園與員工職務宿舍很近，那些職員也跟著大口喝酒，大聲唱歌。曹參的左右官員看不慣那種德性，十分討厭，也無可如何。他們找一天，請曹參到花園散步，刻意讓他看到官員在喝酒，聽官員唱歌；他們希望宰相可以約束或加以懲處。可是，曹參一到，就叫人拿酒來，找個座位，跟他們一起喝酒、唱歌、嘻笑，打成一片！

曹參對部屬只求大體，不重細節。他看到部下犯錯，都會為他們掩飾，不揭露過失；所以相府裡面，倒也相安無事。

漢惠帝怪責曹參不肯加強治理，革新大事，覺得好像看不起這個年輕的皇帝。惠帝就叫曹參的兒子回家勸勸父親，並叮嚀他，不要說是皇帝教他的。他回去後居然有模有樣勸導曹參，曹參大為生氣，並且鞭打了他二百下，告訴他：「好好做你的本分吧！治理天下的事情不是你該說的！」

第二天上朝的時候，惠帝就責備曹參為什麼鞭打兒子？那是我叫他去規勸你的啊！曹參聽了，立刻摘下帽子謝罪，說：「陛下自察聖武孰與高帝？」（陛下和漢高帝誰英明？）

皇帝回答：「朕乃安敢望先帝乎！」（我怎比得上先帝！）

曹參又問：「陛下觀臣能孰與蕭何賢？」（陛下認為我的才幹和蕭何比，誰賢能呢？）

皇帝說：「君似不及也。」

曹參立刻接著說：「陛下言之是也。且高帝與蕭何定天下，法令既明，今陛下垂拱，參等守職，遵而勿失，不亦可乎？」

惠帝聽後，瞭解自己不如父親高明，宰相也不如前任賢能，那又何必動輒大事革新，擾官也擾民呢？惠帝不失為明君，有自知之明，也有容人的雅量，這也是值得稱道的君臣相處之道。

太史公評贊曹參，他擔任漢朝的宰相，主張清靜，合乎黃老之道。當時百姓脫離暴秦的酷吏統治，擺脫暴政的壓迫，曹參給他們休養生息的機會，自然無為，沒有大事更張，到處創新改革，所以天下人都讚美他的治理方式。

思來者——出將入相與時俱進的典範

曹參上半輩子打仗「以奇用兵」，下半輩子為相「以正治國」。他治國「以無事取天下」，他主張「無為而民自化」，因為人人討厭「法令滋彰，盜賊多有」，曹參做到「我無為而民自化；我好靜而民自正；我無事而民自富；我無欲而民自樸」的老子無為風格；那些一味崇尚威權統治，強調嚴刑峻法、治亂世用重典的主管，是曹參不肯苟同的下策做法！

由「蕭規曹隨」簡化行政的故事，給警察的啟示是：初到任，要做到五到：心到（想得周到）、眼到（看見四周環境）、口到（說清楚，講明白；多規勸，少責罵）、耳到（少說話，多傾聽）、腳到（多走動，到現場）。如果是新任主管更要注意有三：不必急於三把火（大家準備看你笑話）、先行三部曲（瞭解彼己、適應環境、再掌握環境），再以三個月為期進入狀況（不生事、不惹事、不怕事；遇事則面對、處理、解決問題）。簡言之，接任新職，不能如孔子面露喜色，不必興奮，也無需緊張，更不能自以為是，只要循序漸進，按部就班，察納雅言，虛心受教，先建立上下的誠信與執法的威信方為上策。

老子說：「知人者智，自知者明」。無論是「知人」抑或「自知」，皆須先反求諸己。反觀，現在大家競相爭逐最新的影音視覺效果，大量蒐集資訊堆砌資料；學者所倡導的「知識經濟」，更是要不斷的大量製造知識或情報，並引以為傲。

在此求知過程中，有如持續向外擴展的道路，向四方輻射，終有學海無涯之嘆。這種不知內省，而不斷外求的思維做法，無異是「以有涯逐無涯，殆矣！」當以有限的生命，向外追尋無盡的知識，怎能不戕害一個人的性靈呢？

曹參，他不僅是一代名將，更是一位有深度的儒將。當漢初因征戰連年，滿目瘡痍，人民流離失所，需要有一個安定的局面，他學黃老之術，更有自知之明：他知道自己的專長在征戰，而不在行政治理，但是他會起用老實負責的人才幹部。

他也知道當前的政治環境，誰也不服誰，不容許他大事改革；當時民生凋敝，也無法支撐他的創新作為。他懂得順應當前情勢，呼應民意的需求。他更知道前任的蕭何丞相是漢朝第一功臣，他的治理能力天下無雙，與劉邦的關係更是匪淺，凌駕在曹參之上，是一位無可取代的行政首長。

曹參的知人之智和自知之明，使他能順應國家時勢，合乎社會潮流，滿足了民眾對政府的期待，與民休養生息；也讓公務煩冗的官員能稍喘一口氣，「蕭規曹隨」遂成為他的最佳選擇；無怪乎曹參成為我國史上一位受人尊敬的將軍，也是一位令人景仰的政治家，絕非浪得虛名！

陳宏毅老師的回應

校長的巨作，拜讀後，深感欽佩。校長從事警政首長多年，透過《史記》的事蹟將自己的工作經驗與學識承傳下來，殊為可貴。在撰寫的方法論上，是透過史學的論理與闡述，以個人長期觀察所得經驗，驗證社會現象的真實性，應屬社會學的門派，為實證經驗科學的一部分。

從校長務實的筆鋒觀之，果然文如其人，其人格及行事風範，表裡如一。實則，生命的可貴在於人格自我的實現與提升，不在於世間的功名利祿，若能盡忠於福國利民之道，更是國家之福。

然而，置身於政治漩渦之中，如何自處與共處，本來就是千古難題，沒有一定的規則可循。政治者，管理眾人之事也。立志為官者，進退皆憂，寵辱難忘，終就屈服權謀之術；立志做大事者，此情不入心中，恢弘前瞻、悲天憫人、耐磨耐煩、夙夜匪懈、德業兼備，終底於成。校長寫書的功力在於務實，凡事有原則，講方法，不疾不徐的做事，躍然於紙筆之間，細讀咀嚼後，雖本人才疏學淺，但是因為校長文筆生動活潑，亦能體會出其中之甘甜美味。

承校長之命，選其中之文〈一仍貫舊　無為而治的曹參〉發為讀書心得，我國成語中「蕭規曹隨」，眾人朗朗上口，若不讀此書，就不知曹參的「順勢而為」，當然就無法理解司馬遷記載此項史實的偉大。

一、「歷史」是什麼？

舉凡過去發生的事實都可稱作「歷史事件」，但是，對歷史本身要做完整的詮釋，不能僅僅只是單純事件的陳述，而應該是一個具有行動力的詮釋過程。歷史學家努力去尋求歷史事件中的思想過程，科學家努力去發現歷史事件在自然科學上對人類的意義，哲學家努力去思索當時代的歷史人物所發表的言論，而心裡想的是什麼，社會學家努力去理解在不同歷史文化中，可能帶給人類在生活習慣上的變遷與影響。

一樁歷史事件的詮釋，可從一個小市民的生活型態到一則重大的歷史事件。如何去發現，一個路人隨性在馬路上唱歌代表什麼樣的意義，一個殺人犯殺人的心路歷程，一個富商如何致富之道。美國林肯總統在南北戰爭時期在最慘烈的戰場蓋茨堡發表簡短有力的演說，這樣的一個演說事件，如何激勵與撫平家屬或他人傷痛的人心，也讓陣亡將士的靈魂得到安息。美國九一一恐怖事件，在現代戰爭中代表怎麼樣的時代意義。因此，這裡必須要強調的是，歷史事件給我們的不是記憶，而是真善美價值觀的建構，與過去思維的改變。

二、從歷史事件中反省過去錯誤的作為或價值觀

歷史不是要我們選擇遺忘或特別記憶什麼，而是要我們透過歷史事件得以瞭解、反省過去錯誤的作為或價值觀，更是需要藉著如此的經驗事實，去展望未來的正確行動方針。

人類從歷史上得到教訓，就是人類永遠不會從歷史上得到任何教訓（出自德國哲學家黑格爾所說的話）。何以人類不會從歷史中得到教訓，是因為人類經常忽視歷史事件中應發現的思想過程，從事件中的思想過程理解到當時事件發生的緣由，從緣由中體認宇宙間任何事物的共通本質，或人性不變的基本法則。「理想中有現實，現實中有理想」，理想代表對於歷史的展望，現實代表對於歷史的反思。

《史記》是漢朝的司馬遷所著，他是以當時代的思維去記載當時代的人物，而加以類型化後，

其筆鋒帶著濃厚的詮釋與評價。無論其詮釋或評價結果如何，都不會影響我們去理解當時司馬遷所想表達的思想。時代的人物有扮演悲劇者，也有扮演喜劇者，時代所發生的事件也可能是可歌可泣的、也可能是滅絕人性的、也可能一件重大的事件卻淪落在荒煙蔓草中、也可能真實的情狀根本不是歷史所記載的真相，後人只把它當成故事流傳，而忽視其歷史上所表現的價值觀。

讀《史記》，除了瞭解當時的政治文化，更需要瞭解當時的社會文化，讓我們能夠更深刻的理解到當時代的思想背景及過程，而不是只有認識到為官之道或是權力鬥爭的歷史事件而已。因為記憶本身不足以形成歷史學，歷史學是一種有組織的或推理的知識。

三、在綜觀歷史的洪流中，唯有不斷的順勢而為，社會才會進步

春秋戰國時期，秦國因商鞅變法成功，因此有著嚴格的律法，軍隊的戰鬥力強，實際上就是所謂的軍國主義抬頭，不過秦國雖提倡軍國主義，仍重視商業活動，甚至以商業為餌，從事間諜活動，收買各國謀士及情報，徹底瓦解各國結盟，秦國在統一中國後，為了維護龐大帝國於不墜，實施書同文、車同軌，及度量衡的統一，沒收各國兵器，此乃政治上必然的強勢作為。

秦帝國的興起源於軍國主義，卻也敗在軍國主義，從陳勝、吳廣揭竿起義的事件來看，已見端倪，但是歷史是人類走過的痕跡，具有延續性，人類不見得會從歷史中得到教訓，在秦帝國崩解後，繼之而起的漢帝國依舊承繼著秦朝的律法制度，實施嚴苛的律法，以便維持龐大的漢帝國於不墜，並未因為統一中國而改變。

唯有不同者，在於劉邦融入宗法制度，以劉氏宗族或親戚之人對帝國的效忠，讓曾經輔佐過他的忠心臣子去幫助劉氏等諸侯，以鞏固其帝國，同時也達到彼此監視的作用。以法學的觀點來看，不再是軍國主義的漢朝，對於秦朝所遺留下來的嚴苛律法是無法適應的，於是為了鞏固政權的結果，宗法制度融入漢朝的典章制度中，而倫常禮法就成為維持帝國組織的最佳結構，此乃政治上必然的作為。

從歷史的變遷來看，既然劉氏政權已經鞏固，接下來經濟的繁榮更應兼顧，儘管漢朝這個政權一直對於商人採取敵視的態度，所謂重農輕商的國家政策是如此，但是他們也感覺到自由經濟與庶民經濟均須兼顧的前提下，國家有能力照顧到農民的生活，商人的部分就不需要太過於干涉，甚至採取放任的態度。從法學的角度來看，實證法時代過後就是自然法的發展，任何事物之理皆不得違反事物的本然道理，順性而為人自足，順理而為民自成，順地而為物自豐，順天而為國自強。

四、真正懂得「順勢而為」的曹參

曹參治國「以無事取天下」，他主張「無為而民自化」，因為人人討厭「法令滋彰，盜賊多有」，曹參做到「我無為而民自化；我好靜而民自正；我無事而民自富；我無欲而民自樸」的老子無為風格；那些一味崇尚威權統治，強調嚴刑峻法、治亂世用重典的主管，是曹參不肯苟同的下策做法。

曹參之所以不願意強調嚴刑峻法，政府官吏更應以身正法，為人民表率，官吏既不是酷吏，更不應該是循吏，而是真正為人民做事的好官吏。解民之苦為苦，愛民之樂為樂。曹參觀察到當時的時代潮流的趨向，可見當時社會的教化功能已經有相當基礎，人民的生活水準有一定程度。當時秦朝的苛徵與勞役的繁瑣，據我推測應該已經不存在了，而嚴刑峻法自然不再為人民所認同。

曹參是真正懂得「順勢而為」的智者，或許如此稱許曹參仍有不足。蓋因曹參既然要求官吏不要擾民，讓人民順性發展，在那個君權時代以宰相之尊，願意謙卑的與人民和解，重視人民的公共福祉，是非常稀有的，儘管那是個君權時代，根本沒有民權的思維與觀念，曹參乃一代名將，為政後願意如此作為，基本上應有其悲天憫人的福國利民思想，難怪司馬遷會做出如此的記載，絕非出自偶然。

李智平老師的回應——變與不變的經權之道

司馬遷著《史記》欲「究天人之際，通古今之變」，上探宇宙與人的關係，綜觀古今人事的變化，鑑往以知來。拜讀校長〈一仍舊貫　順勢而治的曹參〉一文後，頗有所感。漢初，蕭何死後，曹參繼之為相，理事行政恪遵蕭相為務，來者以「蕭規曹隨」傳為美談。然而，曹參的理政風格究竟是消極或積極？又有什麼值得後世借鏡？以下將從敘史、溯源、延伸、餘韻等四個不同角度，解析說明。

一、敘史：「蕭規曹隨」，是消極還是積極？

蕭何與曹參是漢高祖分封天下時，列名一、二的兩大功臣。在天下未定前，蕭何善於後勤補給，曹參以驍勇善戰聞名。後來高祖首封蕭何為相，殆及漢惠帝即位，蕭何病故之前，推薦曹參繼為相位。

曹參即位後，所有行政悉遵行蕭何遺留的規範，無所更動；在選拔人才方面，他任用拙於言辭，但行事穩重的長者為官，棄用刻薄且欲求聲名之徒。

他平日總是昏昏悶悶，呼朋引伴飲酒作樂，最後連惠帝都看不下去，責怪他不理政事。而曹參卻以先有高祖、蕭何奠定律政基礎，後人又何必壞其安寧，告訴惠帝說：「今陛下垂拱，參等守職，遵而勿失，不亦可乎？」意指前有賢聖明君，後人遵行不失即可，又何必強變以為能呢？

此即「蕭規曹隨」，百姓歌頌他能「守而勿失，載其清淨，民以寧一」。司馬遷則從時代背景，美言道：「參為漢相國，清靜極言合道。然百姓離秦之酷後，參與休息無為，故天下俱稱其美矣。」都讚美曹參能以「不妄為」之「無為」的精神治國。

然而，曹參是否有能力治國？《史記・曹相國世家》前半段敘述其戰功彪炳，堪居漢初功臣榜首席；又在成為漢相前，於諸侯之齊國任相九年，實非庸碌無能之輩。故從施政角度觀之，曹參的成功主要是理解人民需要，面對秦末漢初的天下分合，知道唯有休養生息，才是人民樂見，所以他不急於改革，或想開創什麼新局，盡量安於現狀。

進一步來看，曹參治國可謂掌握了「變與不變」的經權之道。一般人多認為要變，方能大顯身手，一展長才，卻忽略「變」的基礎在「不變」，根基不實，談何言變？後人舉用「蕭規曹隨」多有守舊因循，不思更動的消極意涵，卻未見歷史背後，以不變應萬變的積極義。所以，清人丁晏（一七九四—一八七五）說得好：「休息無為，最識治體，非徒以黃老清淨，遂臻無事也。」點出曹參不是無所作為，而是看清了政治現況，採行黃老之術為用。

二、溯源：歸本《老子》，黃老治術的應用

老子《道德經》有八十一章，五千餘言，是道家思想的源頭，而後分成三個主要流派：一是由莊子承繼的生命哲學；二是政治實踐，揉合法家治術形成的黃老思想；三是形成宗教信仰的道教。

老子的思想除了論生命，另有一部分是談政治理念，最有名的莫過於第八十章的「小國寡民」：

> 小國寡民。使有什伯之器而不用；使民重死而不遠徙。雖有舟輿，無所乘之，雖有甲兵，無所陳之。使民復結繩而用之。甘其食，美其服，安其居，樂其俗。鄰國相望，雞犬之聲相聞，民至老死，不相往來。

在老子心中，國不必大，民不必多，能自給自足，知足常樂，是最理想的政治型態。該如何落實？主要在執政者的態度，所以他說：「以正治國，以奇用兵，以無事取天下」（第五十七章）、

「其政悶悶，其民淳淳；其政察察，其民缺缺」（第五十八章），一再提醒為政宜清靜、寬厚，不該苛察瑣碎，攪擾百姓。一旦高壓行政，民眾不畏強權時，最終將釀成大禍，故言：「民不畏威，則大威至。」（第七十二章）饒是此意。

至戰國晚期，秦漢之際，依託黃帝、老子的黃老治術應時而生，將原本老子理念真真切切地用於政治。但面對龐大的漢帝國，小國寡民已非可能，也不可能回復上古的結繩而治。因此，黃老是揉合各家學術精華，形成一種「道表法裡」——表面看似道家，骨子裡又揉合了法家與其他諸子思想的治術。他們強調天道、人事的一貫性，依循天道建立起人為的法律規範。於是，該有的刑罰不可或缺，甚至要求統治者有殺伐決斷的霸氣，那麼，清靜無為也非消極放縱。

要言之，漢初的黃老治術是時代需求下的產物，不該被視為無所作為的政治觀，司馬遷之父司馬談在〈論六家要旨〉一文中，闡述道家（實指黃老）的特點，便言：「有法無法，因時為業；有度無度，因物與合。故曰：『聖人不朽，時變是守』。」申明要懂得應時而變，體念民情物性的重要性。反觀曹參，不正是如此？其守之隨之者，實非高祖、蕭何，而是體察民意歸趨，以不變應萬變的治術。

三、延伸：變與不變？守經通權的實踐

變與不變的另一種說法，就是「經」與「權」。「經」是恆常不變的至理；「權」是變化，權變融通之道。「經」作為原則，難分殊一切變化，須以「權」順應時勢。過度重視經而不知權，會招致不懂變通之譏；過度強調權而不重視經，行事將無根而生亂象，故經、權不可偏廢。

近幾年，經濟學者金偉燦（W. Chan Kim）、勒妮・莫博涅（Renée Mauborgne）提出了重要的經濟學理念——「藍海策略」，用「創新」突破市場重圍，在競爭激烈的紅海中，殺出一條永無止境的藍海，其說法還廣泛運用在各專業領域。另一位趨勢大師約翰・奈思比（John Naisbitt），則在其著作《Mind Set! 奈思比十一個未來定見》中，認為變以不變為體，任何的變都根基於不變，要先掌握中心本質，方能發揮，不是捨棄過去，重新建立新的「變」。簡言之，中心本質必須掌握，不能全然推翻，從中慢慢演變更革，達到變、創新的目的。看似對立的兩樣論調，卻非如此，因為「藍海策略」的創新也非全然棄置過去基礎，而是奠基在既有上的創新。

那麼，所謂的「不變之經」是什麼呢？我認為關鍵在文化傳統。

自晚清而降，受西方船堅炮利的影響，我們的生活、學術，乃至於經濟、法律、制度……都大量移植西方文化。然而，文化傳統各自有別，思想也不同，一味的嫁接，忽略了文化特質、差異性，結果常是扞格不入。在「全球化」發展下，交流已是必然趨勢，吾等更不得故步自封；但未可否認，過度全球化將壓縮、漠視「區域化」的差異，消弭傳統化、個性化的特質，殊不知文化傳統才是族群、社會賴以生存的根基。此該變或不該變，甚至該如何變，咸值得權衡與省思。

爾來，許多企業開始取法傳統，而各類經典的現代新詮，也成為市面上的暢銷書，如：《易經》、《四書》、《老子》、《孫子兵法》、《史記》……皆是覓尋古人智慧以為今用。文化傳統是先祖們流傳的生活原則，任何人都不能背離，輕視傳統而妄言西學，實是本末倒置。考諸近來台灣教育發展，往往襲法英美，移植其教育體制，卻忽略中華文化千餘年的取士傳統，本意良善的改革，總在施行時變調，從原本僅著重智育，到五育皆成為考評升學的標準，不但未減輕學生、家長負擔，更加深貧富落差與教育資源的分配。由此可證，「變」的基礎在「不變」，「所權」的根本在「所以權之經」，其意甚明。

反觀曹參，當他離開齊國，往為漢相之前，特別交代道：「以齊獄市為寄，慎勿擾也。」要後繼者不要過度苛煩獄訟、市集交易，因為此二處是善惡交處之地，太過苛察反使姦人無所遁，最後終將為亂，有謂：「水至清則無魚，人至察則無徒」，莫非如此。又如他選才重質樸沉穩，去刻深尚名之徒，不都是先站穩不變的基礎，再做漸進式更革，絕不是敷衍不理世事。

揆觀今日，身為基層警務人員或公務員，都可以曹參為法，而校長提及的「五到」：心到、眼到、口到、耳到、腳到；以及新任主管的三點注意事項：不必急於三把火、先行三部曲、以三個月為期進入狀況，皆是論經談權，寓變於不變的最佳注腳。

四、餘韻：創意無限，源自文化的力量

創意，就是一種嶄新求變的力量。年輕朋友們最不喜歡被稱為「草莓族」，草莓易軟爛，意味著不可承重之譏；反之，年輕朋友們卻也被推舉為最有創意的一代。但我常反思，究竟是「你有創意？」還是「你們都有創意？」概然劃一，混同「你」與「你們」，反成了推諉學習的藉口，真是大錯特錯。

靈光乍現的新奇想法，人固有之，但創意不該是曇花一現，而是源源不絕的動力。這汩汩能量根源於文化本身，必以不停滯的學習為工夫，非淪為口號。失根而欲能久長，實無此理，惜現代人

求新求變之餘，往往忽視了文化的影響力。《莊子•養生主》曾提到：「指窮於為薪，火傳也，不知其盡也。」他藉薪火為喻，說明柴薪有燃盡之時，但火會一而再地傳遞下去，沒有窮盡。易言之，人的生命有限，但文化遞衍卻是代代相傳。如果我們放棄了自我文化傳統，而想要創意無限，是不可能的。知名作詞家方文山，沒有高學歷，卻能從傳統詩詞中，提煉出一首首膾炙人口的歌曲，正是一例。

綜觀變與不變，經與權，不是兩兩互斥的概念，柳宗元的〈斷刑論〉便有言：「知經而不知權，不知經者也；知權而不知經，不知權者也。」而從「蕭規曹隨」的歷史敘事中，我們看到了通經達權的一種漸進式型態，而這樣的概念更可以廣諸生活、學習、職場……各層面。

誠然，經與權沒有一既定可循的範式，但文化不能失，傳統不能忘，根基必然要穩固，才有資格論變談權。而曹參給予後世的兩個行政之「經」：一是體察民意，二是任用有德者，實可作為警務人員與任何一位公務員參考借鏡。

一生效忠　護主心切的樊噲

舞陽侯樊噲是秦朝江蘇沛縣人，英雄不怕出身低，韓信其一，功臣不計職業貴賤，持屠狗刀，多次立下戰功，成為將軍；數次犯顏直諫，更深得大臣之體，在樊噲的身上，見證漢初布衣的生命的奇蹟，直教司馬遷不敢置信，也慨嘆命運的奇妙。以屠狗賣狗肉為生，曾與劉邦一起藏匿在山中。最初，樊噲隨劉邦在沛縣豐邑起兵，攻下沛縣，劉邦被擁立為沛公，以他為貼身隨從的舍人。

他隨劉邦進攻胡陵，後回防豐邑，擊敗秦兵，又東進攻下沛縣，在薛縣擊破泗水郡守，斬首十五人，被賜爵國大夫。

他曾隨沛公攻擊章邯軍，率先登上濮陽城，斬首二十三人，被賜爵列大夫。他又隨沛公進攻城陽，首先登城，攻下戶牖城，擊破三川郡守李由軍隊，斬首十六人，被賜與上間爵。他又追隨沛公進攻東郡郡守、郡尉，斬首十四人，俘虜十一人，賜爵五大夫。他又追隨沛公，大破河間守軍；又擊破章邯的部將趙賁，打敗敵人，率先登城，斬殺軍侯一人，斬首士卒六十八人，俘虜二十七人，賜爵為卿。

他又追隨沛公在曲遇攻破秦將楊熊軍隊，攻打宛陵縣，首先登城，斬首八人，俘虜四十四人，賜爵封號賢成君。又從攻長社、轘轅，斷絕黃河津渡，東攻秦軍於尸，南打秦軍於犨，大敗南陽郡守；攻打南陽郡的宛城，又是率先登城；西至酈縣，打退敵兵，斬首二十四人，俘虜四十人，被賜加倍的薪俸。又攻武關，至霸上，斬都尉一人，斬首十人，俘虜一百四十六人，降服二千九百人。

項羽在鉅鹿大破秦軍後，進入關中，駐軍戲下鴻門，想攻沛公。沛公帶百餘騎兵，請託項伯求見項羽，表明他派兵守關，並無閉關自立為王之意。項羽於是設宴接待，喝至酒酣耳熱時，亞父范增預謀刺殺沛公，就派項莊在宴席上舞劍名為助興，實欲擊殺沛公；項伯知情，立即起身對舞，以身保護沛公的安全。由於當時只允許沛公與張良得以入座，樊噲被摒除在營外。

樊噲聽說營內情勢危急，就手持鐵盾逕自衝撞闖入營帳；項王的營衛無力阻止樊噲而撲倒在地，他已站在營帳下項王眼前。項羽目視樊噲，問是何人？

張良說：「他是沛公的參乘樊噲。」項羽稱讚：「是一位壯士！」就賜他杯酒與豬腿。樊噲大口喝完酒，就拔劍切肉大口猛吃，一口氣全部吃光。項羽問：「還能再喝嗎？」

樊噲說：「我死都不怕，何況是喝酒！再說沛公先入定咸陽，營宿於霸上，就等待大王前來。大王今日來了，卻聽信小人的離間挑撥，以致與沛公不和，臣唯恐這樣下去天下會瓦解，人心也會分崩離析啊。」項王沒有說話。沛公藉故上廁所，示意樊噲出去。

樊噲一出帳外，沛公把隨來的車馬、騎兵留下，自己獨騎一馬，與樊噲等四人徒步，循著偏僻小路逃回霸上的軍營。沛公留下張良，請他向項王謝罪，項羽不再追究，也不想誅殺沛公了。

當天，若沒有樊噲奔進營帳責問項羽，沛公可就危險了。

第二天，項羽揮師入咸陽，大肆屠殺，立沛公為漢王。漢王賜樊噲為列侯，號臨武侯；並調任郎中，隨從劉邦入漢中。

漢王還定三秦，樊噲自己領兵攻西縣縣丞、雍王，都取得勝利。又隨漢王攻雍城，最先登城。又攻擊章平軍隊，也率先登城，衝進敵陣，斬殺縣令、縣丞各一人，斬首十一人，俘虜二十人，於是調升郎中騎將。

他又隨漢王擊退秦軍車騎，升為將軍。他水灌廢丘，功勞最大。他隨漢王攻項羽，在外黃擊破王武，攻取鄒、魯等地。後來項羽彭城大敗漢王，奪回全部的魯、梁之地。樊噲回到滎陽，食邑增加平陰二千戶。一年後，項羽引兵向東，他又隨漢王追擊項羽，拿下陽夏，俘虜將士四千人。

項羽兵敗而死，漢王即帝位；由於樊噲堅守城池，攻戰有功，再增加食邑八百戶。他又隨高祖到陳縣，逮捕韓信，平定楚地，改賜爵為列侯，剖符為信，世世代代永不間斷，以舞陽為食邑，號舞陽侯。

後來，他又以將軍之職隨高祖出征，討伐韓王信於代地，又增加食邑一千五百戶。他又攻打陳豨，也是率先登城，平定清河與常山等二十七個縣，於是調升左丞相。

燕王盧綰反叛，樊噲以相國之位領兵攻打盧綰，打敗燕相，平定燕地十八縣、五十一邑鎮。於是他的食邑增加一千三百戶，定其食邑為五千四百戶。他追隨劉邦征戰，斬首一百七十六個，俘虜二百八十八人。他自己帶兵打敗過七支軍隊，攻下五城，平定六郡、五十二縣，俘虜丞相一人、將軍十二人，二千石以下至三百石的將官十一人。

樊噲娶呂后的妹妹呂嬃為妻，所以他是所有將領中與皇室關係最親密的。

黥布反叛時，高祖病重，不願見人，都臥在禁中，下令不准群臣來見。重臣周勃、灌嬰也不敢進入求見。過了十多天，樊噲不顧一切推闖直入，大臣也跟進。只見劉邦一人枕在太監身上睡覺。樊噲流下眼淚說：「當初陛下和微臣等人，起兵於豐沛，進而平定天下，是何等的雄偉！如今天下已定，你卻多麼的疲憊啊！陛下病重，大臣十分惶恐，您不肯接見大臣以商議國事，卻和宦官一人獨處，以避天下人的耳目，陛下難道忘了趙高的事嗎？」劉邦聽了，立刻振作，笑而起身。

後來燕王盧綰謀反，劉邦派樊噲攻打燕地。那時劉邦病情加重，有人詆毀樊噲是呂后的同黨，揚言哪一天天子劉邦駕崩，樊噲就要舉兵殺死劉邦的最愛戚夫人及其子趙王如意。劉邦聽了，十分震怒，立刻指派陳平載著周勃前去取代樊噲的指揮權，並在軍中就地正法。由於陳平顧忌呂后的勢力，所以逮捕樊噲後，不敢奉令追殺，只是押解回長安，交由呂后處理。不久，劉邦去世，呂后釋放樊噲，並恢復其爵位與封地。

司馬遷在〈樊酈滕灌列傳〉中，描寫的盡是樊噲的忠勇力戰，戰功耀眼，功績彪炳，他一路追隨劉邦左右，出生入死，其親其近，絕不下於劉邦的親密戰友夏侯嬰。不過《史記》他篇互見，得知劉邦在危急存亡之秋，身邊都有樊噲的一席之地，初如劉邦縱囚逃匿山中時，樊噲為他通風報信，保護其人身安全。繼而楚漢相爭中的鴻門宴上，樊噲面對西楚霸王仗義執言，並護送安返營中。至如攻進關中後，劉邦欲享醇酒美女之歡娛，也是樊噲一再勸說，加上張良說之以理，才勸退愛酒色的劉邦重蹈覆轍。在劉邦晚年病重時，重臣大將都不敢求見時，也唯獨樊噲敢直闖禁宮，勸起劉邦振作起來問政等，俱見樊噲絕非常人所見的屠狗之輩。

反觀樊噲出身社會底層，竟同劉邦的婚姻傳奇一般，得到善於相人的呂公之青睞慧眼，成為呂后的妹夫、劉邦的連襟！此種際遇，遠非他人所及，後來的功業成就，直教司馬遷慨嘆：「方其鼓刀屠狗賣繒之時，豈自知附驥之尾，垂名漢廷，德流子孫哉？」

一路力戰　一心忠誠的灌嬰

灌嬰是劉邦的同鄉，也是樊噲、夏侯嬰的好同事，這三人一生都追隨劉邦起兵、反秦，再直接率將斬殺項羽，一路力戰，戰果輝煌。由於灌嬰的忠心不貳，拚命奮戰，可說是跟隨劉邦如影隨形的死忠分子，劉邦成就漢高祖的地位，灌嬰仍隨行平叛有成。最後劉邦去世，又輔佐劉氏後代，剷除諸呂，共同扶立漢文帝，功勞厥偉。他從一位商販，而以中涓開始公務人生，因年紀較劉邦一班功臣年輕許多，竟榮膺太尉重任，更轉任攀登漢代文官最高的丞相一職，恐非他當年賣繒為生時所能想像吧。

讀《史記》

據〈樊酈滕灌列傳〉記載，潁陰侯灌嬰是河南睢陽縣人，以販賣絲綢為業。沛公劉邦領兵西進抵達河南雍丘時，秦將章邯擊殺項梁，劉邦撤退至碭縣；灌嬰以中涓身分追隨劉邦，在山東的成武縣擊敗東郡的郡尉，接著又敗秦軍於扛里邑。由於灌嬰英勇戰鬥有功，劉邦賜爵為七大夫。

灌嬰又隨從劉邦在亳南、開封、曲遇等地拚命力戰，被賜爵執帛，號宣陵君。他又追隨劉邦，攻打河南陽武縣，轉戰至洛陽，打敗秦軍，又北上封鎖黃河平陰津，南下擊敗南陽郡守的軍隊，平定南陽郡。接著西入武關，與秦軍遭遇戰於藍田，一路拚命殺敵，殺至霸上，被賜爵執珪，號昌文君。

沛公劉邦被立漢王，漢王則派灌嬰為郎中，灌嬰即隨從劉邦前往漢中，不久又被任命中謁者。他隨同劉邦出漢中，平定三秦，攻下櫟陽，降服塞王司馬欣；接著包圍章邯，久攻不下。他又隨劉邦東出臨晉關，降服殷王董翳，平定殷地。又東至定陶，攻擊項羽將領龍且及魏國丞相項他，激戰多日，終獲大勝。漢王劉邦賜他列侯，號昌文侯，封地在杜縣平鄉。

灌嬰又以中謁者身分，追隨劉邦攻進彭城，後來被項羽反擊，敗北而西逃。漢將王武、魏公中徒叛變，灌嬰跟隨劉邦加以擊敗，又攻下黃縣，駐紮在滎陽，並對外募兵。此時項羽調集大量騎兵來攻，劉邦想從自己的隊伍中挑選一位騎將領兵對抗。大家都推舉原在秦軍服役的騎士李必與駱甲兩人，認為他們精於騎兵與戰術，而且兩人現職是校尉，可授予騎將一職。劉邦同意，不過李必、駱甲二人卻說：「我們原是秦兵，恐怕漢軍信不過；希望大王由左右遴選一位善騎者為將，我們一定從旁輔助。」灌嬰年紀雖輕，但經歷不少戰役，力戰有功，足以擔任要職，漢王劉邦於是任命他為中大夫，並責令李必、駱甲做左右校尉從旁輔助。不久，灌嬰率郎中騎兵大敗楚軍騎兵，又深入敵後，截斷楚軍糧道；又分別在魯縣、燕縣、白馬城等地，不斷大敗項羽部隊。後來，灌嬰率兵南渡黃河，護送劉邦至洛陽；並在邯鄲會師相國韓信軍隊，回到敖倉，奉調升御史大夫。

漢三年，灌嬰以御史大夫之名，奉命率郎中騎兵東下歸相國韓信指揮，共同在歷下大破齊兵，俘虜車騎將軍華毋傷及將吏四十六人。又攻下臨菑，俘虜齊守相田光，又擊敗齊國丞相田橫的騎兵，擊潰齊將田吸。又隨韓信揮師東進，在高密大破並斬殺龍且，俘虜右司馬、連尹各一人及樓煩將十人，他自己還生擒亞將周蘭。

灌嬰接著與漢王會師，隨劉邦在陳縣擊敗項羽軍隊，灌嬰所屬士兵斬殺樓煩將二人，俘虜騎將八人。劉邦增加灌嬰的封地二千五百戶。

項羽兵敗垓下而逃，灌嬰以御史大夫之姿受命率騎兵追擊，追至東城縣大敗之，所率將士五人共同斬殺項羽；五人均被封列侯。灌嬰招降項羽的左右司馬各一人、士卒一萬二千人，生擒楚軍所有將士與官吏。他又攻占東城、歷陽，再度江擊敗吳郡的守軍，逮捕郡守，從而平定吳、豫章、會稽等三郡；再回師北上，平定淮北的五十二個縣。

漢王稱帝後，賜灌嬰封地增加三千戶。那年秋天，他以車騎將軍之身，隨高祖劉邦擊敗燕王臧荼。

隔年，他隨劉邦到陳縣襲捕楚王韓信。回朝後，劉邦與他剖符為信，稱世世代代為侯永不斷絕，另賜潁陰縣二千五百戶為封地，號潁陰侯。

後來，灌嬰又以車騎將軍身分，隨劉邦征伐謀反的韓王信。他到馬邑，奉命率兵招降樓煩以北六縣，斬代國的左相，破胡騎於武泉縣。

他又隨劉邦在晉陽城下，擊敗韓王信及勾結的胡騎。他受命統領燕、趙、齊、梁、楚各路騎兵，大破匈奴，但至平城時被圍困，再隨劉邦回到東垣駐紮。

灌嬰又隨劉邦征伐陳豨叛將，在曲逆大敗叛軍，招降曲逆等五縣，並攻下東垣城。

黥布謀反，灌嬰以車騎將軍率兵為先鋒征伐，大獲全勝，追加封地二千五百戶。平叛回師後，劉邦賜他封地為潁陰五千戶，取消以前所封。總計他隨劉邦出征的成果，生擒二千石的將士二人，獨自破敵十六次，降服四十六城，平定一個封國、二個郡、五十二縣，逮捕將軍二人及柱國、相國各一人，二千石官吏十人。

灌嬰平定黥布回京，劉邦去世。他以列侯侍奉惠帝、呂后。據〈齊悼惠王世家〉：齊哀王劉襄是齊悼惠王劉肥的兒子，劉肥則是劉邦外遇所生的長子。齊哀王劉襄繼承齊悼惠王後第一年，漢惠帝去世，呂后掌權；第二年，呂后立其兄之子酈侯呂台為呂王，分割齊國的濟南郡為呂王的封地。第三年，劉襄之弟劉章入朝宿衛，呂后封他為朱虛侯，把呂祿之女下嫁給他。第四年封劉章之弟劉興居為東牟侯。第八年，呂后又割齊國的琅邪郡，給劉邦的遠房侄子營陵侯劉澤，立他為琅邪王。

呂后死後，趙王呂祿自稱將軍，與相國呂產駐地長安，意圖「謀反」。朱虛侯劉章因為娶呂祿女兒為妻，所以迅速得知他們的密謀不軌，立刻派人告訴其兄齊哀王劉襄，要齊哀王起兵西進，而朱虛侯劉章和東牟侯劉興居在城內響應，共同消滅呂氏家族，欲自立為帝。相國呂產聞齊哀王劉襄舉兵西向，聲討諸呂，命灌嬰為大將軍率兵迎擊。灌嬰領兵至滎陽與周勃商討政變事宜後，屯兵滎陽按兵不動。

據〈齊悼惠王世家〉描述：灌嬰在滎陽時沉澱思索後，說：「諸呂集團在關中擁兵自重，準備危害劉氏家族而欲自立為帝。我現在如果出兵擊敗齊國，再勝利回朝，那不是等於增加他們稱帝得逞的勝算嗎？」於是停駐滎陽，不再前進。灌嬰派出使者，通告齊哀王與各諸侯，彼此約定中立，保持聯絡，相互合作，等待朝內呂氏生變後，再共同誅滅。齊哀王同意，改攻取他被分割的濟南郡後，軍隊就屯駐在齊國邊境不動，以待時機。此時朝內朱虛侯劉章、太尉周勃、丞相陳平等人起義，聯合誅滅呂祿、呂產等家族。

侯周勃等人一舉消滅諸呂後，齊哀王只好罷兵而歸，灌嬰也率兵返回長安，後來灌嬰與周勃、陳平等共擁立代王為漢文帝；文帝加封灌嬰三千戶，賜賞金千斤，官拜太尉。

三年後，周勃請辭丞相，回到自己的封地；灌嬰接任丞相大位，太尉一併免職。那一年，匈奴大舉入侵北地郡、上郡，文帝派他率騎兵八萬五千北擊匈奴。匈奴聞訊，退兵北返。此時濟北王劉興居意圖造反，就中止對匈奴用兵，改揮師平定濟北王。一年後，灌嬰在丞相任內病逝，諡為懿侯。

朱虛侯劉章率先誅殺相國呂產後，太尉周勃、丞相陳平方能一併起義誅滅所有呂氏家族。〈齊悼惠王世家〉描寫反呂功臣的心思：大臣商議要擁立齊王為帝，可是琅邪王劉澤及部分大臣認為，齊哀王的舅父為人殘暴，而且代王又是高祖劉邦的親生兒子，排行最大，如果擁立代王，大家才能避免呂氏亂政的狀況再發生，大臣也方可高枕無憂，於是迎立代王為漢文帝。此外決議派朱虛侯劉章告訴齊哀王一切經過，命令齊哀王收兵回到封地，不得輕舉妄動。

灌嬰駐防滎陽期間，聽說齊哀王舉兵欲殺進長安，最早是齊國中尉魏勃教唆的。後來齊哀王丞相召平得知魏勃欲謀不法，先發兵包圍齊哀王王宮；魏勃詐騙召平，進而轉移指揮權後，相府反而被包圍，召平感慨說：「嗟乎！道家之言『當斷不斷，反受其亂』，乃是也。」於是自殺身亡。呂氏既已除掉，齊兵已罷去，灌嬰就派人找來魏勃，問個明白。他毫不客氣地責問魏勃，魏勃解釋：「失火之家，豈暇先言大人而後救火乎！」魏勃認為家裡失火，火勢很大，先救火再說，哪有時間去報告家長再救火呢？言外之意是國家有難，自不必等待皇帝的詔令才去勤王救危。魏勃說完，退後一旁站立，嚇得兩腿直發抖，怕得再也說不出話來。灌嬰仔細打量他一陣子才說：「人說魏勃很勇敢，看來不過是一個平庸無能之輩，哪能有什麼作為呢？」於是不加問罪，立刻把他釋放。

據〈外戚世家〉所言：呂太后時，竇姬以良家子入宮服侍呂太后。後來，太后將身邊宮女分賜給各諸侯王，每王分配五名女子，竇姬也名列其中。她家住在河北清河郡觀津縣，她想被派到離家近的趙國，於是拜託承辦人，把她列入派到趙國的五人名單中。不料承辦人一時疏忽而忘記，把她放在代國的名冊。公文簽上奏呂后核准後，竇姬淚流滿面，決定不去，怨恨承辦人，最後迫於情勢還是勉強成行到代國。

到了代國，受到代王的寵愛，生了一女二子。原先代王王后已生四子，但是，王后及其四子都相繼病死；因此，漢文帝就位後，請立太子，竇姬長子劉啟就被立為皇太子，而竇姬也成為皇后；小兒子劉武被封代王，後改封梁國，即梁孝王。

竇皇后之兄竇建字長君，弟竇廣國字少君。少君五歲時，家貧，被人口販子劫去轉賣；如此轉賣十多家，最後被賣到宜陽，為業主入山燒炭。

有天晚上，少君睡在山壁下，山巖意外崩潰，百多人全被壓死，獨少君脫險未死。他劫後餘生，去算命，算命的說他會被封侯。於是他找到機會，隨主人到長安。他聽說新立的皇后也姓竇，又是同鄉觀津人。少君小時被掠拐走，但還記得當年老家縣名與姓氏，也記得曾與其姐採桑從樹上掉下來的兒時記憶；他就以此上書自陳。

竇皇后接信，立即告訴文帝，文帝召見，問他的身世，果然不差。又問他還有哪些憑證。少君回答：「姐離我去長安時，在旅館作別，她打了一盆水洗我的頭，又要來一碗飯餵我吃，才上車分手。」這時皇后聽了，拉著少君的手，淚如雨下；左右侍者也伏地哭泣，益增皇后的悲哀。

周勃、灌嬰見狀，感慨當年險被呂后害死，未來恐怕老命也會操控在竇家兄弟手中；而這兩人出身寒微低賤，如果不加教育，找些良師益友教養之，未來麻煩既大又危險。於是二人特別慎選一批德高望重，有品德、重節操的長者，陪在少君身邊加以感化調教。從此竇長君、少君兄弟成為謙讓君子，不敢以外戚驕貴的身分欺凌他人了。

思來者

潁陰侯灌嬰一路追隨劉邦征戰，過關斬將，立下不少汗馬功勞。他都站在第一線戰鬥，諸多戰役，都可看到他「疾鬥」、「疾力」、「疾戰」、「力戰」等奮戰的身影，他先擊破秦軍，斬殺項羽；又擊破謀反功臣如燕王臧荼、楚王韓信、韓王信，攻破黥布。最後與周勃合作剷除諸呂，二人再與陳平共立代王為文帝。他一生拚命，一路都追隨劉邦，為漢家天下拚搏，應是劉邦的忠實粉絲。他從一個販繒者，拚戰到文武殊途的最高職務之殊榮，一是他忠心於主，二是他疾力拚戰，三是深受信任不疑，最後是他在劉邦左右是年紀最輕的得力幹部，長壽更是重要的因素。

灌嬰與周勃都是漢初的一級戰將，周勃免相就國，灌嬰先後為相後，兩人出將入相，都有感於呂后外戚為害之烈，悟出後天教育培養人文素養的重要。

做人的態度，決定做人的品德高低，及做事的品質良窳。皇后子弟一旦掌權，有才無德，不學無術，粗鄙無文，而倒行逆施，人民又要生靈塗炭，後果就不堪設想。灌嬰、周勃雖一介武將，他們怕見到國之亂侯，家之敗子，因此重視下一代的教育，年輕的權貴人士不能粗魯頑劣，就請長者從旁輔導陶冶性情，盡得先機，深諳上醫治未病的道理，這一點更值得吾人敬佩其遠見。

《管子》一書也說：「一年之計，莫如樹穀；十年之計，莫如樹木；終身之計，莫如樹人。一樹一穫者，穀也；一樹十穫者，木也；一樹百穫者，人也。」可見培養基層警察人才的樹人教育工作之重要。由此可見，灌嬰不僅是一位名將、重臣，更是一位傑出的教育家。

一世忠誠　堅持原則的周昌

周昌是秦朝江蘇泗水郡沛縣人，他與堂兄周苛都是泗水的地方小吏。劉邦在沛縣起義，打敗泗水郡守，他們兄弟就一路追隨劉邦，劉邦命周昌為掌旗官，周苛為賓客，劉邦入關亡秦後，漢王劉邦便任命周苛為御史大夫，周昌為中尉，掌理首都治安。

漢王四年，楚軍包圍漢王，困在滎陽，情勢十分危急，漢王脫困即逃亡，要周苛堅守滎陽城。楚軍大破滎陽城後，項王請周苛為將軍，周苛不為所動，大罵項羽：「快快投降漢王，否則，你將成為漢王的俘虜！」

項羽一氣之下，就烹殺周苛。周苛一死，劉邦即拜周昌接御史大夫，他仍一路追隨劉邦。漢王六年，劉邦滅楚，周昌與蕭何、曹參一起受封，都有功於漢朝建國，周昌受封汾陰侯，周苛之子周成因父親英勇殉職，被封為高景侯。

極力捍衛制度　連太后也跪謝

周昌為人剛毅正直，敢說真話，不畏權勢，連開國功臣蕭何、曹參都不敢與他相抗衡。有一次，劉邦在宮內休息時，他卻闖入報告公事，不料卻見到劉邦正摟著他的愛妾戚夫人，於是轉身就走。劉邦發現了，就追上去，爬在他的脖子上，問他：「我何如主也？」周昌也不客氣，抬起頭來昂然說：「陛下即桀紂之主也。」劉邦沒有惱羞成怒，忽然一陣大笑，放走周昌。從此對周昌十分敬畏。

後來呂后生下的太子劉盈，為人保守內向，不得劉邦的歡心，劉邦所愛的，是戚夫人所生的兒子如意，因此，劉邦一直想廢太子，要立如意為太子。此舉引起許多大臣上書勸諫，以為不可，但都沒有效果。一片群臣中倒是周昌反對最力，最為激烈。劉邦不解，就問他有何理由堅持反對。

由於周昌口才不好，又有口吃的毛病，加上他在盛怒之下，說：「臣口不能言，然臣期期知其不可。陛下雖欲廢太子，臣期期不奉詔。」周昌心急，又在氣頭上，又氣又急又口吃，說話就結結巴巴，口氣也不甚得體，對劉邦打算一意孤行，即使發布詔令，也寧死不屈。他連這種抗命不從的話都說出來了，其伉直不畏君權的個性表露無遺。

沒想到，劉邦並沒有生氣，只是笑了笑，於是廢太子之議就此作罷。當時，呂后躲在正殿的東廂竊聽，後來見了周昌，竟跪了下來，向他道謝：「微君，太子幾廢。」

堅忍質直　保護幼主如意

周昌捍衛正統太子，戚夫人的兒子如意被立為趙王，他才十歲，劉邦自是十分擔心自己身後如意的安危。當時有人見到周昌的屬下一位掌玉璽的官員叫趙堯的，就向御史大夫周昌說：「君之史趙堯，年雖少，然奇才也，君必異之（另眼相待），是且代君之位。」周昌不信趙堯未來會接替他的九卿大位，笑著回答：「堯年少，刀筆吏耳，何能至是乎？」

過了不久，機會來了，趙堯去服侍劉邦。有一天趙堯見到劉邦悶悶不樂，唱出悲傷之歌，群臣不知所以然。只有趙堯心有所感，勇敢上前請問劉邦：「陛下所為不樂，非為趙王年少而戚夫人與呂后有隙邪？備萬歲之後而趙王不能自全乎？」

劉邦說：「然。吾私憂之，不知所出（還想不出好辦法）。」

趙堯報告有解決方法：「陛下獨宜為趙王置貴強相，及呂后、太子、群臣素所敬憚乃可。」趙堯說劉邦只要為如意找到一位有地位、有威望，又能堅持己見的人做趙王的相國，而這人又必須是大家平時敬畏有加的幹才即可。

劉邦又問：「然。吾念之欲如是，而群臣誰可者？」

趙堯推薦人選：「御史大夫周昌，其人堅忍質直，且自呂后、太子及大臣皆素敬憚之，獨昌可。」

劉邦稱：「善。」

於是召見周昌說：「我要請你勉為其難一下去做趙王如意的相國，為我輔佐趙王吧。」

不料周昌不願外放，泣說：「臣初起從陛下，陛下獨奈何中道而棄之於諸侯乎？」御史大夫調地方政府相國是降調，周昌自是不肯離開中央政府。

劉邦就安慰他說：「吾極知其左遷（降調），然吾私憂趙王，念非公無可者。公不得已強行！」劉邦堅持請周昌勉為其難，認為他是不二人選，於是周昌改調趙王的相國，就近輔助、保護年幼的如意。

趙堯有戰功　接替周昌

周昌調走後所留遺缺御史大夫一職，人選未定。一天，劉邦把玩御史大夫的印信，又看了看趙堯，就說：「無以易堯。」指再也沒有比趙堯更適合的人選了。趙堯果然取代周昌之位。趙堯本有不少戰功，調升御史大夫後，又隨劉邦攻打陳豨有功，被封江邑侯。

不出所料，劉邦死後呂后仍然妒恨趙王如意，非斬草除根不可。呂后迫不及待派使者要召回趙王，周昌就教趙王推說有病無法成行。使者來回三次，周昌就是不肯讓趙王回京。呂后知道周昌從中作梗，十分不滿，就派專人去召回周昌，周昌無法推辭，只好回去京城見呂后，被罵了一頓。

趙王失去相國的依靠，呂后下詔派使者召回，趙王只好奉命回京，他一回長安月餘，被迫飲下毒藥而死。周昌為此心裡很難過，也就「謝病不朝見」，周昌為保護趙王不周而稱病辭職，從此再也不必上朝拜謁呂后；三年之後，他鬱悶病死。

任敖保護呂雉　接替趙堯

漢十一年，劉邦去世。五年後，呂后得知御史大夫趙堯在劉邦生前，就規劃周昌為趙王相國之事，於是下令調查治罪，免其官職，改以任敖為御史大夫

任敖曾是沛縣的獄吏，劉邦曾出事走避他鄉，獄吏只好逮捕呂后，打入大牢。有一獄吏對她沒禮貌，由於任敖與劉邦是好朋友，看見有人欺負呂后，十分氣憤，出手擊傷管理呂后的獄吏。

至劉邦高舉反秦義旗時，任敖以賓客身分一路跟隨劉邦，擔任御史，駐守豐縣二年。後來劉邦被立為漢王，一起往東攻打項羽後，任敖奉派上黨郡的郡守。直到周昌舉發陳豨造反時，由於任敖堅定守住上黨有功，被封為廣阿侯，封地一千八百戶食邑。呂后主政，任敖才升調御史大夫要職，三年後被免職。

思來者——堅持正直必受尊重

周昌為人的特質是剛毅堅持，忠於工作，忠於長官，更忠於長官所託，使命必達。由於他的個性太直，直得像鐵桿木石，堅持原則，因而受劉邦、呂后、開國大臣的敬畏，也正因為這種忠心耿耿的人格特質，坦白直言的性情，才得到漢高祖劉邦一生的信任，連他最愛的戚夫人所生的如意，也在生前將劉如意託孤給周昌，可見他在劉邦心目中的地位。在漢朝一群將相大吏中，唯有周昌這號人物是如此樸質得可愛，特立獨行到人人敬畏，是難得一見君臣信任的典範。

一言九鼎　勸降齊國的酈食其

酈食其是秦朝河南陳留縣高陽人，自幼喜愛讀書，家貧而四處飄零落魄，一無維生的產業。他做過「里監門吏」，在里巷出入口看守大門；但是，縣裡的豪傑、權貴誰也不敢隨意差遣他，縣裡人都稱他為「狂生」。

陳勝、項梁起義後，各地將領攻城略地有數十位路過高陽，酈食其聽說他們都是小里小氣，拘泥小節又師心自用，很難接受深謀遠慮的識見，因此，酈生就隱居自閉起來。

劉邦無禮向酈生道歉

後來酈生聽說沛公劉邦領兵攻打陳留郊外，沛公手下有位騎士恰是酈生里中的同鄉，而沛公經常向他垂詢家鄉有哪些能人異士。那位騎士回鄉時，酈生去見他說：「我聽說沛公為人傲慢，但是足智多謀又有遠見，這才是我願追隨的英雄，只是苦於無人引見。你下次見到沛公時，就跟他說：『臣里中有酈生，年六十餘，長八尺，人皆謂之狂生，生自謂我非狂生。』」

騎士說：「沛公不喜歡儒生，許多客人戴著儒帽去見他，沛公都取下他們的帽子，在帽上撒尿。他跟人說話，經常破口大罵，你最好不要以儒生的面貌去遊說他。」

酈生說：「你依我的話去做就是了。」於是騎士就找個適當機會，按照酈生所說的報告沛公。有一天劉邦行至高陽，住在驛站，派人召見酈生。酈生晉見沛公，先遞出求見的名片等待接見，這時沛公正坐在床上，二名女僕為他洗腳，他直接召見酈生。

酈生進入室內見狀，只是長揖，不肯跪拜；他說：「足下欲助秦攻諸侯乎？且欲率諸侯破秦乎？」沛公怒罵他：「豎儒！夫天下同苦秦久矣，故諸侯相率而攻秦，何謂助秦攻諸侯乎？」酈生毫不客氣說：「必聚徒合義兵誅無道秦，不宜倨見長者。」

沛公一聽酈生說話理直氣壯，又敢質疑沛公既然想聚齊群眾，招徠義兵，要誅滅暴虐無道的秦國，就不應該以這種坐著給女子洗腳的傲慢態度來接見我這位長者。沛公覺得有理，於是立刻停止女子為他洗腳，整理、端正自己的衣襟，並請酈生坐上座，然後向他道歉。

酈生便向沛公暢談六國合縱、連橫相互爭霸的故事，沛公聽得津津有味，一時高興，即設宴款待，並請教他：「依您的見解，我們該採取什麼行動？」

酈生指出：「您那些毫無組織的烏合之眾都是散兵游勇，人數不滿一萬，就想要直接進攻強秦，這無異於伸手想探虎口呢！這陳留之地，是天下四通八達的要衝通道，現在城內又囤積許多糧食。我與陳留的縣令十分要好，請你指派我去勸他投降，歸順於你。如果他不肯答應，就請你出兵進攻，我做內應，一定可以攻下陳留。」沛公於是派遣酈生前往，沛公隨後領兵跟進，很快地攻克陳留，沛公封酈食其為廣野君。

酈生又推薦自己的弟弟酈商給劉邦，酈商帶領數千人跟隨沛公往西南攻城略地，酈生則忙著往來遊說各諸侯。

解釋以食為天的道理

漢元年，劉邦入關中滅秦，被項王封漢王，並自漢中還定關中；漢二年，漢王趁機攻入項王國都彭城，不久項王率兵反攻，大破漢王軍於彭城，劉邦敗逃，潰退至滎陽，從此與項羽相持不下，形成拉鋸戰。

漢三年秋天，項羽攻劉邦，取下滎陽，劉邦被圍甚急，幸依陳平之計，在紀信的掩護下倉皇逃出，退守滎陽附近的鞏、洛二縣殘喘。

淮陰侯韓信大敗魏國，又破代國，再破陳餘、趙歇於井陘而滅趙國；而盜匪出身的彭越既未隨項羽，也未受項羽得分封，因而懷恨在心，劉邦見機於是授予將軍印，令彭越在項羽後方的魏國梁地游擊擾楚，並斷絕楚軍的糧道，終成項羽的最大腹患，因此，項羽疲於奔命，四處救援。

由於漢王多次被困在滎陽、成皋，正打算放棄成皋以東的大片土地，換取英雄豪傑來相助，就暫且先將兵屯駐於鞏、洛，以待各地支援人力共謀抗拒項羽。

在此楚漢陷入膠著狀態時，酈生求見劉邦說：「臣聞知天之天者，王事可成；不知天之天者，王事不可成。王者以民人為天，而民人以食為天。」他提醒劉邦，只有瞭解什麼是「天下之天」的道理之人，才能成就帝王之業，而帝王是「以民人為天」的，人民又是「以食為天」的。接著他提出具體做法：「敖倉這地方（秦朝在滎陽以北的敖山附近營建的大糧倉）久為天下糧食的集散地，我聽說那裡的地下藏有很豐富的米糧。楚軍攻破了滎陽，不知道要堅守敖倉，竟率軍向東離去，只留下少數兵力駐守成皋，他們平白坐失地利，這正是上天要幫助我們漢朝的良機啊！目前楚軍不難打敗，而我們反要撤退，放棄寶貴的有利機會，我認為這樣是不對的。」

自請遊說齊王勸降成功

酈生進一步發揮：「再說，兩強不能並存，楚漢相爭，久久相持不下，百姓因而騷動不安，海內為之動盪不定。進而如今農夫不能下田耕種，婦女也不想織布，這些都是由於天下人心安定不下來的緣故。所以，希望您立刻出兵，攻取滎陽，奪取敖倉的糧食，占領成皋的險要，斷絕太行山的要道，把守飛狐口的邊關要塞，堅守黃河的白馬要津；這樣的布局，就可以讓各地的諸侯看到我們已經據有地利，控制要害，更重視實效的有利形勢。如此一來，天下人便知該歸順誰了。現在燕、趙已平定，只剩齊國未攻破。齊王田廣占有千里之大的齊地，田閒又率領二十萬人駐在歷城，那些田氏宗族勢力十分強大；他們背靠大海而無後顧之憂，又以黃河、濟水為屏障，南面與楚國接鄰，這些人向來多詐善變，即使您派出數十萬人去攻打，也不知何年何月可以攻取得勝。不如請您派我去遊說齊王，勸他投降成為我們東方的屬國。」漢王劉邦聽完酈生的情勢分析後，說：「很好。」

漢王聽信酈生的計畫，立即出兵攻取敖倉，並派酈生去遊說齊國投降。酈生對齊王說：「您知道天下民心的歸向嗎？」

齊王說：「不知道。」

酈生說：「您如果知道天下人心的歸向，那麼齊國的江山就能保得住；如果不知天下人心的歸向，那麼齊國的江山就保不住了。」

齊王問：「那天下人心歸向誰呢？」

酈生說：「歸向漢。」

齊王問：「你有何依據？」

酈生說：「漢王與項王都合力向西進攻秦國，約定好誰先攻進秦國咸陽，誰就是關中王。結果漢王先入咸陽，接受秦王子嬰投降，而項王卻違背約定，不但不給劉邦關中王，反而把他遷到漢中、巴蜀當漢王。項王接著遷徙義帝到長沙，並指示黥布等人暗殺後投到江中。漢王聽到此一不幸消息，立刻徵調蜀、漢的兵力，攻打三秦地區，並出函谷關向項羽興師問罪，責問義帝的去處。他一路召集各地兵馬，並封立六國諸侯的後代。漢王每攻下一城，就把那降城封給有功的將士，每次戰勝，都把戰利品分享部下，因此，各地英雄豪傑都樂於為他效命。現在諸侯軍隊由四面八方雲集漢王，蜀、漢的糧草船隻源源循江而下。」

酈生接著批評項王：「而項羽既有違約的惡名，又有殺害義帝的罪行；他對有功人員老是忘記，對犯錯人員卻念念不忘；他手下戰勝了，得不到獎勵，奪下城池也得不到封地；不是項氏家族的也得不到重用，為立下戰功者刻好封印，卻摸來撫去到官印的稜角都快要磨掉了，還捨不得送出去。他部下攻城取勝，得到的戰利品都被他囤積，而不用來獎賞有功將士，因此，天下賢才怨聲不斷，不肯再為他賣命。」

酈生又說：「由此可見，天下人都會歸附漢王，這是很容易推算出來的道理。現在漢王從蜀、漢發兵，平定三秦，又東渡西河，指揮上黨郡的兵力，揮師東進井陘，殺了成安君陳餘，擊敗魏豹，拿下三十二城，這簡直是蚩尤般的神兵，不是人力所能的，一定是老天爺福佑的關係。現在漢王已占有敖倉的糧草，占領成皋的險要，控制了白馬津要，阻斷太行山的通道，占據了飛狐關隘了，他已經勝利在望，天下人誰不肯歸服於漢，肯定要先滅亡。所以我希望您儘早歸順漢王，您就能保有齊國的江山，否則齊國很快就會覆滅。」齊王田廣認為酈生言之成理，便聽從他的計策，解除歷下的軍備及防禦工事，並跟酈生鎮日暢飲作樂。

淮陰侯韓信聽說酈生僅憑三寸不爛之舌，不費一兵一卒，坐車遊說，便降服齊國七十餘城，心中頗不服氣，又受人煽動，於是連夜率軍渡過黃河平原津渡，襲擊齊國。

齊王田廣聽到被襲消息傳來，以為酈生詐騙而被出賣，就對酈生說：「你能阻止韓信進兵，我就饒你一命；否則我就烹殺你！」

酈生不脫狂生本色，告訴齊王：「舉大事不細謹，盛德不辭讓。而公不為若更言。」酈食其不以生死為念，認為能幹大事的人都不拘小節，有德行的人也不怕聽到別人的責難，恁老爸咧，你老子是不會為你去遊說他人的。他如此大言不悔的硬頂回嗆，果然齊王氣得烹殺酈生而後東逃。

漢十二年，曲周侯酈商帶兵打敗黥布有功，漢高祖劉邦選拔列侯功臣時，想起了酈食其的為國犧牲。因此，酈食其的兒子酈疥雖屢次領兵作戰，但是戰功仍不足以封侯，劉邦念在他父親有功於國的分上，破格封酈疥為高梁侯。

思來者——絕非儒生的狂人

以最低的成本，防範危險發生，進而取得完整的勝利，是人人追求成功的最高指導原則。兵聖孫子〈謀攻篇〉有言：「用兵之法，全國為上，破國次之；全軍為上，破軍次之；全旅為上，破旅次之；全卒為上，破卒次之；全伍為上，破伍次之。是故百戰百勝，非善之善者也；不戰而屈人之兵，善之善者也。故上兵伐謀，其次伐交，其次伐兵，其下攻城。」狂生酈食其年逾耳順，猶然心繫人民的安危，自請同鄉騎士求見劉邦，提出願景，分析漢王、項王的利弊得失，再提出宏觀的「伐謀」規劃，都是站在劉邦當下所處逆境而設想，自然受到劉邦的肯定與認同。

酈生無愧於高明的說客、傑出的將領，終能一舉攻下陳留縣，再下東方大國齊國七十餘城，這種最高境界的「伐謀」策略，實遠非百戰百勝的韓信所能望其項背。如果以此境界與戰勝攻取的戰略思維言，酈食其的戰果貢獻，絕不在漢初三傑之下。

尤其酈生分析時勢，從亂世應爭奪的地利做法，從人心的歸向來爭取各方諸侯力量，從糧倉的取得立下勝利的基礎；尤其分析項羽與劉邦的人格特質差異，最後歸納出項王必敗，漢王必勝的道理，前後呼應，環環相扣，自然漢王劉邦全盤接受，也獲得初勝的果實。酈生人稱狂生，他自認不是狂生；雖然他的作為有狂氣、有狂傲，但都在情理之中，他不是狂生！他絕非一般的儒生！

三不朽的傑出外交官陸賈

為劉邦宣揚國威

陸賈是秦朝楚國人，以賓客之身隨從劉邦平定天下，是一位非常有名的辯士，因此，常居漢王劉邦左右，也經常出使各諸侯。

劉邦滅項王得天下後，中國才安定下來。漢十一年，尉他平定南越，高祖封他為南越王，並派陸賈轉頒尉他的南越王印信。陸賈到了南越，尉他一身蠻夷的打扮，又不跪坐，反而伸腿直坐，十分無禮。陸賈因而勸他：「先生本是中國人，您的親戚、兄弟及祖先的墳墓都葬在河北真定。現在您違反天性，丟棄中國人的服飾，還要以區區的小南越國對抗天子大國，恐怕您要災禍臨頭了。

「再說，由於秦國政治腐敗，諸侯豪傑併起，卻只有漢王領先入關，占領咸陽。而項羽背約，自立為西楚霸王，諸侯都降服他，可說天下最強大了。但是漢王從巴、蜀起兵，征服天下，平定諸侯，終於擊敗項羽。五年之間，海內平定，這實非人力所及，而是天助漢朝。現在漢天子聽說您在南越稱王，不肯襄助天下共同誅殺暴逆，漢朝將相都想帶兵來誅殺大王。只是天子體恤百姓剛經歷多年的戰亂，身受其苦，所以暫且先休養生息，才派遣我來授予大王的印信，與您剖符訂約，互通使節。您本應到郊外迎接授印，北面稱臣；您竟想在不太穩定的南越，倔強反抗至此！天子如果知道這種情況，一定會挖掘您先人的祖墳，夷滅您的宗族，再派一介偏將軍率領十萬軍隊進攻南越，那時南越人就會起而誅殺您而邀降漢朝，真的易如反掌呢。」

尉他聽完陸賈的警告後，受到驚嚇，立刻起身下跪，向陸賈謝罪說：「我久居蠻夷之中，實在有失禮儀。」並問陸賈：「我跟蕭何、曹參、韓信相比，哪一位能力強？」

陸賈說：「好像您較強。」

尉他又問：「那我跟漢皇帝相比，哪位賢能？」

陸賈說：「皇帝起於豐沛，討伐暴秦，誅滅強楚，為天下子民興利除害，這是繼承三皇五帝的事業來治理中國。中國人民以億計算，地方幅員萬里，高居天下最肥美的膏腴之地，人民眾多，車馬到處，萬物殷富，由天子一人統領天下，這是開天闢地以來所未見。今天大王人口不過數十萬，都是蠻夷之人，住在山邊海角的崎嶇之地，只相當漢朝一郡的大小，您憑什麼自比於漢朝？」

尉他聽了大笑，說：「我不在中國，所以只能當個南越王；如果我常住在中國，怎會比不上漢王呢！」說完心情愉快，留下陸賈，一起流連飲宴好幾個月。他說：「南越無人可談話，直到您來了，才讓我大開眼界，聞所未聞。」並賞賜陸賈一袋珠寶，價值千金，此外的贈品也值千金。最後陸賈拜尉他為南越王，令他向漢稱臣。陸賈回京稟報，漢高祖大悅，封陸賈為太中大夫。

太中大夫一職隸屬六卿之一的郎中令，隨侍皇帝左右，負責議論。據錢穆《中國歷代政治得失》指出，在漢代凡具「中」字的官，都指駐在皇宮的。孔令紀等主編《中國歷代官制》說明，郎中令是郎中的首長，職責是「掌宮殿掖門戶」，負責侍從警衛，與皇帝十分親近。

提出逆取順守長治久安之道

秦二世時，趙高為郎中令，自稱「在上位，管中事」，這就表示郎中令不僅守門戶而已，整個宮中之事都在他管轄之內。郎中令機構龐大，屬官有三，第一是大夫，其主要職責是「掌議論」、「顧問應對，無常事，唯詔命所使」（《漢書．百官公卿表》），有「閒職」之稱，但因常參加國家大政方針的討論，很受時人重視。第二是郎官，第三是謁者。

陸賈既是郎中令屬下掌議論的太中大夫，經常隨侍高祖左右，他不甘閒職，經常主動建言，在高祖面前稱道《詩》、《書》典籍的可貴。高祖不耐其煩就罵道：「迺公居馬上而得之，安事《詩》、《書》？」——你爸的天下是騎馬打仗得來，還要看什麼《詩》、《書》？

陸賈也不甘示弱回嗆說：「居馬上得之，寧可以馬上治之乎？且湯武逆取而以順守之，文武並用，長久之術也。昔者吳王夫差、智伯極武而亡；秦任刑法不變，卒滅趙氏。鄉使秦已併天下，行仁義，法先聖，陛下安得而有之？」——馬上得天下，怎可能馬上治天下？湯武犯上取得天下，卻以順守民心才能安撫天下。唯有文武並用治民，才能長治久安。歷史上夫差與智伯都迷信武力，才會亡國，秦國也一直以刑法治國，終致亡國。秦國如果施行仁義，一定長治久安，哪有你劉邦得天下的道理？

陸賈的議論十分中肯，劉邦聽了心中不快，面有愧色，卻沒有當場發作，反而要求陸賈：「你為我撰述秦所以失去天下，及我所以得天下的原因何在？還有古代國家成敗的原因。」陸賈於是大概描述國家存亡的徵候，共計十二篇。每完成一篇上奏，高祖無不稱善道好，左右之人也高呼萬歲，稱其書名為《新語》。

洞悉人性的親子互動之道

劉邦死後，傳位其子劉盈，是為漢惠帝，因為他個性柔弱，於是母親呂雉掌握實際朝政，要封諸呂家族為王。但她又怕大臣心存不滿有人反對。陸賈知道形勢比人強，根本無法力爭，就推說有病而辭官回家休息。他在陝西找到一塊宜居的好地方定居下來。

陸賈有五個兒子，他把出使南越受贈的一袋珠寶變賣，價值現金千金，分給兒子，每位兒子各得二百金，要求他們努力從事生產。他不時駕著四馬拉車——舒適、平穩、安全又華貴的「安車駟馬」，身旁帶著十個能歌舞、鼓琴彈瑟的隨從奴婢，還身佩價值百金的寶劍出遊。他告訴兒子：「我跟你們約定，我到你們家時，你們要供應我的人馬酒食，讓我感到滿意；最多停留十天就離開再換一家。日後我死在哪一家，這些奴僕、車馬、寶劍就歸這家所有。這樣一整年我還要到其他地方作客，所以一年下來，到你們家裡作客次數最多不超過三次，以免常來，你們也會感到厭煩。」

深悉陳平的疑惑　化解國安危機

後來呂后主政，大封呂家子弟為王，一起把持朝政，危及劉家政權。右丞相陳平對此奪權危機身感憂慮，卻又無法勸阻呂后，他唯恐自己被害，所以經常一個人在家靜居苦思對策。

有一天，陸賈去陳府探望陳平，不等人接待，就直接踏進陳平的住屋坐下；那時陳平正陷入沉思當中，根本不知陸賈走近身邊。陸賈問他：「你在想什麼？想得那麼入神？」

陳平反問：「你猜我在深思何事？」

陸賈答：「您現在官居丞相大位，又是受封三萬戶食邑的列侯，可說富貴到了極點，再也沒有其他好追求的。您目前所憂心的，應該是諸呂當道掌權而怕少主地位不保吧。」

陳平被說中心事，問陸賈：「正是，那如何是好？」

陸賈說：「天下安，注意相；天下危，注意將。將相和調，則士務附；士務附，天下雖有變，即權不分。為社稷計，在兩君掌握耳。臣常欲謂太尉絳侯，絳侯與我戲，易吾言。君何不交驩太尉，深相結？」陸賈以為，天下穩定、國泰民安時，大家都在看丞相，如果天下不安、國家危急時，大家都注意將軍。將相協調合作、同心齊力，則其他文武官員就樂於接受指揮，人心也樂於歸附。如果大家都樂於歸附，即使天下有意外騷動，政權也不至於被瓜分，國家秩序仍然穩固。為了國家的安危設想，這國家大事，全操在兩人手中。我常想對太尉周勃講這些道理，但他老喜歡開我玩笑，根本不把我說的話當一回事。您現在何不與太尉建立友誼，彼此密切合作呢？

陳平果然聽進陸賈的建議，陸賈也為他規劃對付呂氏家族的辦法。於是陳平送賀禮五百金給太尉周勃祝壽，並以美食款待周勃。太尉周勃也以厚禮回報。從此兩人交往密切，成為至交，無所不談，而呂氏的陰謀便難以得逞了。陳平於是以奴婢百人，車馬五十輛，銅錢五百萬贈送陸賈，作為出入生活費用。陸賈用這一筆餽贈錢財交遊王公貴族，名聲更加響亮。

後來呂氏家族被誅滅，擁立漢文帝，陸賈也有功勞。文帝即位後，想派人出使南越。丞相陳平等人建議陸賈為太中大夫，出使前往。陸賈第二次見到南越王尉他後，勸他放棄乘坐黃色車蓋的天子威儀，也不可以天子的名義發號施令，讓尉他比照漢朝諸侯王行事。陸賈此行，圓滿達成任務，尉他上書認錯自立為帝，下令全國表示天下真正的皇帝是漢文帝，從此不再使用皇帝的威儀，這些作為完全符合文帝的旨意，文帝非常高興。陸賈最後享高壽而善終。

思來者——三不朽的完人

陳平六出奇計，為劉邦紓困解危，是劉邦左右的智多星。聰明如此，陳平仍有不足，幸有陸賈洞燭機先，神清氣爽，為陳平規劃應變處世之道，深謀遠慮，有思想、有具體作為，為己謀、為國謀的忠心，其智謀猶勝陳平！

陸賈關心天下事，也關心自己，保全自己。他對時局的艱困之處瞭若指掌，對自己的無能為力也了然於心，立即退休、定居，遊賞人生；退休短暫，卻一家團圓，相互扶持，過著幸福快樂的人生。他重出江湖，受命出使任務，二次都達成外交使命，身手背影俱見亮麗灑脫。

陸賈不僅能言善道，以口舌為國家服務立下大功。他也洞察歷史教訓，寫成帝王的教科書，垂之久遠。他真是三不朽的完人。

一葉知秋　觀察入微的劉敬

婁敬建言遷都

婁敬是齊國人，漢高祖五年，婁敬被徵調派往甘肅隴西戍守，他路過洛陽，漢高祖也正在洛陽。婁敬就停車，放下拉車的繩套，穿著羊皮粗衣，去拜見齊國人虞將軍，說：「臣想面見皇上，向他陳報國家的興革大事。」虞將軍請他換一件新衣服，婁敬說：「臣衣帛，衣帛見；衣褐，衣褐見，終不敢易衣。」他堅持不換新衣。於是虞將軍入內面報劉邦，劉邦召見，並請他吃飯。

飯後，劉邦問婁敬有何事晉見。婁敬說：「陛下想建都洛陽，難道要與周朝文治武功比高低嗎？」劉邦說：「不錯！」

婁敬接著敘述周朝定都的經過，並加以分析、論述後，說：「您是從沛縣起義，收兵三千，帶領他們長驅直入，席捲蜀、漢地區，又平定三秦，隨後與項羽大戰於滎陽，在滎陽、成皋兩大戰場形成拉鋸，先後大戰七十場、小戰四十場，讓天下蒼生肝腦塗地，父子曝屍原野，百姓犧牲無數，哭泣之聲不絕於耳。那些受傷的將士還未復元，而您卻想比美周朝的成康盛世，我認為那是比不上的。何況秦國舊有的關中地區，四周有山河環繞的阻隔，也有函谷關、武關、大散關、蕭關等四個關塞的屏障；如果有緊急事故，京師就可以立即集結百萬的軍隊，足以應付一切。

「我們憑藉秦朝舊地的防禦優勢，又可利用那肥美富饒的物產，這正是所謂的『天府』之地啊。只要陛下進入關中，在此定都，即使日後東方地區發生什麼動亂，您仍可擁有這塊秦朝舊有的地盤。跟人打架，如不掐住對方的脖子，再猛擊他的背後，就不易取勝。現在您如果能進入關中，並且定都於此，據有秦國舊有的疆土，就等於掐住天下脖子，並打擊各國的背後。」

劉邦徵詢群臣建都關中的看法，由於群臣都是東方人士，因此爭相發言，都說周朝建都洛陽，統治天下數百年；而秦朝建都關中，只傳到第二代就亡國了，所以還是建都洛陽比較好。劉邦一時猶豫不決。後來等到留侯張良表態，明確分析建都關中的便利之後，劉邦才做出決定，當日動身，移駕關中。

劉邦說：「最早提議建都關中的是婁敬，『婁』姓就是我『劉』姓啊！」於是劉邦賜婁敬姓劉，並任命為郎中，號稱奉春君。

劉敬見微知著　有敏感度

漢高祖七年，韓王信造反，劉邦帶兵親征。

劉邦軍隊走到晉陽，聽說韓王信私通匈奴，勾結不法而進攻漢軍。劉邦大怒，派人出使匈奴，探聽虛實。匈奴把青年壯士及肥大牛馬都藏匿起來，以致漢朝使者只見老弱殘兵及瘦弱的牲畜。漢朝派出十批使者看到的假象，卻都信以為真，報告劉邦說可以攻打匈奴。

劉邦不完全相信報告，就派遣劉敬，再度出使匈奴一探究竟。劉敬回報，說：「兩國相擊，此宜誇矜見所長。今臣往，徒見羸瘠老弱，此必欲見其短，伏奇兵以爭利。愚以為匈奴不可擊也。」

劉邦知錯　立即認錯

劉敬的觀察入微，無疑判斷正確，可是二十餘萬漢軍已經出發，越過句注山。劉邦十分生氣，大罵劉敬，說：「你這齊國的奴才，仗著口才，才獲得一官半職；現在竟敢一派胡言亂語，沮喪我軍的士氣！」於是動用刑具，把他囚禁在廣武。劉邦御駕親征，北上至平城，匈奴果然奇兵傾巢奔出，把劉邦漢軍圍困在白登山。七天之後，採用陳平奇計，方才脫困突圍而出。劉邦回到廣武城，立即赦免劉敬，放他出獄，對他說：「吾不用公言，以困平城，吾皆已斬前使十輩言可擊者矣。」就封劉敬二千戶的官秩，稱他為關內侯，號稱建信侯。

劉邦從平城回到長安，此時韓王信逃到匈奴。匈奴單于是冒頓，兵力強大，能拉弓射箭的壯士就有三十萬人；他們騷擾邊境，劉邦束手無策，便問劉敬有何解決辦法。

劉敬說：「如今天下剛剛安定，士兵都很疲累，想動用武力是行不通的。況且冒頓是殺父而自立為單于，更把父親的所有妻妾占為己有，他就是憑藉武力遂行的。對這種人講仁義道德沒有用，只能從他的子孫方面下手，想辦法使他的兒孫成為漢朝的子民。辦法是有的，就怕您不同意。」

劉邦說：「只要能成功，我都願意，又有什麼不能做的，只是要如何做呢？」

劉敬說：「陛下肯把嫡長公主嫁給冒頓單于，再送他厚禮。他們一見到漢天子願意將親生女兒嫁他為妻，又送他們那麼多的禮物，一定樂意迎娶您的女兒做他的皇后，以後生下的兒子就是他們的太子，太子長大以後就是匈奴的單于了，為什麼呢？他們貪圖漢朝的錢財，您就順著他的心思，把我們用不著而他們欠缺的東西送去，再派能言善道的人去教導他們禮節。這樣冒頓在位時是您的女婿，死後您的外孫就是他們的單于。誰聽過外孫與外祖父對抗呢？如此一來，不必用兵就可以讓匈奴俯首稱臣了。如果嫡長公主不去，讓宗室的女兒或宮女冒充公主嫁過去，他事後知道真相，就不會尊敬、親近她，那就無法達到目的了。」

劉邦說：「很好。」就想把嫡長公主的魯元公主嫁過去。呂后知道後，日夜哭泣，說：「我只生太子和這個女兒，你怎麼忍心放棄她而遠嫁到匈奴呢！」劉邦無法忍心派出魯元公主嫁到匈奴，就另找位階較低的宮女冒充公主，嫁給單于。劉邦並派遣劉敬前往匈奴，締結漢、匈兩國和親的婚約。

劉敬出使匈奴回國後，他報告劉邦：「匈奴黃河以南的白羊、樓煩部落，距離長安最近的地方只有七百里，敵人的騎兵只要一天一夜就能入侵關中。而關中地區慘遭戰爭的災難不久，人煙稀少，但是土地肥美，應該充實此地的人口。當初各國諸侯發難反秦時，如果沒有齊國的田姓、楚國的昭、屈、景等大姓宗族的支持，是難以成功的。如今您建都關中，但關中人少，北邊又近匈奴，東方也有六國諸侯之後的大族，他們的實力不小，萬一有個風吹草動，您可就無法高枕無憂了。」

劉敬見劉邦聽得入神，接著提出具體建議：「臣希望您下令把齊國姓田的家族，楚國姓昭、姓屈、姓景的大族，以及那些燕、趙、韓、魏各國諸侯的後代，還有各地有名的英雄豪傑、社會賢達人士，都搬到關中來住。如此一來，天下無事時，可以讓他們防備匈奴的南侵；如果東方諸侯發生動亂，也可以率領他們前往征討。這就是強本弱末之術，也就是既可強化朝廷中央的力量，又可削弱地方諸侯實力的具體辦法。」

劉邦聽了，連說好極了。於是指派劉敬執行他建議的「強本弱末」辦法，下令各地諸侯大家族、豪傑、賢達人士等，共十多萬人都遷到關中定居。

一次成功誘降黥布的隨何

受黥刑的英布

黥布本來姓英名布，在秦朝時代，本是一介平民百姓。少年時期有人幫他看相後說：「當刑而王。」說他會被刑罰，而後就會被封王。他成年後，果然犯了罪，判決要受「黥刑」，也就是在人犯的臉上刺字並塗黑。

英布不以為意，欣然接受，笑說：「人相我當刑而王，幾是乎？」當時有人聽到他這麼說，也都當成笑料；從此，大家就叫他黥布而忘記他的真姓了。

黥布被黥刑後，罰到酈山秦始皇的陵墓服勞役。當時勞役人數有幾十萬人，黥布特別注意其中的主管、領導、中堅幹部等人物，並與他們結交成好友。後來，他帶了一些結交的好朋友，逃往江西附近的長江當起強盜。

陳勝起義反秦後，黥布聚眾數千人，在項梁軍隊征戰中，都一路攻堅，走在最前頭。項梁戰死後，他隨同項羽征伐秦軍，連戰皆捷。項羽軍隊一路勢如破竹，能渡過黃河大破秦軍，無人可比，都是黥布善戰，以寡擊眾的功勞。

隨何誘降黥布

西元前二〇四年，項羽尊立楚懷王為義帝，卻祕密指示黥布半路擊殺他。第二年，齊王田榮背叛項羽，認為項羽分封獎賞不公。項羽親自出擊，下令黥布隨同，黥布稱病不去，只派數千人跟他去。後來劉邦攻破彭城，黥布又推說有病，不肯去援救。

項羽從此怨恨黥布。第三年，劉邦敗逃到虞縣，對左右說：「如彼等者，無足與計天下事。」一直在劉邦身邊的謁者隨何一聽就問：「不審陛下所謂？」辦理外交事務的謁者隨何，大膽上前問劉邦是什麼意思呢？劉邦說，誰能代表我，去說服黥布背叛項羽，我就有十足的把握奪取天下。隨何就毛遂自薦出使遊說黥布。

隨何到了黥布陣營，見了黥布，仔細分析現在局勢，目前雖然楚王強、漢王弱，但是未來發展，一定是漢王的天下，到時候一定封你為淮南王。黥布同意，但仍不願公開叛楚。

這時，項羽也派使者來找黥布，催促他快出兵攻漢王。俟項羽使者住進賓館，謁者隨何一知此事，立刻帶隨從闖入，坦白告訴項羽使者他們，黥布已經歸順漢王了。同時隨何也對黥布說，既然我們談好了，就可以把楚國使者殺掉，然後一起投奔漢王。

黥布一到劉邦的門口，看見劉邦坐在床邊讓人洗腳；劉邦叫黥布進去，黥布十分生氣，也很後悔，真想自殺了斷。退下去後，回到劉邦為他安排的住處，一看所有陳設、布置、飲食、傭人等都和劉邦的住所一模一樣，黥布一下子又「大喜過望」。

呂雉、蕭何誘殺功臣　黥布恐慌

黥布派使者到九江打聽，他的妻女都被誅殺，隊伍也被收編。只找到一些過去好友、左右親信上千人投靠劉邦，加上劉邦給他的人馬，不斷擴充整頓；他又打回九江，勸降不少人歸順漢王，最後配合劉邦，擊敗項羽於垓下有功，劉邦封他為淮南王。

西元前二〇〇年、一九九年、一九八年，黥布連年拜見劉邦，中規中矩，做好淮南王的角色。

西元前一九四年，呂后與蕭何誘殺功臣淮陰侯韓信後，功臣人心惶惶，黥布也心生恐懼。那年夏天，劉邦又與呂后誘殺梁王彭越，黥布心中更加恐慌。

劉邦不僅設計殺死彭越，還把他剁成肉醬，送各諸侯王分享。肉醬送到淮南，黥布正在打獵，一見到御賜彭越的肉醬，心裡極度恐懼，開始暗中調集部隊，並派人到鄰近各郡國打探動靜。

賁赫密告　黥布立即造反

在這種風聲鶴唳、兔死狐悲的氣氛下，發生一件令黥布致命的一擊。黥布有一位愛妾生病，找上一名醫師就診。這位醫生的對門鄰居是中大夫賁赫的住家，賁赫看在眼裡，以為升遷的機會來了。他自認是黥布內府的侍從人員，就擅作主張，以她的名義送了許多禮物給醫師，用來討好黥布的愛妾，賁赫進而與她在醫師家裡一起吃飯喝酒，培養出良好的互動關係。

後來有一天，這名寵姬陪著淮南王黥布一起閒聊，說著說著，無意中談到賁赫此人，並順口稱讚他是一名好人。黥布聽了大為吃醋，就問她如何知道他是好人？寵姬就一五一十告訴他，把求醫送禮的情節說了一遍。

黥布從此懷疑寵姬與賁赫有染，其中必有不可告人的姦情。賁赫一聽到黥布生氣了，感到十分不安，從此就稱病不上班。這樣一來，黥布的疑心更重，更加氣憤，下令逮捕治罪。

賁赫只好逃亡，趕快搭乘快馬驛車，直奔長安去舉發重大犯罪。黥布聞悉，派人追捕，已望塵不及。賁赫送上檢舉密函，說黥布準備要造反。

劉邦看了密告信，問丞相蕭何的意見，蕭何說：「布不宜有此，恐仇怨妄誣之。請繫赫，使人微驗淮南王。」丞相行事一向謹慎，先挺黥布，怕有仇人陷害，建議先行拘留賁赫，再派人去淮南暗中調查實情。

那邊淮南王黥布一見賁赫逃往長安密告，擔心他舉發一些不可告人之事；又見到劉邦派人來，已查出一些證據，事情的發展似乎不妙。於是黥布決心走險，先殺死賁赫一家人，再舉兵造反。

夏侯嬰人脈救劉邦

劉邦召集眾將，問怎麼辦？大家都說出兵擊斃！這時汝陰侯滕公不以為然，他請昔日在項羽底下的一位令尹來問個明白。

這位令尹說：「是故當反。」

滕公說：「上裂地而王之，疏爵而貴之，南面而立萬乘之王，其反何也？」

滕公以為劉邦封黥布為王，有土地又有崇高的地位，怎麼會有謀反的理由？令尹解釋黥布造反的原因：「往年殺彭越，前年殺韓信，此三人者，同功一體之人也。自疑禍及身，故反耳。」

彭越、韓信、黥布三人，皆是對劉邦基業的建立極有功的人，如今前面兩人相繼被殺，此時黥布當然疑恐步其後塵，所以不如先發謀反。滕公一聽，覺得有理，回去找劉邦說，我那裡有位項羽部下，當過令尹的薛公，頭腦清楚，你要討伐黥布，可以找他來聽聽意見。

劉邦果然找來薛公，薛公說黥布造反並不意外，現在要看他的下一步如何走再議。薛公用具體看法，分析黥布未來可能走的三種方法，分為上計、中計、下計。

劉邦又問這三計的走法，並進一步問，黥布可能採取哪一計？薛公判斷一定會用下計。

劉邦再深問：為何會用下計？

薛公回答：「布故酈山之徒也，自致萬乘之主，此皆為身，不顧後為百姓萬世慮者也，故曰出下計。」黥布曾是在酈山修陵墓的罪犯，最終因戰功當上了淮南王，如今他只為自身享受，不為百姓著想，是個沒有遠慮的人。劉邦聽了分析，稱善，封薛公千戶侯，並發兵攻擊黥布。

黥布敢造反，是他推斷劉邦已年老體衰一定厭戰，而超級戰將韓信等已死，才敢放手一搏。他對將領說：「上老矣，厭兵，必不能來。使諸將，諸將獨患淮陰、彭越，今皆已死，餘不足畏也。」

本來劉邦也不想御駕親征，只是呂后一再要求，才親自帶兵出征，大出黥布及其將領意外。黥布謀反，果然一如薛公的判斷。

劉邦與黥布對陣，遠望黥布的陣容竟像項羽的一般精壯，感到十分厭惡。待望見黥布，責問他：「何苦而反？」

黥布十分豪氣地回答：「欲為帝耳！」劉邦氣得大罵，兩軍立刻交戰，黥布大敗，往南逃到江南，最後被誘殺。賁赫被封為期思侯，其他諸將也都在戰役中立功而封侯。

思來者——鋌而走險　自作自受

歷史上，劉邦有定位。不過，劉邦怕太太呂后，他與呂后聯手，加上智多星蕭何的共犯，殺死了韓信、彭越及黥布等共同打天下的功臣。而劉邦、呂后誘殺梁王彭越並剁成肉醬分送諸侯功臣，真是變態的殺人魔！

不過，黥布鋌而走險，也是個性使然；黥布強盜出身，受命為項羽暗殺楚懷王，活埋秦軍二十萬人，其為虐殺人無數！立功後過度重視自己的功名富貴，又妒忌自己的女人與人有染，不能寬宏大量而惹來殺身之禍。他嗅到危機了，又沒有足夠的智慧及早功成身退，告老還鄉，終於受到屈辱而死，可悲可嘆矣！

敵後游擊　分散注意的彭越

彭越是山東昌邑人，曾在鉅野澤一帶的水域捕魚為生，偶爾也客串強盜。在陳勝、吳廣揭竿起義時，有一班年輕人對彭越說：「有那麼多的英雄豪傑自立旗幟，都自封為王，反對暴秦，你也可以有樣學樣啊！」彭越說：「不急！如今就像兩條強龍在相鬥，我們可以坐山觀戰，等待機會。」

過了一年，鉅野澤一帶集結青少年上百人，他們又找上彭越，說：「還是請你領導我們吧！」彭越推辭：「我可不願帶領你們。」經過青少年再三地懇求，彭越最後才答應。彭越與他們約定，明天清晨日出時集合，集合遲到的要被斬首。

第二天日出集合時，有十多人遲到，最晚的直到中午才來。於是彭越宣布：「我年紀大了，本來就不想當你們的領袖，可你們偏要我做。今天才集合，就有這麼多人遲到，不能一一都斬首，那就殺那遲到最晚的人吧！」於是下令隊長行刑。眾人都笑出來了，說：「事情沒那麼嚴重吧？這次原諒他吧，下次大家再也不敢遲到了。」彭越不聽，表情嚴肅地下令斬殺，隨後設立祭壇祭拜，發號施令，眾人嚇得大驚失色，人人畏懼彭越，怕得沒有一人敢抬頭仰視。於是彭越率領這夥人攻城略地，同時隨時收編各地的散兵游勇，很快地發展到一千多人。

劉邦出兵攻打昌邑時，彭越曾率眾去支援，可惜並未攻下昌邑。劉邦率軍往西而去，彭越則率眾回到鉅野澤；這期間，他收編一部分魏地的散兵。等項羽入關，分封各路諸侯後，大家各自回到封地，彭越及部下一萬多人由於並未歸屬哪一陣營，也就沒受封為王。彭越他們都是獨立作戰。

漢高祖元年秋天，齊王田榮首先背叛項羽。田榮派人賜給彭越將軍印，讓他帶兵南下濟陰，攻打楚軍。項羽派縣令蕭公角率軍迎擊彭越，結果彭越大敗楚軍。

漢高祖二年春天，劉邦與魏王豹等諸侯軍南下彭城攻楚，彭越也率三萬大軍在外黃投效劉邦。劉邦說：「彭將軍在魏地奪到十幾座城，急於立魏王的後代，這個西魏王魏豹也是魏王咎的堂弟，算是魏王的後代。」於是劉邦任命彭越擔任魏王的相國，不受魏豹的節制，獨立開疆闢地，鎮守梁國之地。

劉邦兵敗彭城，向西撤退，彭越所占領的城池旋即得而復失，他只好領兵退守滑州一帶的黃河邊上。

漢高祖元年，彭越作為劉邦的游擊部隊，往來出沒，打擊楚軍，在大梁一帶斷絕楚軍後方的糧食運補。

漢高祖四年冬天，劉邦與項羽在滎陽對峙，形成拉鋸戰；這時，彭越趁機攻下睢陽、外黃等十七座城。項羽聞訊，親率大軍奪回失城，彭越退守穀城。漢高祖五年秋天，楚、漢和談成功，彼此訂約議和後，項羽軍隊向南撤退至陽夏，彭越趁勢攻下昌邑周邊二十多城，並截獲十幾萬斛糧食，提供劉邦做軍糧。

後來劉邦違背和約而出擊項羽，卻出師不利。劉邦派人要彭越出兵，與他合力攻擊楚軍。彭越說：「魏地才平定不久，大家仍然擔心楚軍再來侵犯，目前我暫時無法離開這裡。」劉邦只好獨力追擊項羽，反在固陵被項羽打敗。

劉邦被項羽一敗再敗，問張良：「各路將領都不聽我的指揮調度，要怎麼辦？」

張良說：「當初齊國韓信自立稱齊王，根本不是你的本意，韓信自己心裡也不十分踏實。彭越平定大梁一帶，功勞不小，當時你由於魏豹的緣故，只任命彭越當魏王的相國。現在魏豹已死，又沒有後代，彭越也希望自己能稱王啊，而你卻沒有及早任命他為魏王。如果我們現在與他們兩人約定：只要能打敗項羽，睢陽以北到穀城這一大片土地，都歸彭越所有，讓他稱王。從陳縣以東到海邊這一塊土地，都劃給齊王韓信，韓信的家鄉在楚，他的內心也一定想要這片土地的。你要是肯捨得分出這兩塊地盤給這兩人，他們一定立刻率兵趕來支援；你要是捨不得分地，未來情勢的發展成敗就很難說了。」

劉邦贊同張良的分析與建議，立刻派使者奔向彭越，按照張良的計策辦理。果然劉邦的使者一到，彭越聽了十分動心，就率領全部兵馬，配合劉邦會師於垓下，一舉大破楚軍，迫使項羽自殺。這一年春天，劉邦封立彭越為梁王，建都於定陶。

漢高祖六年，彭越曾到陳縣朝見劉邦。

漢高祖九年、十年，彭越兩次到長安朝見劉邦。

漢高祖十年秋天，陳豨在代地造反，劉邦親征。劉邦到達邯鄲時，下令彭越帶兵前去合擊。彭越不肯，推說有病，只派一名將軍領兵去邯鄲會師。劉邦很不高興，派專人去責備彭越的不是。彭越心中恐懼，想要親往謝罪。他的部將扈輒說：「當初你不去晉見劉邦，現在受了責備才要去道歉請罪，證明你是無病裝有病。你現在去謝罪，一定會被逮捕，不如起兵造反！」彭越不聽，繼續裝病，閉門不出。

後來，彭越底下的一位太僕犯錯，他十分生氣，想要斬殺太僕洩恨。這名太僕嚇得逃奔到劉邦那裡投效，並密告劉邦說彭越與扈輒要一起造反。於是劉邦派人襲捕彭越，彭越毫無準備防範，突然被捕，被押解，囚禁在洛陽。彭越經有關單位審訊後，找出他有謀反的證據，已構成叛國的要件，請求依法刑罰。劉邦還是懷念舊情，決定赦免其罪，把他貶為平民，用驛馬車送到蜀地的青衣縣去流放。

彭越走到鄭縣時，正好遇到呂后；呂后從長安來，要去洛陽。彭越向呂后哭訴，辯稱自己無罪，並請讓他能夠回到自己的老家昌邑定居，以安度晚年。

呂后虛情假意，接受彭越的陳述，就把彭越帶回洛陽；一到洛陽，她就去見劉邦，說：「彭越不是一般人，他是一位壯士，現在你把他發配到西蜀去，這會給你自己留下後患，不如殺了他，現在我已經把他帶回來了。」劉邦同意後，呂后就指使彭越的舍人誣告彭越又要謀反。彭越遂交由廷尉偵審，廷尉王恬開善解上意，立即速審速決，奏請劉邦誅殺彭越三族，劉邦也迅速批准。於是彭越全部的家人宗族都被誅殺殆盡，彭越的封國也一併廢除。

太史公說：魏豹、彭越雖然出身貧賤，但是後來開疆闢地，席捲千里，又南面稱王；他們踏著敵人的鮮血克敵制勝，乘勝追擊，我早已有所耳聞。等到他們意圖謀反失敗，被判下獄，卻沒有自殺而忍辱偷生，這是為什麼呢？這種情形下，一般人尚且引以為恥，何況他們都是稱過王的人呢！沒有其他原因，只是因為他們才智過人，只怕不能保全性命而已。因為只要一息尚存，就還有一點機會，可以掌握一些權柄，在難以預料的風雲變化中，說不定就能施展自己的抱負，這就是他們願意被關在牢中而在所不惜的原因。

劉邦的團隊用人哲學

警察人員是一群具有團隊精神的團體，團隊是有組織、有願景、有規劃力、有執行力的社群；大家以相互依賴為基礎，且彼此支援，發揮分工與合作的精神，在有力的領導中心帶領之下，為共同的願景而努力，以達成共同的目標。

團隊的特色是：共識目標，清楚明白；全員熱情參與，工作專注本業；上下充分溝通，有效交換資訊；彼此全然信任，有接受批評和相信別人善意的雅量與胸襟；靈活應變，做法彈性，有為因應需求或遇到挫折而改變的彈性。團隊有其長青的價值，團隊的形成與作用，可舉以下諸例：例一、交響樂團：每一個演奏者，均能依照樂團的指揮，靠團隊合作與默契才能演奏出美妙和諧的樂章。例二、NBA籃球隊：每一個球員均能聽候教練的指揮調派，扮演好自己的角色，充分發揮團隊合作的機能，才能爭取勝利的目標。例三、大法官會議：在會議中，每位大法官均能充分發表意見，意見雖然多元，但最後代表司法院對外統一的意見，則是依多數的意見整合而成。例四、野雁的團隊飛行：野雁以V字形隊伍飛行時，每隻雁都鼓動翅膀，產生上升氣流，讓緊跟在後的雁群飛得較為輕鬆有力，在相互合作扶持之下，可以飛得更遠更安全。而以地球上最聰明的有機體：

「人」為例，大腦指揮人體各部器官，運指使臂，左手協同右手，手腳併用，令各器官各司其職，發揮相互協調合作的功能，才能將身體各部整合起來，宛如團隊，而使動作靈活自如。

秦朝自始皇帝開後世一統的局面，前後僅十五年的光景。由於秦法嚴峻，不恤民力，各地治安敗壞，於是陳勝、吳廣率先起義，山東響應，各地蜂起，逐鹿中原。項梁、項王共同起事，所戰皆捷，占盡天時、地利與人和，理應再一統紛亂局面。出人意表的是，韓信口中的「項王之為人，恭敬慈愛」，陳平眼中的「雖有奇士不能用」的貴族身分，竟不敵為人「仁而愛人，喜施，意豁如也，常有大度，不事家人生產作業……好酒及色」的泗水亭長、不時愛欺辱儒生，「輒解其冠，溲溺其中，與人言常大罵」的地方警察小吏與無賴平民身分。從此一開布衣將相之局，也成就平民帝王之歷史變局。

劉邦領導的布衣將相功臣，可謂社會底層的雜牌隊伍，據清人趙翼《廿二史劄記》指出：「惟張良出身最貴，韓相之子也。其次則張蒼，秦御史。叔孫通，秦待詔博士。次則蕭何，沛主吏掾。曹參獄掾。任敖獄吏。周苛泗水卒史。傅寬魏騎將。申屠嘉材官。其餘陳平、王陵、陸賈、酈商、酈食其、夏侯嬰等皆白徒。樊噲則屠狗者。周勃則織薄曲，吹簫給喪事者。灌嬰則販繒者（繒音增，絲織物的總稱）。婁敬則輓車者（輓俗作挽，拉車）。」錢穆先生說：「東方各國亡於新興的低文化秦國，一如六國後裔及其故家世族轉敗於一群無賴白徒之手，先後一理。」殷鑑不遠，其理何在，值得省思。

項王應勝未勝，漢王不敗反勝，理由多端，各有解釋，不如由當時的見證人，也是當事人來現身說法，尤為真切有味。天下大定，高祖建都洛陽，在洛陽南宮慶功宴上大哉問：「列侯諸將無敢隱朕，皆言其情。吾所以有天下者何？項氏之所以失天下者何？」功臣將相眾聲解讀，皆未切中要旨，高祖自我詮釋成功之道在能知人而能用人：「夫運籌策帷帳之中，決勝於千里之外，吾不如子房。鎮國家，撫百姓，給餽饟，不絕糧道，吾不如蕭何。連百萬之軍，戰必勝，攻必取，吾不如韓信。此三者，皆人傑也，吾能用之，此吾所以取天下也。項羽有一范增而不能用，此其所以為我擒也。」由此可見，高祖自認有自知之明，又有知人之智，更有雅量接受各方人才，尤能信任人中之傑，讓他們各自發揮所長，成就自己，也成就安定民心，撫慰人心的大業。劉邦如何順應時勢，網羅人才，匯聚雜牌隊伍，凝結成多元的堅實團隊，劉邦的個性及其以「團隊」作為用人哲學，實有頗多值得稱道之處。

劉邦具有游俠的領袖魅力。劉邦的個性與為人態度，宛若游俠，從自小仰慕信陵君的養士風範，以及追隨張耳成為門客的過程中處處可見。游俠的特色是「任俠使氣、重義輕生、愛恨分明」。由於當時俠、儒對立，互不相容，劉邦動輒折辱儒生，競爭過程中與人盟誓、剖分符印，都是游俠精神的表露行為。從下列事蹟更可印證劉邦交友多以俠氣相結合，方使張良不忍臨危可逃而不去，韓信可背叛卻不忍鼎足而三；蕭何可升官而不願升職他調；王陵、英布、彭越、樊噲等人尤為箇中代表。游俠不問小節，劉邦「常有大度」，「不事家人生產作業」又「好酒及色」等等不拘小節的作風，正是不沾不滯、厭惡虛偽面子而完全跳脫傳統禮教框架思維的精神；一批底層的庶民，處在治安不靖的氛圍下，人人既想自保，又想出人頭地，遂而樂於追隨有魅力的領袖人物劉邦。

劉邦唯才是問，求才若渴。從對峙陣營投奔而來的韓信，能大受蕭何歡迎。得不到項羽重用的陳平，劉邦深談之後，立刻任命為都尉；即便是劉邦至親至信的周勃、灌嬰，讒言不斷；以及諸將抗議不滿的聲音，批評其為人是盜嫂受金，是反覆亂臣，罪名如此之重，劉邦查證不實誹謗後，反而厚賜陳平，更加重用！劉邦求才若渴，彷彿獵才公司，有識人之明，在留縣初見張良，相談之下，引為知音，成為最佳輔佐。大凡劉邦所重用的人才，無不竭智盡力，全力效忠，劉邦也都給予充分發揮的空間。

劉邦性格用人不疑又極其猜疑。劉邦任用極有爭議的人物陳平，卻用之不疑，一再重用，甚至在群臣嫉妒下、反對聲中，不計過去的閒言細語，堅持重用，委以重任；在關鍵時刻、於危急之中，能「以上智為間者，必成大功」，劉邦給陳平黃金四萬斤，不問他如何運用，完全信任，結果不戰而屈人之兵，輕易瓦解對手項羽的內部團隊。然而，劉邦表面完全信任，對功高震主的人物，雖然是國之棟梁，如韓信、蕭何，仍然不動聲色處處防範，不時加以偵測其可靠性與忠誠度。毫無疑問的，劉邦的布線偵蒐能力是上乘的，總是在若有似無的感覺，讓他們心存顧忌而不敢稍有蠢動，當然這又是劉邦用人的另一境界。

劉邦面對問題，認錯示弱。劉邦在鴻門宴前夕，生死攸關，危在旦夕；在張良的提問中，坦誠認輸，力不如人，才找到化解危機的關鍵。韓王信勾結匈奴謀反，劉邦派人打探虛實，多言可以出擊匈奴。只有劉敬研判匈奴隱藏實力，劉邦不聽勸阻，下獄劉敬；後來兵敗白登被圍，脫困後，不僅釋放劉敬，更大度向劉敬道歉並封侯！劉邦遇到困阨，或許他心中有所腹案，但都不肯說出，他的口頭禪是「為之奈何」或「奈若何」，面對部屬，態度如此謙虛，又這般示弱，往往能激發下屬的潛能，他的團隊都感懷知遇，而提出正確有效的對策。如張良、陳平是他的首席智囊，陸賈、酈食其等人也都是他有力的智庫人才。

劉邦恩怨分明，加倍奉還。對於通風報信的叛徒，處置絕不手軟，如誅殺曹無傷；斬「戰必勝，攻必取」的韓信，殺視同兄弟卻謀反的陳豨，對付超級戰將英布、彭越的背叛也不在話下。至於劉邦在泗水亭長任內，深受蕭何左右照顧，蕭何並在劉邦出差洛陽時，比別人多給二百錢路費，他深受感動，都一一記住報恩；後來蕭何發動全家宗族數十人追隨劉邦上前線，劉邦一再推崇蕭何功不可沒，故在論功行賞時數倍奉還。

劉邦厚愛心腹玩伴，深信不疑。蕭何、曹參、盧綰、樊噲都是劉邦從小的玩伴或長官同事，彼此自始至老深信不疑，互相倚為心腹。至於心腹中的心腹，如夏侯嬰等無所不談的死忠難友，更是劉邦及其後代不可一日或缺的「家人」。

劉邦善待人才，察納雅言。對有解決問題能力、洞燭機先的智謀之士，幾乎言聽計從，故能屢屢反敗為勝或脫困成功。如待張良以國師奉為上賓，聽張良建議燒絕棧道以迷惑項羽；如視陳平為軍師，花錢不問所出，小節不去深問；如應蕭何推介韓信，韓信一生效命，至死不移。又如聽韓信建議向東殺出以爭天下；再如聽取三老陳情而為義帝哭喪以爭取人心；再如採用陳平奇計，脫困滎陽從容逃逸；再如聽袁生等獻策，迫使項羽備多力分，振作其實力，凡此種種，例多不及備載。

劉邦能以患為利，自我行銷。善用妻子、同伴行銷自己正面形象。他以患為利，深悉害之所在即利之所在，所以彼殘我慈，彼暴我寬。他先投靠項梁，倚為勢力，擴大傳銷他的「寬大」面貌，得到當時領袖楚懷王的認可，也得到懷王周邊老將軍群的肯定。可謂盡得先機，深得人和，獲得不少助力。劉邦寡不敵眾，項伯暗助張良快速脫離漢王劉邦，張良竟告知劉邦，劉邦以患為利，行銷自己，認同項伯後又立刻主動結為親家，迅速化解危機於無形，他的機智應變與對話功力超絕，無人能比。

劉邦的行動團隊，有若《孫子》的「常山之蛇」，靈活、機動、協調、救援；又如「吳越之人」，遇有急難時必然指揮如意，左右靈動，劍及履及，充分展現超級有效率的行動團隊精神，終於創造出第一個由平民建立的王朝，更成就一個空前的太平盛世。

參考書目

史記，漢司馬遷，中華書局
史記菁華錄，姚祖恩，台北：商周出版公司
史記選讀，李偉泰等，台北：台大出版中心
史記今註，馬持盈，台北：商務印書館
新譯史記，韓兆琦，台北：三民書局
史記今譯，楊家駱，台北：正中書局
漢唐史論集，傅樂成，台北：聯經出版公司
中國歷代官制，孔令紀，台北：齊魯出版社
中國地方行政制度史，嚴耕望，上海：上海人民出版社
歷代名家評史記，楊燕起等編，北京：北京師範大學
新校史記三家注，楊家駱主編，台北：世界書局

INK PUBLISHING 經商社匯 22

劉邦的團隊臉譜
警察出身的第一位平民領袖

作　　者　陳連禎
總 編 輯　初安民
責任編輯　鄭嫦娥
美術編輯　陳淑美
校　　對　呂佳真 陳連禎 鄭嫦娥

發 行 人　張書銘
出　　版　INK印刻文學生活雜誌出版有限公司
新北市中和區建一路249號8樓
電話：02-22281626
傳真：02-22281598
e-mail：ink.book@msa.hinet.net
網　　址　舒讀網 http://www.sudu.cc

法律顧問　漢廷法律事務所
劉大正律師
總 代 理　成陽出版股份有限公司
電話：03-3589000（代表線）
傳真：03-3556521
郵政劃撥　19000691 成陽出版股份有限公司
印　　刷　海王印刷事業股份有限公司

港澳總經銷　泛華發行代理有限公司
地　　址　香港筲箕灣東旺道3號星島新聞集團大廈3樓
電　　話　852-2798-2220
傳　　真　852-2796-5471
網　　址　www.gccd.com.hk

出版日期　2014年5月　初版
ISBN　978-986-5823-75-7

定價　350元

Copyright © 2014 by Lien-Chen Chen
Published by INK Literary Monthly Publishing Co., Ltd.
All Rights Reserved
Printed in Taiwan

國家圖書館出版品預行編目(CIP)資料

劉邦的團隊臉譜：警察出身的第一位平民領袖／陳連禎著，-- 初版．-- 新北市：INK印刻文學，
2014.05
320面；17×23公分．--（經商社匯；22）
ISBN 978-986-5823-75-7（平裝）
1.史記　2.研究考訂
610.11　　103007016

版權所有·翻印必究
本書如有破損、缺頁或裝訂錯誤，請寄回本社更換